公爵の手つかずの新妻

サラ・マロリー 作

藤倉詩音 訳

ハーレクイン・ヒストリカル・スペシャル

東京・ロンドン・トロント・パリ・ニューヨーク・アムステルダム
ハンブルク・ストックホルム・ミラノ・シドニー・マドリッド・ワルシャワ
ブダペスト・リオデジャネイロ・ルクセンブルク・フリブール・ムンバイ

WED IN HASTE TO THE DUKE

by Sarah Mallory

Published by Harlequin Japan, a Division of K.K. HarperCollins Japan, 2025

サラ・マロリー

イギリス西部の港湾都市ブリストルで生まれ育つ。少女の頃からジェイン・オースティンやジョージェット・ヘイヤーの歴史小説に傾倒し、16 歳で働きに出てからも空き時間には英国摂政期を舞台にしたリージェンシー・ロマンスや歴史の研究に没頭していた。第一子出産後に執筆活動を始め、巧みなプロットや繊細な心理描写が高い評価を得る。いま一番ほしいものは、頭の中にある数多の物語を描き出すための時間だという。

主要登場人物

アンジェリーン・カーロー……子爵の娘。愛称アンジェル。
グール子爵……アンジェルの父親。
レディ・グール……アンジェルの母親。
アリス……アンジェルの姉。
レティ……アンジェルの妹。
バーナビー……アンジェルの兄。
ジョーン……アンジェルの侍女。
ジェイソン・ダーヴェル……バーナビーの親友。ロサートン公爵。
ラヴィニア……ジェイソンの亡き妻。
トビー・ノウズリー……ジェイソンの従兄弟、後継者。ラヴィニアの愛人。
ローズ・ハリンゲー……ジェイソンの継娘。ラヴィニアの娘。
レディ・エリノア……ジェイソンの娘。愛称ネル。
ケネルム・ババトン……ローズの求婚者。
アダムズ……ジェイソンの従者。
ミセス・ウェンロック……ロサートン公爵領の屋敷の家政婦長。

1

「結婚式には最高のお日和だわ！」

　窓の外を見つめるアンジェリーン・カーローの胸は興奮で沸き立った。

「はい、お嬢様。でも急いで着替えないと、お支度が間に合いませんよ」メイドのジョーンが言った。

「出かけるまで、まだ一時間以上あるわ。それに私の支度ができているかどうかは重要ではないでしょう。誰も私には気づかないわよ。みんな新郎新婦を見ているから」

「でも、最高のご自分を披露したいなら、すぐにお支度を始めましょう。レディ・テチウィックからお出かけ前に見に来るよう頼まれているんですよ」ジョーンはアンジェルの新しいドレスの背中の留め具をはめながら言った。淡いピンクのモスリンだ。そして鼻を鳴らして付け加えた。「今はご自分の優秀な着付係がいるのに、昔のメイドに最後の仕上げを手伝うよう頼まずにはいられないようです」

「かわいそうなアリス姉様。どんなにおしゃれになったか、ここのみんなに見せようと必死なのね！」アンジェルは笑った。「バーナビーが結婚するのが同じ教区に住むメグで本当に運がいいわ。メグは昔からのご近所さんたちに花嫁姿を見せられるんだもの。でも、このグールパークで働く全員が結婚式に参列しに教会へ行けることのほうが重要だと思うわ。みんな私たちの成長を見てきたでしょう。教会で二人を祝福したいはずよ」

「ええ、もちろんです、ミス・アンジェリーン。でも、みんな出かける前にしなければいけない仕事が山ほどあるんです！」

それはよくわかっている。アンジェルも夜明けに起きて、ことが順調に運ぶように準備してきた。最初に家政婦長のミセス・ペンリスをなだめた。彼女は、四人の子供たちとともにやってきたテチウィック卿夫妻が子守係を一人しか連れておらず、不足を埋めるのにこちらのメイドをあてにしていること に腹を立てていたからだ。それから料理長の怒りも静める必要があった。母が披露宴のメニューをあまりにたびたび変更するので、厨房の誰もがわけがわからなくなっていたのだ。そしてアンジェルはこの数日間、母の仕事の多くを引き受けていた。母は一人息子の結婚式の準備に神経が高ぶり、日常業務がこなせなくなっていたからだ。

「さあ、できました」ジョーンはようやく後ろに下がってできばえを評価するように女主人を見た。「私にできる最高のお支度をしましたよ、ミス・アンジェリーン。どうかもう子供部屋には行かないでくださいね。お子様方がドレスをしわにしたり、髪を引っぱったりするといけませんから。そうなると、どこにいればいいんでしょうかね」

アンジェルは笑った。「困ったわね！ ジョーン、あなたはもう行って。私は出かける前にもう一度ミセス・ペンリスのところに顔を出して、披露宴の準備ができているかどうか確かめる約束なの」

メイドが出ていったあと、アンジェルは少しの間一人の時間を楽しんだ。ドア越しにさまざまな音が聞こえるが、不安をかき立てるような音ではない。これでリラックスして結婚式を楽しめればいいが。

正面階段を下り始めたが、踊り場まで来たところで、従者らしき地味な服装の男がスーツケースを二つ抱えて急いで玄関ホールから出てくるのが見えた。いちばん重要な最後の招待客が到着したのだろう。バーナビーの介添人であるロサートン公爵だ。

残りの階段を下りていくと、その人物が見えた。

すでに帽子を脱いでこちらに背を向けているので、漆黒の髪と長身のたくましい後ろ姿しか見えない。彼はケープ付きコートを脱いで待っていた従僕に渡すと、振り向いてこちらを見た。

「アンジェル！　こんにちは」

　喜びで胸が躍った。彼は私の愛称を忘れていなかった。その深くなめらかな声で呼ばれるといっそう魅力的に聞こえるというだけで、ことさらに嬉しかった。アンジェルは彼に近づき、笑みを浮かべて手を差し伸べた。「旅は快適でしたか、閣下」

「ありがとう、快適だったよ」公爵はその手を取り、口づけした。「道はよかったし天気も上々だった」彼は背筋を伸ばした。「でも、前は僕をジェイソンと呼んでくれていたじゃないか」

「それはあなたがだらしない男の子だった頃の話よ！」アンジェルは彼の唇が指に触れた瞬間、背筋に走った興奮の疼きを無視しようとした。「あなたはずいぶん変わったわ」

「そうかい？」青灰色の目から力強いまなざしが注がれた。「きみのことはすぐにわかったよ」

　アンジェルはやせっぽちの子供だったので、これはほめ言葉とは言えないが、やり過ごすことにする。視線を飾り気のない上着と黒いネクタイに移した。彼は馬車の転覆事故で悲劇的な死を遂げた美しい妻の喪中なのだ。何か言う必要がある。

「父が手紙を書いたのは知っているけど、私からもお悔やみを言わせてもらうわ」

　公爵は片手を上げた。「ありがとう。でも、今日はその話はやめておこう」

「ジェイソン！」

　公爵は視線を上げ、アンジェルの頭越しにバーナビーの声が聞こえた階段のほうを見た。次の瞬間には兄が二人のそばに立っていた。

「今何時だと思っているんだ？」

「予定よりだいぶ早く着いたと思うが」

「昨夜ここに泊まってくれれば安心だったのに」

「手紙にも書いたが、北部に用事があったんだ」ジェイソンは口元に微笑を浮かべて両手を広げた。

「でも、ご覧のとおり、ちゃんと来ただろう。仰せのままに動きますよ」

「教会へ行く前に、着替える時間があまりないぞ」

「一時間近くあるじゃないか」公爵は大きな振り子時計を見た。「僕はネクタイを結ぶのに午前中いっぱいかけるようなしゃれ者じゃないぞ！　しゃべっている間にアダムズが服を出しておいてくれるよ」

「それじゃ、きみの部屋まで一緒に行くよ。着替えながら話ができるだろう」バーナビーは公爵の腕を取り、歩きだしながら振り向いた。「閣下の部屋に湯を運んだかどうか確かめてくれるか、アンジェル？　頼んだよ」

絶え間なくしゃべり続ける兄と公爵が階段を上って上階へ行ってしまうと、アンジェルはふと悲しみに襲われた。十二年前と同じだ。当時、ジェイソン・ダーヴェルはたった十五歳で父の死を嘆き悲しみ、公爵として新たな状況に必死で耐えようとしていた。幼いアンジェルは彼のために胸を痛めた。もし突然父を奪われたら、どんな気持ちになるかわかったからだ。

アンジェルは厨房へ向かいながら考えた。ジェイソンにずいぶん変わったと言ったが、見た目はそれほど変わっていない。もちろん今は背も高く、顔も引きしまり鷹のような容貌がより顕著になって、頬の無精髭も目立つ。この髭の色なら剃ったばかりでも影が残るだろう。だが彼の黒髪は少年の頃と同じように眉の上にかかっている。そうだ。変わったのは外見ではない。少年時代の内気な性格が冷静な落ち着きになったのだ。今はまるで世間と距離を置こうと決意しているかのようだ。

ジェイソンがグールパークに来ていたのは何年も前のことだが、古い屋敷の色あせた壮麗さも、有能だが口も達者な使用人たちのにぎやかさも昔と変わらず、ほっとした。この家にはいちばん幸せだった頃の思い出が結びついている。

バーナビーは更衣室のある広い部屋へジェイソンを案内した。「母がきみにいちばんいい客室を用意したんだ」彼は窓を指し示した。「眺めは最高だよ」

「それは光栄だが、教室に近い昔の僕の部屋でもよかったのに」

「あそこはだめなんだ」バーナビーが苦笑した。「アリスの子供たちが泊まっているから」彼は真面目な表情に戻って続けた。「来てくれて本当に嬉しいよ、ジェイソン。まだ喪中なのに。ラヴィニアが亡くなって、まだ半年だろう。来られなくてもしかたがないと——」

「ああ」ジェイソンは友人から急いで顔を背けた。「みんなにあきれられるかな?」

「いや、きみはもう十分長い間、隠遁生活を送ってきたし、きみがここにいる間にダンスパーティーのような催しがあるわけでもない。静かな式に出て数日家族と過ごすだけなら、誰にもとやかく言われないさ」バーナビーはジェイソンの肩に手を置いた。「だが本当のところ、どうなんだ、ジェイソン?」

どうだろう? ジェイソンは考えた。馬車の事故で妻が死んだと知ったときは茫然とした。あんなに陽気で美しい人が悲劇的な最期を迎えるなんて悲しいことだ。だが本音は? 悪夢のような結婚生活が終わってほっとしている。

初めのうちは頭がおかしくなるほどラヴィニアを愛していたので、彼女の強欲で身勝手なところから故意に目をそらしていた。その後、彼女の不倫を無視するのが不可能になって、見て見ぬふりをすることだ。

とにした。夫婦で離婚の屈辱を経験する気にはなれなかったからだ。今は妻を失って悲嘆に暮れていると思われているので、皆を幻滅させるようなことはいっさいしていない。

ジェイソンは小さく肩をすくめた。「まあ元気にしているよ」

「そうか」バーナビーはジェイソンの肩を一瞬強くつかんでから笑みを浮かべてうなずいた。「よし、それじゃ着替えにかかろう。そんなほこりまみれの服を着たままじゃ、僕の介添人にはふさわしくないぞ！　きみの従者はどこだ？」

小さな教会は新郎新婦の家族、友人、近隣住民でいっぱいだった。結婚式が終わって、皆は教会の外へ移動した。ジェイソンは気づくとグール卿の隣に立っていた。

「結婚式は苦手でね」子爵がいわくありげに目配せした。「誰かが立ち上がって異議を唱えるんじゃないかと、いつも恐れてしまう。だが、これでうちの一人息子もついに足かせをはめられたわけだ。メグはいい子だから……息子のいい妻になるだろう」

その瞬間、子爵は自分が話している相手が最近妻を亡くしたばかりだと気づいたようだ。ぎこちなく咳払い(せきばらい)をして慌てて話題を変えた。

「いやあ、近所の人がこんなに大勢来てくれてありがたいな。挨拶してこないと。失礼するよ、閣下」

子爵は急いで立ち去り、ジェイソンは人混みから離れて事態の推移を見守った。今や皆が新郎新婦のまわりに集まっている。自分の階級のおかげで知らない人が近づいてこられないのが、ジェイソンにはありがたかった。ラヴィニアが死んでからは仕事に専念し、妻の死を引きこもる口実に使ってきた。久しぶりに外の世界へ出たので、とまどいを感じる。

ようやく馬車が来た。ジェイソンは披露宴に招待されている他の客とともにグールパークへ向かった。屋敷に到着し、高齢の公爵未亡人をエスコートして食堂に入った。席についたあと、部屋へ入ってきたアンジェルに気づいた。淡いピンクのモスリンのドレスに身を包み、後ろになでつけた黒髪はドレスとそろいのリボンでまとめている。年配の独身女性と腕を組んでいる彼女を見て、未婚の娘の優先順位が限りなく低いことに気づいた。それにもかかわらず、目が合った瞬間アンジェルが浮かべた明るい笑みのおかげで、室内が陽光で満たされたような気がした。

ようやく披露宴が終わり、義務を果たしたジェイソンはほっとした。バーナビーと花嫁が旅行用の服に着替えに行ったので、他の皆と一緒に玄関ホールへ移動して二人を待ちながら、新郎新婦の出発後、すぐにでも口実を作って帰れるだろうかと考えた。

レディ・グールは好きなだけ滞在していいと言ってくれたが、二晩だけ泊まる約束をした。今考えると、それでも長すぎる。このめでたい機会にもかかわらず、人と礼儀正しく会話するのが苦痛なのだ。知らない人と気楽に接するのが苦手で、今日は特に難しい。こちらを盗み見る多くの視線を感じるし、妻の死という結婚式にふさわしくない話題で意味ありげなほのめかしをする人もいる。

玄関ホールの話し声が急に増えた。顔を上げると、バーナビーが新妻を連れて階段を下りてくるところだった。ジェイソンは笑みを呼び起こして、外で待っている馬車まで新郎新婦をエスコートした。

「来てくれて嬉しかったよ」バーナビーが花嫁を馬車に乗せながらまた言った。「それに、きみのブライトンの別荘を新婚旅行に使わせてくれて、本当にありがとう。メグはもう有頂天になっているよ」

「とても楽しみです、閣下」花嫁は恥ずかしそうにちらりとジェイソンを見た。

「今はもう使わないので、誰かに使ってもらえたら嬉しいです」

ジェイソンは二人に向かって軽く帽子を上げ、ドアを閉めた。走りだした馬車を見送り、青空を見上げる。四月の晴天だ。ここまでは自分で二輪馬車を走らせてきた。今出れば、暗くなる前にロンドンへ帰れるだろう。

「やれやれ、無事に終わったな！」子爵がジェイソンの腕を取った。「さあ、中に入ろう。きみが来たのは本当に久しぶりだ……十年ぶりか！　会いたかったよ。妻が近況を聞きたがっているんだ。きみのことは家族の一員だと思っているからね……」

温かい言葉を聞くうちに、ジェイソンは気づいた。突然ロンドンへ帰ると言ったら、グール卿夫妻をひどく傷つけてしまうことに。そんなことはできない。これは義務を果たすよりはるかに重大な問題だ。かつてあれほど温かく受け入れてくれたカーロー家での滞在を短く切り上げるわけにはいかない。

「それにブライトンの家を貸してくれたんだって？」子爵はジェイソンとともに玄関ホールに入った。「本当にありがとう。きみが自分で使わないと聞いて驚いたよ。近頃はやりの街だろう」

「僕は行きません」ラヴィニアがほしがったので、結婚の贈り物として買った家だ。「実は、売ろうと思っているんです」

「何だって？」子爵は声をあげた。「だめだよ、そんなことを考えては。まだ早いが、きみもいずれは再婚するだろう。その相手はきっとブライトンでの社交を楽しみたいはずだ。それに子供たちのことを忘れてはいけないよ。母親が必要だ」

「娘たちはケントでちゃんと面倒をみていますし、後妻をもらうつもりはありません」

ラヴィニアはジェイソンと結婚する前から、娘のローズのためにケントに家を持っていた。そしてネルがまだ赤ん坊のうちに、その家へ移して一緒に住まわせるよう夫を説得した。とはいえ、たいして説得が必要だったわけではない。親と離れてロサートンで使用人と暮らしていたジェイソンの子供時代はもっと孤独だった。ラヴィニアは子供たちと同じ家では暮らせないと主張し、新妻にのぼせ上がっていたジェイソンはそれに同意した。

今では子供たちが母親の不品行や愛人たちを目撃しなくてよかったと思っている。

悲惨な結婚生活を思い出すと怒りが込み上げてきて、身震いをこらえた。一度で十分だ。

「後妻をもらわない？」子爵はジェイソンを見つめた。「それはだめだ！」

子爵は人に聞かれないようにジェイソンを隅へ引っぱっていった。

「きみはまだ喪中で時期尚早なのはわかっているが、後継ぎが必要だ。これは何としても向き合うべき問題だから、友人として言わないわけにはいかない。きみだって、あの能なしの従兄弟に後を継がせたくはないだろう。すまない、閣下。だが、それだけはだめだ！　トビアス・ノウズリーは浪費家だよ。きみが墓に入って冷たくならないうちに、おたくの財産を使い果たすだろう。もちろん、私が口を出すべき問題ではないが」子爵はジェイソンの顔をちらりと見て急いで付け加えた。「少年時代から知っているきみのためをいちばんに考えたら黙っていられない。ロサートンの屋敷がノウズリーのものになるのをきみが望むとは思えない！」

グール卿の言うとおりだ。トビアス・ノウズリーがロサートンを相続するなんて考えただけでもぞっとするものの、その件を話し合いたくもない。自室に引っ込みたいが、少し考えてやめた。いちばん嫌っている噂（うわさ）を呼び起こすだけだ。〝妻を亡くして悲嘆に暮れるかわいそうなロサートン〟だの〝妻を寝取られた男〟だのと憐れまれるのは我慢できない。

ジェイソンは顔をしかめないようにしつつ、こわばった笑みを浮かべ、応接間を指し示した。「おっしゃるとおりです。相変わらず英知の泉ですね。入りましょうか」

ジェイソンはグール卿夫妻のために、皆と話そうと努力した。これまでの人生でいちばん家族に近い存在のカーロー一家が好きだ。母はジェイソンが赤ん坊の頃に亡くなり、父には一人息子と過ごす時間などほとんどなかった。寄宿学校に入ってからは、ますます父と会わなくなった。休暇中も父はめったにロサートンにいなかったので、ジェイソンは新たな友達バーナビーと愛に満ちた幸せな彼の家族とともにグールパークで過ごすことを許された。

長時間かけて応接間を一周し、この半年間に接したよりも多くの人と会話した。小休止が必要だ。春の暖かい日を存分に楽しめるようにテラスに面したガラス戸が開け放たれている。ジェイソンは会釈したり言葉を交わしたりしながら、ようやく外に出た。

テラスには数人の客がいて、花園を歩いている人たちもいたが、ジェイソンは人を避けて芝生への階段を駆け下り、屋敷から離れた。誰も近づいてこなかったが、意外ではない。まだ喪中だということは皆が知っている。しばらく一人になりたいと思うのも当然だと考えているのだろう。

この庭園はよく知っている。バラ園を通り過ぎて、低木の植え込みに通じるイチイの並木道を歩いた。覚えていたとおり、そこは背の高い生け垣に囲まれ、低木の茂みの間を蛇行する手入れの行き届いた小道で、ところどころに休憩できるベンチがある。そして静かだ。ジェイソンはそれを求めていた。

屋敷からこんなに離れた場所まで来る客はいないだろうと思っていると、誰かの歌声が聞こえた。穏やかで優しい女性の声が子守歌を歌っている。誰の声なのかわからなかったが、興味をそそられて次のカーブまで歩いていくと、アンジェルがいた。

木製のベンチに座って、腕に抱いた赤ん坊を揺らしている。眠る子供をのぞき込むようにうつむき、艶やかな黒い巻き毛が一房ヘアピンからほつれて肩の上に垂れ下がっている。彼女が顔を上げたので、ジェイソンは足を止めた。

「ごめん」邪魔者になった気分だ。「きみとはわからなくて。歌声を聞いたことがなかったから」

アンジェルは笑った。「人前ではめったに歌わないもの！ 小さな甥がぐずって、姉にはこの子を連れ出してくれる人が必要だったのよ。かわいそうな子守係が他の子たちを寝かしつけているから」

その返事があまりに自然で、十数年の空白がいっきに消え去り、友人の妹と話す少年に戻った。

ジェイソンはアンジェルの隣に座った。「どうしてアリスが自分で連れ出さなかったんだい？」

「応接間にいないといけないから」

「きみはいなくていいのか？」ジェイソンは眉をひそめた。「子供が好きなのかい？」

「驚いているみたいね」アンジェルは笑った。「子供が好きだし、人混みやおしゃべりから離れて、この子とここにいられて満足よ。今日は忙しかったから、ほっとしているわ」

「いい叔母さんだね」

「役に立てば、少しは重要な存在になれるから」やや落胆しているような口ぶりだったが、次の瞬間彼女は笑みを浮かべた。「ところで閣下、おたくのお嬢さんたちはどうしているの？」

うちの娘たち！ ジェイソンは良心の呵責を感じた。時折子供たちの家へ行くが、堅苦しくぎこちない訪問になってしまう。もちろん自分のせいだ。会っても何をすればいいのか皆目わからない。

「元気にしているんでしょうね」

「最後に会ったときは、すこぶる元気だったよ」

「この半年は二人が大きな慰めになったでしょう」

ジェイソンはうなずいた。娘たちは、母親のことをいやというほど思い出させる。忘れたいのに。

「あなたが来てくれて、父も母も大喜びよ。グールパークへ来るのは本当に久しぶりだもの。十二年ぶりじゃない！」

それはよくわかっている。結婚してからは、ロンドンやさまざまなパーティーでしかバーナビーに会わなかった。妻をグールパークへ連れてきたことはない。思い返せば、ラヴィニアと一緒にここへ来ることで幸せな子供時代の思い出が台無しになるのを恐れていたのだ。

「ああ、やっと来られた」

「ええ、たった二日だけれどね！」首を振るアンジェルにジェイソンは笑った。

「最後に会ってからきみがしてきたことをすべて知るには、時間が十分あるとは言えないな」

「あら、私がしてきたことなんて、たいしてないわ。社交界デビューくらいよ」

「ああ、それを見逃した」彼はすまなそうに言った。

「ええ、あなたはたしか奥様とパリにいたのよね」

「そうだ。束の間の和平期間だった」当時のことは思い出したくない。目に入るすべての将校と妻がいちゃつくのを目の当たりにしたのだ。「ドレスやパーティーを楽しんだかい？」

アンジェルは答える前にほんの少しためらった。

「ええ、だけど母にとって私は期待外れだったの。社交シーズンが終わるまでに誰にも求婚されなかったから」

「何だって、誰にも？」ジェイソンは驚いて眉を上げた。「きみは誰とも恋に落ちなかったのかい？」

彼女は顔を赤らめた。「そうは言っていないわ」

アンジェルは眠っている赤ん坊を抱きしめた。ひどく悲しそうな彼女の表情を見て、ジェイソンは何があったのか尋ねたくなった。

だが、口を開く前にアンジェルは明るく言った。

「それで永遠に恋愛をやめたとだけ言っておくわ！もうロンドンには行かなかったけど、後悔はしていないの。翌年はレティの番だったし、姉のお産もあったから」

ジェイソンは眉をひそめた。「わからないな……それがきみにどう影響するんだ？」

「母が同時に二箇所にはいられないからよ。母が妹を連れてロンドンへ行っている間、私がシュロップシャーに行って姉に付き添ったの。最高に楽しい時間ではなかったわ。義兄(あに)は優しい人だけど、分別のかけらもないの！子供が生まれるときに心配しすぎなのよ。姉のそばをうろうろして自分の主治医をお産に立ち会わせるべきだなんて言い張っていないで友達と競馬にでも行ってくれたらよかったのに」

アンジェルは思い出して笑った。「私は助産婦の怒りを静めるのにほとんどの時間を費やしたわ。とても有能な人だったけど、自分の行動についていちいち質問されることにひどく腹を立てていたから」

「きみにとっては大変な状況だったね」

「ええ、だけどロンドンのほうがもっといやだったと思うわ！」アンジェルの茶色の目が魅力的にきらめいた。「レティは大成功だったの。マーランドが現れる前にも、とてもいい求婚が二件もあったんだもの。もし私がそこにいたら妹は自分の成果を自慢して浮かれていたでしょうね。子供の頃からいつも人をけなしてばかりいたのを覚えているでしょう」

ジェイソンは首を振った。「レティやアリスのことはほとんど覚えていないんだ。僕にとってあの二人は、バーナビーの批判的な妹でしかなかった。実際、はっきり思い出せるのはきみのことだけだ」

「私？」アンジェルは頬を染めたが、陽気に続けた。

「それは私が邪魔者だったからでしょう。兄に言わせると、すごいおてんば娘だったから。私にうんざりしていたのなら申し訳ないけど、私はあなたが来るのがいつも楽しみだったわ。今でも落ち込んでいるときに思い出すと、元気が出るのよ」

からかわれたり邪魔して怒られたりするのが、どうして楽しかったのだろう？

アンジェルは立ち上がった。「もう日が沈むわ。ヘンリーを子供部屋に連れていかないと」

「そのあと応接間に戻るのかい？」

「残念ながら戻らないわ。夕食の準備を手伝うと家政婦長に約束したの。厨房のメイドが腕を骨折したから、料理を運ぶ手伝いをする人が必要なのよ」彼女は小さく会釈した。「おやすみなさい、閣下」

「ジェイソンだよ」

アンジェルは一瞬ジェイソンを見つめた。真剣な表情を浮かべた茶色の目は、今は黒に近い。それからもう一度軽く会釈して彼女は立ち去った。

ジェイソンはその後ろ姿を見送った。ヒップが揺れ、薄いモスリンが形のいい四肢に張りついている。変わっていないと言ったのは間違いだった。今も小柄で二十四歳という年齢より若く見えるが、ピンクのドレスの下は間違いなく女性らしい体つきだ。

ジェイソンが初めてグールパークへ来たとき、アンジェルはまだ幼すぎて兄たちのゲームに加われなかった。しかし賢くてのみ込みが早く、からかわれても影のようにつきまとった。最後に会ったときは何歳だったのだろう？　十二？　十三？　ジェイソンは腕組みして笑みを浮かべた。その頃には勇敢に馬を乗りこなし、ビリヤードの才能もあり、クリケットをするときには役に立つ交代要員になっていた。

別の思い出がよみがえった。最後にグールパークを訪れたときの記憶だ。父を埋葬したばかりで、よく知らない後見人の叔父から告げられた。学校には戻らずロサートンで家庭教師のもとで教育を終えることになる。もう公爵なのだから、それらしいふるまい方を学ばなければいけないと。

最後の休暇として、バーナビーとその家族とともに貴重な数週間を過ごすことが許された。

帰るときが来て、ジェイソンは人生が重大な変化に襲われたことを思い出した。最後の夕食の前に応接間へ向かう途中で足を止めた。向きを変えて逃げ出したかった。すべての人、すべてのものから隠れたかった。自分自身の悲しみ、優しい一家の思いやり、そして何よりも前途に待ち受ける重責から。今でも鮮明に覚えている。ドアの前に立ち、この一家に再び加わる勇気を奮い起こそうとしていたとき、小さなアンジェルが現れた。彼女はジェイソンの手に自分の手を滑り込ませて一緒に部屋へ入った。

アンジェルに会ったのは、それが最後だった。新しい生活に追われ、彼女には二度と会わなかったし、めったに思い出しもしなかった。今日までは。

ジェイソンがようやく応接間に戻ると、結婚式の招待客は帰って家族だけが残っていた。子爵夫妻、子供たちと一緒に結婚式のためにシュロップシャーから来た長女アリスとその夫ハンフリー・テチウィック、ここからわずか三キロのところに住んでいるカーロー家の末娘レティと夫のマーランド卿だ。

アンジェルの姿はなかった。ここではいつもアンジェルとバーナビーのそばにいたので、二人の不在を痛切に感じた。また逃げ出したい衝動に駆られたが、それを抑えてゆっくり部屋を横切り、レディ・グールのそばに座った。

「また会えて本当に嬉しいわ、閣下。ずいぶん長い間ハートフォードシャーから足が遠のいていたでしょう。これからは、また顔を見せに来てね」

「ありがとうございます。そうします」

「また来てくださったら、うちで小さなパーティーを開くわ」レティが言った。「大層なものじゃないの。ロンドンでは堅苦しい会ばかりでしょう！　ここではお友達とご近所さんだけの和気あいあいとした会にするわ」

「それにダンスがあってもいいわね」アリスが言った。「レティ、ダンスをやると約束してくれたら、必ず行くわよ。ハンフリー卿の妹たちも連れていくわ。二人ともそれぞれすばらしいのよ。若いレディはいつも、そういうパーティーに箔をつけてくれるでしょう。そう思いません、閣下？」

ジェイソンは頭を傾けたが答えなかった。笑顔の裏で女性が計算しているのがわかる。自分に次の花嫁を提供したいのだ。彼が話に入ってこないとわかると、一同は明日の予定について話し始めた。

「乗馬はどうかな」銀の箱から嗅ぎたばこをつまみながらマーランドが言った。「いい天気は明日ももちそうだし」

「まあ、すばらしい思いつきだわ、あなた！」レティが声をあげた。「とっても楽しみだけど、全員乗れるかしら？」

「アリスとハンフリー卿はうちの馬に乗ればいいわ」レディ・グールが言った。「私たちは大変な日のあとだから、明日は家で静かに過ごしたいの」

アリスはため息をついた。「私も馬で出かけたいけど、残念ながらヘンリーがひどくぐずるの。歯がはえかけているせいなんだけど、子守係は一人で四人の子供たちの面倒はみられないと言っているわ。子守をもう一人連れていこうとハンフリー卿に言ったんだけど、彼の考えは変わらなかったのよ」

「妻の言うとおりにすると、全員乗るためには馬車をもう一台雇わなければいけなかったんだ」アリスの優しい夫は笑った。

「あら、そうしてほしかったわ」アリスが言い返した。「自由になれる時間がないんだから。昨日だって、他のみんなが楽しんでいる間に三十分も子供部屋で過ごしたのよ！」

「アリス姉様がいない間、アンジェル姉様が子守係を手伝えばいいじゃない」レティが言った。

「そうね。いい考えだわ。子供たちは私よりアンジェルの言うことのほうがずっとよく聞くから」

ジェイソンは思わず口を出した。「でも、ミス・カーローもきっと馬で出かけたいでしょう」

「あら、それはないわ」レティが答えた。ジェイソンの見たところ、レティはかなりの仕切り屋だ。「アンジェル姉様はご近所にウエディングケーキを配るから、それと子供たちの世話で一日かかるわ」

「では、これで決まりだね」マーランド卿が満足そうな笑みを妻に向けてからジェイソンに言った。

「閣下も一緒に行きますよね？　いい馬がうちにもう一頭いるんです。あいつなら閣下の体重でも大丈夫だし、一日楽しめますよ」

「ありがとう。でも別の計画があるんです。グールパークは久しぶりなので、この地をまたゆっくりまわりたいと思っています。歩いて」レティが何か言おうとしているのを見て、断固として付け加えた。

「きみが最後にここへ来てから、新しい小道を何本か作ったんだ」グール卿が言った。「丘からの眺めは歩く価値が十分にあるよ」

「ありがとうございます。行ってみます」

そのあとすぐにマーランド夫妻の馬車が呼ばれたので、ジェイソンはその機会を利用して皆に挨拶をして自室へ逃げ込んだ。今日はもう人と一緒にいるのはたくさんだし、アリスの的外れな結婚仲介の試みに、まだいらいらしていた。

あらかじめ温められた心地いいベッドに入る頃には、ジェイソンの機嫌も直っていた。頭の後ろで手を組んで仰向けになり、自分の立場を考えてみた。後継ぎのいない公爵なのだから、世間は再婚を期待するだろうが、ラヴィニアが死んで半年しか経っていない。目の前に花嫁候補が送り込まれてくるまで、少なくとも一年は待ってもらえると思っていた。だが、自分の再婚を企んでいるのはアリスだけではない。そうほのめかす手紙が親戚中から来ている。

親族の希望に反して恋愛結婚をしたのが、そもそもの間違いだった。それは否定できない。妻にしたのは愛人たちへの飽くなき欲求を持つ八歳上の未亡人だったが、そのあとも自分の過ちを認めるのはプライドが許さなかった。

ラヴィニアが後継ぎである息子を産んでくれていれば再婚を避けられたかもしれないが、グール子爵以上にトビアス・ノウズリーが自分の後を継ぐのは見たくない。それにもしノウズリーのほうが先に死んだら――彼の自堕落な暮らしぶりを考えると、その可能性は高い――次に順番がまわってくる連中も彼よりましとは言えない。

ため息をついた。いやな考えだが、結婚するのは義務のようだ。妻をめとらなければならない。だが今回は純粋に便宜上の結婚で、愛が入る余地はない。

その問題が解決したらすぐに眠れるだろうと思っていたが、別の心配ごとに邪魔された。あの姉妹がアンジェルの時間を無頓着に侵害していたのが忘れられない。姉妹だけではない。バーナビーまでが、客に湯が届いたか確かめるようアンジェルに命じていた。ここへ来てからほとんどアンジェルを見なかったのは家事や家族の使い走りで常に忙しいからだ。

ジェイソンはいらいらしながら寝返りをうって目を閉じた。アンジェルがあれほど子供時代を懐かしんでいたのも当然だ。この家の人たちはかわいそうな娘を雑用係にしてしまったのだから。

2

翌日、運命の女神がグールパークの滞在客に微笑(ほほえ)みかけた。太陽が輝き、昨日の季節外れの暑さに代わってさわやかな春のそよ風が吹いている。テチウィック夫妻は朝食をとりながら今日の外出について上機嫌でしゃべっていた。

「何時頃帰ってくる?」アンジェルが尋ねた。

「さあ、わからないわ。馬でマーランド・ホールまで行ってレティ夫妻と落ち合うの。たぶん帰る前に〈クラウン〉に寄って軽食をとるから、夕食前には帰れないと思うわ」

「みんな楽しんでおいで」子爵は急いで出ていく娘夫婦を見送りながら言った。それから新聞を読みに書斎へ行こうとして立ち上がったが、先にジェイソンのほうへ顔を向けた。「今日はこの地を歩くと言っていたね。無礼講でいこう、ジェイソン。好きなように出入りしてもらってかまわないが、もし話し相手がほしかったら、私がお供するよ」

「ありがとうございます。一人で大丈夫ですが、もしよかったら、ミス・アンジェリーン、一緒にいかがですか?」

アンジェルは予想外の誘いに喜びが押し寄せてくるのを感じたが、今日は忙しいからと言って断らなければいけないのが本当に残念だった。

父とともに退室しかけていた母が立ち止まった。

「閣下がお望みなら、あなたが二、三時間いなくても大丈夫よ」

「お誘いはありがたいけど、今日は用事があるの」

母は小さく舌打ちしたものの、それ以上異議を唱えずに立ち去った。アンジェルは朝食の席にジェイソンと二人きりで残された。母がジェイソンに同行するようにもっと強く勧めてくれなかったのが残念だ。ちょっと努力すれば、予定は調整できただろう。だが、母がこの誘いを単なる社交辞令ととらえていたのは明らかだ。もちろん、実際そうなのだが。

「僕よりケーキのほうが重要なのかと思うと、へこむな……」

「何ですって？」

「今日はウエディング・ケーキを配るんだろう」

「ああ……」アンジェルは彼のグレーの目に笑みが潜んでいるのを見て安心した。それほど気分を害してはいないようだ。「そうだけど、子守係の手伝いもあるの。一人で四人の世話はできないから」

「それはそうだな」ジェイソンはうなずいてナプキンをテーブルに置いた。「それじゃ、きみは家事に専念するといい」

ジェイソンが会釈して立ち去ったあと、アンジェルはため息をついた。散歩に誘われて驚いたけれど、親切心から一緒に行きたかった。だが少し考えて、親切で誘ってくれただけだと確信した。今の二人には共通点が何もない。きっと三十分もしないうちに、彼を退屈させるだろう。

いや一時間はもつかもしれない。何しろ、十分な教育を受けているのだから。しかし、ハートフォードシャーでひっそりと暮らす二十四歳の独身女性だという事実からは逃れられない。世慣れたロサートン公爵が自分と雑談するために努力するのかと思うと、内心身がすくむ。二人とも楽しめないくらいなら避けたほうがいい。

それから間もなく、ジェイソンは家を出たが、散歩の前に厩(うまや)へ向かった。そこにいる馬丁頭は少年時代のジェイソンを覚えていて、グール卿(きょう)が最近二輪馬車用に購入したそろいの二頭を誇らしげに見せながら、これまでに変わった点を喜んで語った。

「もちろん、今日はだんな様と奥様の馬は出かけていますが、あの子たちの質の高さには、きっとご満足いただけますよ、閣下」

「そうだろうね」ジェイソンは賢そうな目でこちらを見ている艶やかな栗毛(くりげ)の去勢馬に歩み寄った。

「このハンサムな馬には誰が乗るんだい？」

「その子はアポロです、閣下。ミス・アンジェルの馬ですよ」

「それじゃ、彼女はまだ馬に乗っているんだね？」

馬の頭をなでながら、さりげなく尋ねた。

「乗っていますよ。乗れるときはいつもね。どんなに達者な乗り手か、お忘れじゃありませんよね」

「ああ、忘れていないよ」

ジェイソンは馬丁頭に挨拶して歩きだしながら、バーナビーやアンジェルとともに、この庭園を馬で走りまわった頃のことを思い返した。公爵になる前の気楽で幸せな時代だった。その後の人生は、いっさいの感情を隠した責務と抑制の日々だ。

数時間後、ジェイソンは空腹感を覚えて屋敷に戻った。昔なら厨房(ちゅうぼう)に行って料理長を丸め込み、何か食べるものを出してもらって夕食までの時間をしのいだだろう。公爵になった今では、指一本動かすだけで、どんな些細(ささい)な要求でも実行されるが、そうしたいとは思わない。ぜひとも自分で厨房へ行って、そこにあるものを食べたいが、ロサートン公爵閣下に領域を侵害された使用人たちが慌てる様子が目に浮かぶ。ひどく気まずい思いをさせるはずだ。出たときと同じように庭側の裏口から屋敷に入ろう。

裏口ホールに足を踏み入れると、ちょうど石の階段を下りてきたアンジェルがこちらを見て微笑んだ。

「閣下、散歩は楽しかった？」

「ああ、とても楽しかったよ。きみはケーキを全部配り終えたのかい？」

「ええ、午前中はそのために馬車で出かけて、配ったあとは子供部屋で姪や甥たちと一緒にいたの。あなたが戻ってくるのは、早くてももう一時間くらいあとだと思っていたわ」

「何か食べたくなって帰ってきたんだ」おなかが鳴って苦笑いする。「夕食までもちそうもない」

「そうでしょうね」アンジェルは手に持ったトレイを指さした。「今厨房へ行く途中なの。何か持ってくるわ――」

「いや」ジェイソンは両手を上げた。「きみが僕に給仕する必要はない。自分で何とかするよ」

「でも、どうせ私が行くところなのに、どうしてわざわざ使用人を行ったり来たりさせるの？」

ジェイソンはためらった。「きみの考えには反論できないが、その論法だと僕が自分で行ってもかまわないよね」

「確かにそうね。そんなにおなかがすいているなら、今私と一緒に来ればすぐに何か食べられるわ！」アンジェルは最後の数段を下りて笑顔でジェイソンの前に立った。「子供の頃はよく厨房に押しかけたわね。それで、どうする？　一緒に来る？」

「それは断れないな」

ジェイソンはアンジェルのあとについて地下へと下りていった。彼女は使用人用食堂で足を止めた。

「この食器を洗い場へ持っていく間、そこに座っていて。あなたが厨房にいるのを見たら、かわいそうな料理長が脳卒中を起こしそうだから」

「ああ、僕も同じようなことを考えていた」

アンジェルがトレイを持って姿を消すと、ジェイソンは誰もいない食堂に入ってよく磨かれたテーブルの前に座った。アンジェルは水差しとジョッキを二つ持って、すぐに戻ってきた。その後ろに、もっと大きい料理のトレイを持ったメイドがいる。

「ありがとう、マリア。閣下にお辞儀する前に、トレイを置いてちょうだい」アンジェルはメイドがトレイを置いて立ち去るのを待ってから、自分の荷物を下ろした。「運動のあとで喉をうるおすなら、ビールのほうがいいと思って」

「きみも付き合ってくれるのかい?」

「ここにあなたを一人では置いていけないもの」彼女は目を輝かせて説明した。「靴磨きの下男から洗濯係まで、みんながのぞきに来るわよ。そんなのいやでしょうし、さっきのマリアを見たでしょう」

「あの気の毒な女の子が卒倒するんじゃないかと心配だったよ」

アンジェルは笑った。「どうやって公爵に給仕したか、きっと友達みんなに話すわよ!」彼女はビールを注いでいるジェイソンの前に食べ物を並べた。

「昨夜のゲームパイとバター付きパンが少し、それにチーズとピクルスよ。簡単なものばかりだけど、好きだったでしょう」

「ああ! きみやバーナビーと午前中いっぱい外で遊んで、よくおなかをすかしてここへ来たね」ジェイソンはジョッキを上げてアンジェルのジョッキと合わせた。「あの頃は楽しかったな、アンジェル」

「本当ね」アンジェルは手を伸ばして彼の皿からチーズを少しつまんだ。

「二人でも十分な量だ」

「ありがとう。でも違うの。私は子供たちと一緒に昼食を食べたから、あまりおなかはすいていないんだけど、目の前にあると誘惑に勝てないのよ」

そうだ、これがアンジェルだ。茶色い目がいたずらっぽく輝き、髪がピンからほつれている。一緒にいるとすっかりうちとけて、よどみなく会話が続いたが、ジェイソンはあとで考えても、何を話したのか思い出せなかった。だが、満足いくまで食べた自分に、もう行かなければならないとアンジェルが言ったとき、がっかりしたことだけはよく覚えている。

「まだ夕食用の服に着替える時間じゃないだろう」

「ええ、それはまだだけど、朝食室のお花を入れ替える必要があるし、どの鉢のお花が咲いているか温室へ見に行きたいの」

「それは誰か他の人に任せてもいいんじゃないか」

ジェイソンは一緒に部屋を出ながら言った。

「もちろんそうだけど、自分でお花を選びたいの」

「きみの仕事が多すぎる」

「忙しくしているのが好きなのよ」

裏口ホールに戻ってきたとき、ジェイソンはアンジェルを止めた。「正直に言ってくれ。今日、本当は乗馬に出かけたかったんじゃないか?」

ジェイソンは注意深く観察し、アンジェルが首を振る前にかすかにためらったことに気づいた。

「ここで必要とされていたから」

「僕がきいているのは、そういうことじゃない」

厳しいグレーの目でじっと見つめられたアンジェルは、決然と引き結ばれた口元を見て彼が真実しか受け入れないことを悟り、次の言葉を慎重に選んだ。

「確かに選ぶ権利はほしかったわ。でも、不満だという意味ではないの——そんなふうには思わないでね」ジェイソンが納得していない様子なので、アンジェルは続けた。「昔バーナビーと三人でしたみたいに、地下で一緒に過ごせて楽しかったわ、閣下」

「ああ、大人になる必要があったのが残念だ」

ジェイソンの言葉の裏には大きな悲しみが感じられた。アンジェルはどういう意味かと尋ねたかったが、その機会は一瞬で去り、彼は手を振った。

「時間を取らせてしまったね。花を選んできてくれ、アンジェリーン。夕食のときにまた会おう」

ジェイソンが自室へ行くと、アダムズがすでに風呂の準備をしていた。

「どうして僕が帰ったことがわかったんだ？」

「閣下が地下においでだと知らせてくれた使用人がいたんです」従者が答えた。

ジェイソンは顔をしかめた。その使用人を送ったのも湯を沸かすよう命じたのも、誰なのか尋ねる必要はない。アンジェルだ。これまでに見た限りでは、彼女が実質的にグールパークを切り盛りしている。

〝ロサートンに、あんな女主人がいればいいのに〟

その考えにはっとして、頭の中ではなく室内のどこかから声が聞こえたかのように辺りを見まわした。

アンジェルは自分自身より皆の快適な暮らしを考えているが、もし自分の家を持って、花選びだけでなく家中を思いどおりにできたらどうなるだろう？

「さあ、お湯が冷めないうちに入ってください」

「えっ？　ああ、わかった」


一時間後、イブニング・コートと長ズボンに身を包んだジェイソンが応接間へ向かおうとしていると、慌てて階段を上がってくるレディ・グールに会った。

「ああ閣下、本当に申し訳ないけど、アリスとハンフリー卿が今遠乗りから帰ってきたところだから、厨房に夕食を一時間遅らせるように言ったのよ」

彼女がひどくうろたえているようなので、自分はまったくかまわないと言って急いで安心させた。

「一時間くらい喜んで待ちますよ」ジェイソンが言うと、レディ・グールはまだとりとめのないわびの言葉をつぶやきながら急いで立ち去った。

「応接間にいたければ、もう暖めてあるわ」階段の下にアンジェルが立っていた。「夕方になるとびっくりするくらい家の中が肌寒くなるのよ」

「図書室へ行って本を探そうと思っていたんだ」ジェイソンは階段を下りていき、彼女がドレスの上につけたエプロンをちらりと見た。「きみは何を？」

「庭師が朝食室にお花の鉢を持ってきてくれたから、これから並べないといけないの」アンジェルは先刻ジェイソンがやったように、手を振って彼を追い払った。「どうぞ、行って本を探してきて。でも、それを応接間に持っていって読んでね。そのほうがずっと快適だし、誰にも邪魔されないわ」

アンジェルは笑顔で立ち去り、ジェイソンは本を探しに行った。だが、子爵の図書室は蔵書が豊富だというのに、頭の中でどんどん大きくなっていくある考えから気をそらせるような本は見つからなかった。ロサートン公爵としては再婚する義務があるものの、社交界の結婚市場に戻るのかと思うとぞっとする。目の前に並んだふさわしい女性たちの中から一人選ばなければいけないが、皆知らない相手だ。末永く幸せになれる保証など、どこにもない。

それなら、幼なじみのアンジェルと結婚するほうが、ずっといいのではないか？　互いに相手を理解し合っているし、恋の幻想を抱くこともない。二人にとって理想的な解決策だ。何も問題ないだろう。

アンジェルは朝食室で一人、サイドテーブルに並べたデルフト焼きの鉢を見渡していた。そこへジェイソンが入ってきた。

「ヒヤシンスに決めたの。どう思う？」

「ああ、とてもきれいだ。アンジェル――」

「派手ではないけど鉢の青と白に映えるでしょう」

「ちょっと花のことは忘れてくれ。話があるんだ」

「ええ、いいわよ」アンジェルは眉を上げて振り向いた。「何か問題でも？」

「いや、そうじゃない」ジェイソンは考えをまとめようとして室内を歩きまわり、彼女の前で立ち止まった。「アンジェリーン、結婚してくれないか？」

アンジェルの頬から血の気が引き、茶色い目がいっそう大きく見えた。

「まず父にきかないと」彼女はゆっくりと言った。

「僕は父上と結婚したいわけじゃない」ジェイソンは自分の軽薄な返答に顔をしかめたが、アンジェルのまぶたがかすかに動き、華奢(きゃしゃ)な体の緊張がゆるむのがわかった。「きみだって自分の考えを持っているだろう、アンジェル。これはきみが望むかどうかの問題だ。思ったんだが……」ぴったりな言葉を探す。「きみがここで、どれほどみんなにつくしているか見てきた。やりすぎなくらいだ。ご両親の家を切り盛りするより、自分の家を持ったほうがいい」

沈黙が訪れた。彼に背を向けたアンジェルは花を見ている。

「閣下、とてもありがたいお話だけど……」植木鉢をほんの二、三センチ動かした。「どうして私にこんな申し出をするのかわからないわ。私の利点は挙げてくれたけど、あなたはどうなの？　どうして求婚する気になったの？」

振り向いたアンジェルは、とまどうほどまっすぐな視線を向けてきた。子供の頃から常に誠実で率直だった。とりすましたそぶりはまったく見せない。この件を良識的に話し合えて、彼はほっとした。

ジェイソンは微笑んだ。「純粋にきみのために求婚していると思わないでくれ。実のところ、まったく逆だ。実に身勝手な理由なんだよ。僕はどうしても再婚しなければいけない。後継ぎが必要なんだ」

アンジェルが真っ赤になったので、急いで言った。

「もちろん、すぐにではないよ。せかすつもりはないから安心してくれ！　僕らはずっといい友達だったから、正直に言うよ。一人でいる限り、親族や友人や赤の他人までが僕に妻を見つけようとするだろう。実際、それはもうすでに始まっている」グールパークへ来た最初の晩のことを思い出して付け加えた。ジェイソンはアンジェルに近づき、両手を取った。「僕には妻が必要で、きみ以上にそばにいてほしい人は考えられない。僕たちならとてもうまくやっていけると思う。どうだい？　僕の公爵夫人になってくれる？」

「とても光栄だけど」アンジェルは静かに手を引っ込めた。「お断りするわ」

「断る？　どうしてか、きいてもいいかい？」

「奥様を失ってまだ一年も経っていないでしょう。あなたは自分がどうしたいか、まだわからないのよ。誰か他の人に出会って、また恋に落ちるかもしれないわ。最初の奥様みたいにきれいで社交的な人と」

〝それはない！　そんな過ちは二度と犯さない〟

ジェイソンは首を振った。「いや、もう恋愛はやめたときみは言っていたよね。僕も二度とあんな思いはしたくない。愛は不用心な者をただ苦しめるだけのばかげた感情だ。でも、きみのことは心から好きだよ、アンジェル。僕ら二人にとって、好都合な結婚だろう。きみは昔からずっと、きわめて現実的な人だった。友達どうしが一緒になるんだ。これ以上に合理的で快適な結婚生活があるか？　ないと思うよ。僕らはきっと幸せになれる」

「あなたはそれで幸せなの、ジェイソン？」

ここへ来てから初めてアンジェルに名前で呼ばれた。ジェイソンは勇気づいた。

「心から幸せだよ。公爵夫人として、きみが家を監督してくれたらね。興味があれば、庭も見てくれ。きみは好きなだけ忙しくしていられるが、仕事だけではない。いつでも馬に乗れるし、自分の馬車も持てる。小遣いも好きなだけ使える」そこで言葉を止めて大きく息を吸った。「きみは自分の家の女主人になるんだ、アンジェル。思いどおりに暮らせる」

ジェイソンは待った。これでアンジェルが十分納得してくれればいいが。

アンジェルは混乱していた。考えるのも冷静に話すのも、大変な努力が必要だった。子供の頃以来会っていなかったので、彼のことはほとんど知らない。

〝心の底ではよく知っているじゃない！〟

その反抗的な考えを急いで封じ込めた。そんな子供じみた空想で判断するには、あまりにも重要すぎる問題だ。自分自身とジェイソンの幸せがかかっているのだから。彼が愛しているふりをしなかったことには感謝している。子供の頃、ジェイソンを英雄視していたことは、結婚する理由にはならない。

「だめよ。うまくいくはずがないわ、閣下」

「どうして？　なぜそう思うんだ？」

ジェイソンは苛立(いらだ)って髪をかき上げた。少年時代の彼を思い出す、なじみのしぐさだ。だが、ジェイソン・ダーヴェルはもう子供ではない。大人の男性で公爵だ。彼にはその称号に伴う義務と責任がある。

「きみが大好きだ、アンジェル。ずっと好きだった。きみも――同じ気持ちなんじゃないか？」

「子供の頃は一緒にいて幸せだったわ」

「そうだろう！　今だって幸せになれるよ。確信がなければ、こんなことは言わない。きみに独立を提供する。きみは自分の家、金、使用人に加えて、社交界でも順番が最後ではない安定した地位が手に入る。したければ旅行もできるし、ロンドンには娯楽もたくさんある。講演会、展覧会、演劇、何でも望みのままだ」

〝あなたの愛を別にすればね〟

アンジェルは自分の心の声に驚き、ショックを受けた。本当にジェイソン・ダーヴェルと恋に落ちることはないのだろうか？　少なくとも本当の意味では、それはないだろう。私は思い出に恋をしている……少年だった頃の彼に。

アンジェルが軽く首を振ると、ジェイソンはため息をついて顔を背けた。

「きみがここでどう扱われているか見てきた」彼は

窓に近づきながら言った。「きみは都合よく使われている。姉妹からは子守として、母上からは相談相手として求められている。バーナビーまでがきみを使用人のように扱っているじゃないか！　きみには本来のきみでいてほしいんだ、アンジェル。みんなの言いなりになるんじゃなく、自分の望むように生きてほしい。そしてロサートンには女主人が必要だ。もちろん責務はあるが、きみに任せたい。きみが好きなように自由に仕切ってくれていい。他の地所についても同じだ。当然、大きな改革については意見が一致するまで二人で話し合うが、公爵夫人としてのきみの意見は尊重され、きみは大事にされる」ジェイソンは再びアンジェルに顔を向けた。「僕の妻になってくれるなら、きみを幸せにするために全力をつくすよ、アンジェリーン」

明るい窓を背にしているので表情はわからないが、彼の誠意に間違いはない。動揺したアンジェルは落ち着きを失い、ヒヤシンスに視線を移した。

「私は植木鉢を並べにここへ来たの」

「自分の朝食室に自分の花を並べるほうがよくないか？」

アンジェルは再び近づいてくるジェイソンを見つめた。地味で質素な装いだ。シャツやベストの白が黒い上着やズボンとはっきりした対照を成している。黒い髪が少し乱れているが、そのほうが好きだ。似合っている。彼のことを威圧的だと思う人もいる。威厳のある物腰と率直な物言いに加えて厳しく精悍な面持ちのせいだが、その怖い外見の下に本来のジェイソンが隠れている。半開きの目に笑みが潜み、おもしろがるようにかすかに口角が上がる。

アンジェルの心の中で何かが変わった。彼は思いやりのある優しい夫になるだろう。すでに友達どうしだが、やがてそれが愛に変わることもあり得るのではないか？

「私たちは本当に幸せになれると思う？」

「思うよ」彼は再びアンジェルの手を取った。「頼む、アンジェル。僕と結婚すると言ってくれ」

アンジェルはごくりと唾をのみ込んだ。急に足元の地面が揺れたような気がして、体を支えようと彼の手を握りしめた。

「わかったわ、ジェイソン」必死に言葉を押し出した。自分の声が遠くから聞こえてくるようだ。「はい、あなたと結婚します」

そう言ったあと、目の前が真っ暗になった。

ジェイソンは卒倒したアンジェルを抱きかかえた。ソファに運んでそっと下ろし、隣に座って目覚めるまで手をさすった。

「ごめんなさい」目を覚ましたアンジェルが上半身を起こそうともがいた。「何が起きたのかしら？」

「無理するな」ジェイソンは彼女の背中をクッションに押しつけた。「しばらく横になっていたほうがいい。気を失っただけだ」彼の口元に悲しげな笑みが浮かんだ。「僕が望んでいた反応とは違っていたが、求婚したことは覚えているかい？」

「ええ」アンジェルははにかみながら彼を見上げた。「わ、私を……からかったの？」

「まさか！　僕が冗談であんなことを言うわけがないだろう。いたって真剣だ。きみも同意してくれた」ジェイソンは彼女の手をさするのをやめて握りしめた。「だが、アンジェル、本当に本気で同意してくれたのかい？」

アンジェルはうなずいた。「本気よ」

ジェイソンの胸に安堵が押し寄せた。安堵と、驚くほどの満足感だ。アンジェルは迷わず求婚を受け入れると思っていたので、断られたときにはすっかり動転してしまった。それから考えを変えさせようと必死で説得した――プライドが傷ついたからではない。その瞬間、どれほど自分がこの結婚を望んでいるか確信したからだ。自分のまわりに張りめぐらせた防御壁に、少しひびが入ったような気分だった。

アンジェルの両手を握りしめ、片方ずつ順番に持ち上げてキスした。

「きみのおかげで、僕は最高に幸せな男だ」もっと独創的なことが言えないのかと自分を責めたが、今思いつけるのはそれだけだった。「水かワインでも持ってこようか？」

「いいえ、何もいらないわ。ありがとう、閣下」

「ジェイソンだよ」

「ジェイソン」アンジェルはかすかに微笑んだ。

「一緒に座っている必要はないわ。私は大丈夫。実のところ、一人になりたいのよ」

「それなら……きみの侍女を呼んでこようか？」

「いいえ、少し静かに座っていれば大丈夫よ」

「では、失礼するよ。きみの父上にいいニュースを伝えに行ってくる」そこでためらった。「すぐに公表するのはいやかい？」

「い、いいえ、そんなことはないわ」

アンジェルは少し茫然（ぼうぜん）とした様子だが、まだ笑みを浮かべている。ジェイソンはその頰にキスしてから、子爵を捜しに行った。

ジェイソンが立ち去っても、アンジェルは動かなかった。すべてが静寂に包まれている。嵐のあとの静けさのようだ。もうめまいはしないが、彼の申し出を受け入れたときに感じた希望と確信は消えてしまった。

片手を頰にあてた。キスされたところがまだほてっている。

「ああ、何てことをしてしまったの？」誰もいない部屋でささやいた。

3

〝公爵夫人！　この私が公爵夫人だなんて〟

アンジェルの頭の中の声が繰り返した。馬車は五月の花で白く彩られた生け垣に沿ってサリー州の田舎道を疾走している。私がロサートン公爵夫人だなんて。どうしてこんなことになったのかしら？

ジェイソンに求婚されてから一カ月しか経っていない。二人の婚約に対する最初の衝撃と驚きから立ち直ると、家族は次の結婚式の準備に果敢に挑んだ。ジェイソンは、あまり客を呼ばない地味な式を提案していたが、もしアンジェルが望むなら時期を少し遅らせてもっと盛大な式を挙げてもいいと言った。

だが、アンジェルはそれを望まなかった。ジェイソンが急いで地味な結婚式を挙げたいなら、自分はそれで満足だ。挙式後、すぐにロサートンへ向かうのもかまわない。何しろ、先妻が亡くなってまだ七カ月しか経っていないし、ロンドンの憶測やゴシップにさらされる心の準備はできていない。

二人は今日の午前中、兄の結婚式がおこなわれたあの教区教会で結婚した。アンジェルが着たのは同じピンクのドレスだったが、今回はピンクのバラのつぼみで髪を飾り、ジェイソンから贈られたダイヤモンドと真珠のネックレスをつけた。兄が結婚したときのような披露宴はおこなわず、二人は結婚式が終わるとすぐにロサートンへ向けて出発した。

アンジェルは、兄がこの結婚に異議を唱えることを半ば覚悟していたが、式は問題なく終わった。

兄は恩返しとしてジェイソンの介添人を務めるため、新婚旅行を切り上げて帰ってきた。アンジェルは兄とメグに会えて嬉しかったが、間近に迫った結婚式に対する喜びは、前日になって霞んでしまった。図書室から出たところで、兄とジェイソンの会話が聞こえたのだ。

最初は正面階段の反対側にいる二人の姿が見えず、アンジェルは無頓着に階段へ近づいていったが、ふいに兄の声が悲惨なほどはっきり聞こえた。

「本当にいいのか、ジェイソン？　もちろんアンジェルはいい子だが、ラヴィニアのあとじゃ……」兄はそこで言葉を切り、急いで言った。「あいつはとても美人とは言えない」

アンジェルは足を止め、胃の前で腕を組んで後ずさりした。

〝とても美人とは言えない〟その言葉にボディーブローのような衝撃を受けた。階段の片側にコンソールテーブルが置かれ、その上に大きな鏡が掛かっている。ほんの二、三歩動くだけで、そこに映る自分が見えた。黒髪には十分な艶があり、それを後ろになでつけてきちんとまとめてある。流行の最先端とは言えないけれどセンスは悪くない。茶色い目は黒いまつげに縁取られ、肌は透き通るようだ。どれもまあまあだが、特別すばらしくはない。男性の胸を高鳴らせるような魅力はない。

ジェイソンがとがめるような口調で言った。

「それはひどいな、バーナビー。それに美しさは必ずしも見かけどおりとは限らないよ」

アンジェルはそれ以上隠れているつもりはなかった。立ち聞きは嫌いだ。顎を上げて階段へ向かっていくと、ジェイソンが笑い声をあげた。

「こんなばかな話はもういい！　アンジェルと僕はうまくいくさ。話は終わりだ」

二人は、ちょうどそこに姿を現したアンジェルを見た。兄の表情は罪悪感と困惑の見本のようだった。

「アンジェル！　いったいどこから現れたんだ？」

兄は正面階段を見上げた。今の話は階段を下りてくる誰にでも聞こえていたはずだと気づいたのだ。

「厨房よ」アンジェルは使用人用の狭い石造りの階段を指さして、何も気にしていないかのように微笑んだ。「どうして？　私を捜していた？」

「いや、別にそういうわけじゃない……」

「僕は捜していたよ」ジェイソンが前に進み出た。「夕食の前に一緒に散歩したいと思っていたんだ」

彼はアンジェルの手を取って自分の腕に置き、家から連れ出しながら言った。「ショールは必要ない。今日は暖かいし、そんなに長時間ではないから」

芝生を数メートル歩いたところで彼が言った。「バーナビーの話が聞こえたんだろう」

アンジェルは唇を噛んだ。「ええ」

「きみの価値がわからないあいつはばかだよ」

「でも、兄の言うとおり、私は美人じゃないわ」

「本当の美しさは必ずしも目に見えるわけじゃないよ、アンジェル。きれいな顔にはだまされやすい」

「ハンサムな顔にもね！」

アンジェルの口から止める間もなく言葉が出た。

「ああ、それが……恋愛をやめた理由かい？」ジェイソンは明るく尋ねた。「そのときのことを話してくれないか？」

「あなたを退屈させたくないわ」

「それでも知りたいんだ」

ジェイソンはさりげなく話しているけれど、その口調に思いやりを感じる。この話は家族にもしたことがないが、結婚するなら秘密にしておくべきではないと良心が言い張っている。

「くだらない話よ。社交界にデビューした年、ある紳士に出会ったの。ハンサムで魅力的で……夢中になったわ。でも運がよかったの。何の損害も受けないうちに彼の薄っぺらな人間性が露呈したから。一度キスされただけで、それ以上は何もなかったわ」

「それは違うよ！」ジェイソンは立ち止まり、アンジェルを自分のほうへ向かせた。「その男はきみを傷つけたんだ、アンジェル。許せないよ」

アンジェルは小さく肩をすくめた。「結婚していたら、もっとひどいことになっていたわ」

「彼の損が僕の得になったわけだ」ジェイソンは身をかがめてアンジェルの頬にキスした。

唇がほんの少し触れただけだが、アンジェルは稲妻に打たれたような衝撃を覚え、片手を彼のベストにあてた。「ああジェイソン、本当に私と結婚したいの？　あなたにあげられるものが何もないわ。私は田舎のねずみよ。ロンドンには一度しか行ったことがないし、社交界のことはほとんど知らないわ」

「おかげできみを社交界に紹介できる。むしろ光栄だ！　そうは言っても、ずっとロンドンにいるわけではない。僕らの本拠地はロサートンだ。早くきみに見せたいよ」ジェイソンはアンジェルの手を取り、自分の胸にあてた。「信じてくれ、アンジェル。僕が妻にしたいのはきみだけだ。きみは誠実だし、実務に有能でこの上なく優しい。それに良識がある」

そう、良識あるアンジェリーン。そう考えただけで、胸の高鳴りを落ち着かせるには十分だった。二人とももう二度と傷つきたくないのなら、友達として一緒にいるほうがずっといい。

それでも散歩しながら、兄の言葉だけでなく、ジェイソンがブライトンの別荘へ連れていくと言わなかったことが気になっていた。新婚旅行先として兄に貸した別荘だ。

アンジェルは再び分別を持とうとした。彼の最初の結婚は恋愛結婚だった。他の女性が別荘にいるのを見たら、思い出したくない記憶がよみがえってしまうのかもしれない。

馬車に揺られながら、アンジェルは思った。それがロサートンにはあてはまらないことを願うばかりだ。そこが二人の家になるのだから。

馬車は速度を落として立派な門を通り抜けた。

「ほらアンジェル、下に見えるのがロサートンだ。きみの新しい家をどう思う?」

その問いで現実に引き戻されたアンジェルは、素直に窓から外を見た。

大きく弧を描いて下っていく広い私道の先に、屋敷が見える。バロック様式の宮殿のような建物だ。クリーム色の石造りの正面は東向きで、広いポーチ付きの正面玄関の両側には少なくとも十二本の埋め込み式円柱と背の高い窓が並んでいる。この巨大な建造物は三世紀にわたってダーヴェル家の本拠地だった。その間に何度も改修と拡大を重ねて、子爵の娘でさえ圧倒されるほど壮大な屋敷になっている。

ジェイソンが微笑を浮かべてこちらを見つめている。「どうかな、公爵夫人?」

「グールパークより、かなり大きいわね」

彼は笑った。「確かにそうだが、すぐ慣れるよ」

そうは思えなかったが、アンジェルは黙っていた。

馬車は美しい庭園を通り抜けて玄関ポーチの階段前で止まった。お仕着せを着た使用人が待っていて馬車のドアを開けると、ジェイソンは飛び降りてお辞儀した使用人にうなずいてからアンジェルに手を差し伸べた。彼女が馬車から降りても手を放さず、そのまま自分の上着の袖の上に置いた。

「うちの執事が挨拶に来たよ」地味な服装の人物が階段を下りてくる。「ただいま、ラングショー」

「おかえりなさいませ、閣下、奥様」

アンジェルは会釈し、ちゃんと笑えているよう願った。ひどく緊張していて、うまく声が出せるかどうか自信がない。

「ラングショーは父の時代からここの執事なんだ」ジェイソンは楽しげに語った。「知るべきことは何でも、きくといい――そうだよな、ラングショー」

「ご質問には何なりとお答えいたします」微笑んだ

執事を見たら、それほど怖くないように思えてきた。

「ですが、お屋敷内のことにかけては私より長くこちらにいるミセス・ウェンロックのほうがいい情報提供者だと、奥様もおわかりになるでしょう」

「ああ、そうだな」ジェイソンはうなずいた。「ロサートンを厳しく管理している優秀な家政婦長だ！　今どこにいる？」

「玄関ホールです。新しい奥様にご挨拶させるため、使用人たちを集めております」

ジェイソンはうなずき、アンジェルを中へ案内した。確かに恐るべきミセス・ウェンロックが待っていたが、彼女は全然恐ろしくなかった。執事が見せたのと同じ温かい親愛の情をあらわにしてジェイソンに挨拶したあと、使用人の一団が見ている前で新公爵夫人を安心させようと苦心し、数人をアンジェルに引き合わせただけで全員を紹介しようとはしなかった。そして、皆の名前を一度に覚えられる人などいないと鋭い口調で宣言し、早々に使用人たちを仕事へ戻らせた。

「荷物用の馬車は少し前に着いたので、お荷物はすでに運び上げてあります」家政婦長が言った。「すぐにお部屋へお湯をお届けしますが、それまでの間、軽食を用意しましたので、黄色の間にどうぞ」

アンジェルのマントを脱がせていたジェイソンの動きが止まった。アンジェルが見上げると、彼は顔をしかめている。けれどほんの一瞬のことで、彼はすぐに完全に冷静な口調で家政婦長に答えた。

「ありがとう、ミセス・ウェンロック。公爵夫人には明日ゆっくり屋敷の中を案内するつもりだが、まずは黄色の間から始めてもいいだろう」

ジェイソンはコートを脱いで待っていた従僕に渡し、アンジェルを連れて玄関ホールを横切った。黄色の間のドア口で一瞬ためらい、先に入るようアンジェルに身振りで示した。

部屋に入ったアンジェルは立ち止まってまわりを見まわした。背の高い窓からは私道とその先の庭園が見渡せる。グールパークの応接間と広さは同じくらいだが、古びて少し色あせた実家とは違って、ここは何もかも目が覚めるほど新しく、クリーム色の壁から椅子とソファの麦わら色の絹地やバターイエローのダマスク織のカーテンにいたるまで、あらゆる色調の黄色で内装が施されている。

「とても……明るい部屋ね」ようやく言葉をひねり出した。

ジェイソンは二つのグラスにワインを注いで一つをアンジェルに渡した。

「ああ」彼の口元に冷笑が浮かんだ。「とても黄色いだろう？」

「内装がとても新しいからかもしれないわ」アンジェルは用心深くソファに座って上等な生地をなでた。

「確かに。この部屋は改装して以来ほとんど使われていなかった。最初の妻が自分の肖像画に合わせてこんな内装に決めたんだ」

ジェイソンが暖炉の横に掛かった大きな油絵を指し示したので、アンジェルは素直に目を向けた。その絵なら部屋へ入った瞬間に見ていた。見ずにいるのは不可能だったのだ。

金箔張りで豪華な彫刻入りの額に収まった最初の公爵夫人の等身大肖像画は、部屋を威圧していた。ゆったりした白いモスリンに身を包んだ堂々たる絶世の金髪美人が絵の中から青い目で外を見ている。まるで窓のむこうに見える庭園を眺めているようだ。大部分が白と黄色で占められた春の野生の花の絨毯の上に立ち、腕いっぱいにラッパズイセンを抱えている。

アンジェルは唾をのみ込んでから弱々しい声で言った。「ものすごい美人ね」

アンジェルはジェイソンに目を向けたが、彼はこちらを見ていなかった。肖像画を見つめている。

「結婚式のあと、すぐに依頼したんだ」

ジェイソンが黙り込んだので、しばらくしてから

アンジェルは再び口を開いた。「これはロサートンだと思うけど、背景はお屋敷ではないの？」

「ここだよ。でも庭園にそんなにたくさん野生の花はないけどね。鹿が食べているから！」また沈黙したあと、苦々しげに言った。「春の女神ペルセポネとして描かれているんだよ。皮肉なことに、死の女神でもある」

ジェイソンがグラスを上げてワインを一口飲む間、アンジェルはじっと黙っていた。彼の考えごとが何であろうと、邪魔をしたくなかった。しばらくするとジェイソンは考えごとをやめて振り向いた。

「ワインを飲み終わったのなら、部屋までエスコートするよ。きみの侍女がもう準備を整えているはずだ。あとできみが一人で行けるように、途中で応接間と食堂の場所を教えておこう」

「ありがとう。助かるわ」アンジェルは立ち上がり、彼が差し出した腕に手を掛けた。「このお屋敷の中では、迷子になってしまいそうだもの！」

ジェイソンはその手を覆った。

「すぐに慣れるよ」

彼の言葉も行動も心強かったが、アンジェルは部屋を出る際、振り返って肖像画から見つめてくる美女を見た。冷たい指で背筋をなでられたような気がした。黒髪で小柄な自分がジェイソンの最初の妻のような金髪美人にかなうはずがない。

新妻の世話を侍女に任せたあと、ジェイソンは眉間にしわを寄せたまま自室へ向かった。待っていたアダムズは主人の顔を一見したが、何も言わずに旅のほこりを洗い流す風呂の準備を続けた。

ジェイソンは従者の沈黙に気づきもしなかった。

気分は暗く、あまり幸せではない。今日は望んでいたとおりに過ぎていったが、アンジェルを連れてロサートンに来てみると、疑念が湧き出した。いとまを告げに行った際のレディ・グールの心配そうな顔が忘れられない。

〝アンジェルをよろしくね、閣下。あの子はデビューのときの失望から立ち直れないかもしれないと思っていたけど、無事に結婚できてよかったわ。あの子には幸せになる資格があるもの〟

どうしてこんなに再婚を急いだのだろう？　兄の結婚式からわずか数日で求婚したりしないで、アンジェルときちんと交際すべきだった。だが、家族から使用人同然に扱われている彼女をグールパークに置いてくる気になれず、すぐに連れ去って安心で快適な新生活を提供しようと決めてしまった。

アンジェルに結婚をせかした上に、あんなふうに内輪だけの小さな式で済ませるべきではなかった。彼女のためにやっていると思い込んでいたが、今考えるとまったく利己的な行動だった。

アンジェルとは何年も会っていなかったのに、再会したとたん、離れていた年月などなかったような気がした。昔と変わらず挑んだりからかったりしてくる彼女といると、何年も味わったことがないくらい心が和んで落ち着いた。とはいえ、それは考える時間を与えずに結婚する理由にはならない。アンジェルが愛してもいない男に縛りつけられたことを後悔したらどうする？

結婚式の前に短期間ロンドンへ行ったときのことを思い出す。クラブで知り合いに結婚するつもりだと知らせた。皆驚いていたが、一人が笑いながら言った。〝うまくいくといいな、閣下。まあ、気が変わったら、いつでも婚姻無効にすればいい！〟

ジェイソンはそれを聞いて他の皆と一緒に笑ったが、ばかげた考えではないか？　ベッドをともにして彼女との結婚を完全なものにすることに何の不安もないが、アンジェルはどうだろう？

アダムズに頭の上から最後の一杯の湯をかけられ、ジェイソンは鋭く息を吸ったが、不愉快な真実から気をそらすことはできなかった。自分と結婚して後継ぎを産んでもいいという女性は大勢いるが、アンジェルと結婚することで彼女との友情を失う恐れがある。そして自分にとってその友情がどれほど大切か、今初めて気づいた。

「こんなことをするべきじゃなかった！」

「閣下？」

浴槽のそばに立つ従者はジェイソンのバスローブを持ったまま、もの問いたげな目で見ている。

「ひとりごとだ」ジェイソンはつぶやき、浴槽から立ち上がった。

バスローブに腕を通して差し出されたタオルで髪を拭きながらも、頭の中は混乱したままだった。従者に新しい青い上着をそっと着せかけられたとき、頭を悩ませていた疑問がついに爆発した。

「なあ、アダムズ、軽率に彼女と結婚してしまって、僕は身勝手な人でなしか？」

従者は思慮深さの化身のような男だ。ジェイソンは、威厳を持って沈黙を守り続けるだろうと思っていた従者が返事をしたので、少なからず驚いた。

「閣下、私は意見を言える立場ではありませんが、私が見たり聞いたりした限りでは、あのレディは実に閣下にふさわしいと思います」

ジェイソンは目を見開いた。若干十五歳で公爵になったときから彼の従者を努めているアダムズが、上着のデザインや靴の選び方以外で自分の意見を口にするのを聞いたことがなかった。

「いや、彼女が僕にふさわしいかではなく、僕が彼女を幸せにできるかどうかがわからないんだ」

「それについては断言できませんが、その可能性はきわめて高いと思いますよ、閣下」

アダムズは使ったタオルを集めて立ち去り、残されたジェイソンは従者の言葉を頭の中で繰り返した。

そのあとジェイソンが応接間に入っていくと、窓から夕日が差し込んでいた。先に来て絵を眺めていたアンジェルは、鮮紅色の絹のドレスに身を包み、クリーム色の薄いショールをはおっている。振り向いた彼女の首には、結婚の記念に贈った真珠とダイヤモンドのネックレスが輝いていた。控えめな優雅さを絵に描いたようで、これほど美しい光景は今まで見たことがない、とジェイソンは思った。

「ここにはかなりの傑作があるのね」

アンジェルが何の話をしているのかわかるまで、しばらく時間がかかった。ジェイソンは考えごとを振り払ってようやく答えた。

「ああ、風景画のほとんどは祖父がヨーロッパ大陸巡遊旅行から持ち帰ったものだ」

「肖像画もすばらしいわ」

「そうだろうね。代々のロサートン公爵はその時代の最高の画家にしか仕事をさせなかったから」

ジェイソンは暖炉の右側に飾られた大きな家族肖像画の前に歩いていくアンジェルを見守った。

「これがおじい様？」

「そう、第五代公爵夫妻と三人の子供たちだ」

「では、この男の子がお父様ね」

「そうだよ」

「そして、これが公爵になったお父様？」暖炉の左側に掛かった金縁の肖像画の夫婦を指し示した。

「ああ」

「あなたはお父様にそっくりね」

「そうかな？」ジェイソンはかつらをつけ、ビロードとレースに身を包んで偉そうにこちらを見ている人物を観察した。「父のことはほとんど知らないんだ」眉を上げたアンジェルに肩をすくめてみせる。

「母は僕を産んですぐに亡くなり、父はめったにロサートンに来なかった。僕は八歳になって寄宿学校へ行くまで、ここの子供部屋で暮らしていた」

「まあ、それは寂しかったでしょう！」

ジェイソンは驚いてアンジェルを見た。「そんなふうに思ったことはなかったよ。少なくともバーナビーに出会ってグールパークで休暇を過ごすようになるまではね」

「うちの家族が衝撃をもたらしたのね！」彼女は笑った。「子供たちにはいつ会えるの？」

「子供たち？」

「あなたの娘たちよ。夕食の前に下りてくる？」

「二人はケントにいる」

「あら、親戚の家にでも遊びに行っているの？」

「いや、そこに住んでいるんだ。すまない。きみは知っていると思っていた」

アンジェルはショックを受けたようだ。「二人はロサートンに住んでいるのだと思っていたわ」

「眉をひそめているね。そんなに変かい？　ここの子供部屋は長い間使われていない。二人が今住んでいる家のほうが、子供には合っているよ」

「まあ、そうだったの……」彼女の声は小さくなったが、すぐに明るく言った。「大丈夫。ここを私たちの家にするなら、子供部屋を改装して二人を連れてきて一緒に暮らせばいいわ」

「どうして？　二人はミセス・ワトソンと一緒に何不自由なく暮らしているよ」

「でも、二人はあなたの娘でしょう、ジェイソン」

ジェイソンは赤くなった。自分はかつてのラヴィニアと同じことを主張している。「二人がここにいたら、きっと厄介だよ。きみはまず何よりも、ここに慣れて落ち着きたいだろうと思ったんだ」

考え込むような目でアンジェルに見つめられて気まずくなったが、ちょうどそこへ執事が入ってきて夕食の準備ができたことを知らせた。ジェイソンは悲しげな笑みを浮かべた。

「僕はもてなしが下手だな！　絵の話ばかりして、きみにワインの一杯も注がなかった。厨房に食事を遅らせるように言おうか？」

「あら、その必要はないわよ」アンジェルはすぐに言った。「夕食に行く準備はできているわ」

ジェイソンは彼女の声の調子がおかしいと気づいて、執事が退室すると言った。「どうかしたか、アンジェル？　具合が悪いのかい？」

「いいえ、少し疲れているだけだと思うわ」

「ああ、そうか。長い一日だったからね。おいしい食事で元気が出るといいが」

「ええ、きっと大丈夫よ」アンジェルは彼の腕に手をかけ、一緒に食堂へ向かった。

ジェイソンとともに玄関ホールを横切りながらアンジェルは考えた。気持ちが沈んでいるのは疲れているからではない。ジェイソンが自分の家族を大切にしていないからだ。彼本来の性質ではないだろう。最初に結婚したとき、彼はまだ若く、かなり年上の未亡人との結婚で世間を騒がせた。

アンジェルはよく覚えていた。兄は十五歳の妹が部屋にいるのも忘れて両親にその話をしていた。ジェイソンは親族や後見人の願いも聞かず、すでに彼の子を宿している最愛の人と結婚すると言い張った。その後、公爵夫人の早すぎるロンドン帰還が社交欄で報じられた際、母が非難していたのも覚えている。

〝結婚してわずか四カ月で子供が生まれたことは、この際問題ではないわ〟母は父に説明していた。〝そういうこともあるでしょう。でも、産後すぐに子供を乳母と使用人に任せて置いてくるなんて、私には絶対に考えられないわ！〟

子供を乳母に任せるのは珍しいことではない。まだ十八歳だったジェイソンが生まれた子供や八歳の継娘にほとんど関心がなかったのは理解できる。

だが、今は間違いなく子供たちが慰めになるはずだ。それほど愛した妻の忘れ形見なのだから。その先妻がまだ彼の心を独占しているのではないかと、アンジェルは恐れていた。

食堂に着くと、お仕着せを着た使用人が前に進み出てドアを開けたので、アンジェルは考えごとをやめた。ロサートンでジェイソンとともにとる最初の夕食だ。厄介な問題で台無しにしたくない。

「まあ！」

室内を見て、思わず声をあげた。長い食卓の両端に席が用意され、間には大量の銀器が並んでいる。隣で立ち止まったジェイソンがいぶかしむような目を向けてきた。

「とても見事だけど」そこでためらった。「二人しかいないのに、本当にこんなふうに食事しないといけないの？」

ジェイソンは片眼鏡を上げて食卓を見渡し、笑いを含んだ口調で答えた。「これはかなり威圧的だ」

アンジェルはゆっくりと言った。「ここではいつもこんなふうに食事しているの？」

「いや、僕一人のときは下の階の小さい部屋がちょうどいいんだ。実のところ、家族用の部屋が他にもいくつかあるんだが、どこも両親の時代から使われていない」彼は振り返って、ついてきた執事に言った。「今夜は公爵夫人の右側に座るよ、ラングショー。席を移してくれ。そして今後、二人だけのときは小さい食事室を使うことにする」

「かしこまりました、閣下」

「みんな新しい奥様を感心させたくてしかたがないんだ」席をしつらえ直すのを待つ間、ジェイソンは部屋の隅にアンジェルを連れていった。「そうだろう、ラングショー？」

「そのとおりです、閣下。不備がある状態のロサートンを奥様のお目にかけるわけにはまいりません」

「私を歓迎するために、これほどの手間をかけてもらって、本当に感謝しているわ」アンジェルは笑顔で執事に言った。「ここはとても優雅な部屋で何もかも見事だけど、閣下と私が二人だけで食事するときは、こんなに面倒をかけたくないの」

「かしこまりました、奥様」

「気に障ったのでなければいいけど」厳かに退室しようとする執事にアンジェルはつぶやいた。

「とんでもないことです。お気遣いに感謝いたします。奥様はここの女主人なのですから、何なりとお望みどおりにお命じください」

「では、小さい部屋で食事してもかまわない？」

「はい、そのほうが居心地がいいですし、厨房にも近いので、みんなにとってありがたいです」

夕食はゆっくりと進んだ。料理長も新公爵夫人を感心させたかったからだ。テーブルにはあまりにもたくさんの料理が並び、すべてを味わってみるのは不可能なほどだった。アンジェルは精いっぱい頑張ってそれぞれを一口ずつ食べたが、とうとうナイフとフォークを置いて椅子の背に寄りかかった。

「おなかいっぱい。今までに食べた中で最高の食事だったわ！」

自分の言葉が必ず厨房を統治する絶対君主に伝えられると、アンジェルにはわかっていた。これで屋敷の切り盛りが楽に進められればいいが。

食卓の上が片付けられ、砂糖菓子とナッツや糖衣アーモンドが運ばれてきた。執事はジェイソンのすぐそばにデカンターを置いて、他の使用人たちとともに退室した。ついに二人きりになった。

ジェイソンはデカンターを取り上げた。「マディラ酒でいい？」

「ええ、ありがとう」

「本当に夕食を楽しめたかい？」彼はアンジェルのグラスを満たし、自分にはポートワインを注いだ。

「ええ、とても。ミセス・ウェンロックと朝の打ち合わせをするのが楽しみだわ。ロサートンについて教わることが山ほどあるから、時間がかかるでしょうね。私に我慢して付き合ってくれるといいけど」

「それは間違いないが、今ではきみがここの女主人だということも念押しされるだろうな。きみにはロサートンで快適に暮らしてほしいんだ」

アンジェルは笑った。「もし私が使用人全員を怒らせてしまったら、私たちはあまり快適には暮らせないわよ！」

「そんなことにはならないだろう。でも、きみが変えたいと思うことはあるはずだ」

アンジェルは、ロサートンに彼の子供たちを呼ぶことを再び提案してみようかと考えたが、今はやめておくことにした。

「そうね。でも、今のところはまだないわ。何事も慌ててやらないようにするつもりよ」

「黄色の間の改装も？」

「もちろんよ。あの部屋の内装を思いつきで変えるなんて、浪費の極みだわ」

「ロサートンでは、きみの望みどおりに何でも自由に命じていいんだよ。たとえ、思いつきでもね」

「ありがとう。でも、そのためにお金を使うのは、私流じゃないわ」アンジェルはきっぱりと答えた。

「ここに慣れるまでは、何も変えないつもりよ」

「それじゃ、一カ月後にロサートンに帰ってきたら、家中が改装されているというわけにはいかない？」

ジェイソンはからかうような口ぶりではなかった。

「あなたはいなくなるの？」

「そうだよ」

彼はもうこちらを見ていない。長い指で持ったグラスをじっと見つめている。

「さっき家令のサイモン・メリックと話したんだ。領地に関する問題がいろいろあって、対応しなければいけない。ロンドンで弁護士や代理人のテルフォードと話す必要があるし、北部の地所をいくつかまわってからロンドンへ戻らなければいけない。僕が領地の用事で出かけている間に、きみには落ち着いてロサートンをよく知るための時間ができる。それに朝の訪問で忙しくなるはずだよ」ジェイソンは顔をしかめた。「近所のレディたちが訪ねてくるから、きみはお返しに相手の家を訪問するんだ。それには僕は必要ない。それどころか、邪魔になってしまうだろう！」

「まあ」アンジェルはこの知らせを理解しようとした。「いつ出発するの？」

「明日だよ」

「明日？」

「すまない。もっと前に話しておけばよかった」

「そうよ！」アンジェルは音をたててグラスを置いた。「大急ぎで私の前から消えるのね」

「違うよ、アンジェル。それは誤解だ」

「そう？」アンジェルは彼を見据えた。「今朝結婚したばかりなのに、たった一晩で私を置いていなくなるなんて……」目をそらし続けるジェイソンの態度に不安を覚え、気分が悪くなってきた。「それとも、一晩過ごすことさえないのかしら？」

今までのところジェイソンとは慎み深いキスしか交わしていないが、花嫁に何が求められるか知っているし、寝室での務めを果たす覚悟はできている。

ジェイソンは気まずそうな顔で言った。「せかすつもりはないと言っただろう。新しい立場に慣れる時間をきみにあげたいんだ」

「一人で？」

姉や妹から話を聞いたり様子を見て気づいたりし

た限りでは、あまり楽しい体験になると期待はしていないが、ジェイソンにベッドをともにする気がないと突然知らされ、ひどくショックだった。

アンジェルが目に涙をためているのを見て、ジェイソンは自分の愚かさに悪態をついた。この一カ月ゆっくり考える暇がほとんどなかったので、アンジェルは一人になれる時間を歓迎すると思っていた。自分のほうは、確かに片付けるべき用事はあるが、本気で望めば出かけるのを避けられたはずだ。ロサートンから逃げ出す口実に使っているだけではないか……置かれた状況について互いに考える時間ができるように。

子爵の最後の言葉が頭から離れない。アンジェルにようやくいい落ち着き先が見つかって、妻ともども本当に安心したと言われたのだ。アンジェルがこの結婚を強要されたのではないという確信がほしい。

「アンジェル」テーブルの上に置かれた手に触れようとしたが、彼女は手を引っ込めた。

「と、床入りして結婚を完全なものにする気になれないくらい、私のことがいやなの？」

「とんでもない！」ジェイソンはさっと立ち上がり、席を離れようとした彼女の腕をつかんだ。「アンジェル、頼む。説明させてくれ」

アンジェルはしばらく抵抗していたが、やがて再び椅子に腰を下ろした。

「それで、閣下」冷ややかな口調だ。「何を説明したいの？」

ジェイソンもまた座った。言いたいことを伝えなければいけないが、注意が必要だ。ここで間違えるわけにはいかない。

「すべてがあっという間だった。式を終えて教会を出るときになって初めて、どれほどきみを急がせてしまったかに気づいたんだ。ご両親がこの結婚を望んでいたことも知っている。それはきみにとって重荷だったに違いない。正しいことをしているかどうか、考える時間が僕たちにはなかった」アンジェルが押し黙っているので、ジェイソンはしかたなく続けた。「人生の一大事だ。きみが結婚を決めたことを後悔しているかもしれないと思ったんだ。もしそうなら、まだ間に合う。結婚を無効にできる」

アンジェルの顔から血の気が引き、茶色の目が不安げに曇った。

「それがあなたの望みなの、閣下？　私と結婚したことを後悔しているの？」

「まさか、違うよ。でも、僕は一度結婚しているから、結婚生活に何が伴うか知っているが、きみには初めての体験だ。待ち受けていることにいささか恐れを抱いていても不思議ではない」

アンジェルの頬は紅潮した。「あなたが言っているのが夫婦の契(ちぎ)りのことなら、私には既婚の姉妹が二人もいるから、妻に何が求められるか、多少は知っているわ」

「でも、公爵夫人に何が求められるかは知らないんじゃないか、アンジェル。僕には義務と責任があるが、それは僕の妻も同じだ。屋敷や地所には女主人が必要なんだ」

ジェイソンはそこで黙った。同様の話をした際のラヴィニアの反応を思い出したのだ。

〝ロサートンでは暮らせないわ、ジェイソン。あそこにいたら私はだめになる。あんなに寒くてがらんとしたところで囚(とら)われの身になるつもりはないわ。あなたの他のどの家でもお断りよ！〟

ジェイソンは首を振って横柄な声を遮ろうとした。

「もちろん、ロンドンにも家はあるが、他の地所も放ってはおけない。一年中ロンドンに住むわけにはいかないんだ」

「私がそんなことを望むと思う？」アンジェルは顔

を近づけてきた。「私は田舎暮らしが好きよ、ジェイソン。生活が変わって大変な努力が必要になるでしょうけど、覚悟はできているわ。怖じ気づいてはいないわよ」

アンジェルに真剣なまなざしで見つめられて、心臓を締めつけられたような気がした。ベッドに連れ込んで契りを結ぶのは簡単だが、疑問が頭から離れない。彼女には正直にうちあけなければいけない。

「それだけじゃない！　きみはまだ僕のことをよく知らないだろう、アンジェル」ジェイソンは肩をすくめた。「僕は社交の場が苦手だ。盛大なお祭り騒ぎは好きじゃない。冷酷だと言われてきたし、気難しいとも言われる。それから高圧的なときがあるし、気が短い」

「それだけ？」アンジェルは微笑を浮かべた。「あなたは冷酷ではないわ、ジェイソン。それに気が短いのは私も同じよ。子供の頃、目の当たりにしたでしょう。それが二人の幸せの障害になるとは思わないわ」

新郎の不安を和らげようとするアンジェルの努力はありがたいが、彼女を結婚の罠にかけてあとで後悔させたくない。どんな地獄が待っているか、痛いほど知っている。

「いや、これは軽く考えていい問題ではない。僕は明け方には発つよ。そうすればきみにはロサートンに慣れて、この結婚についてよく考える時間ができる。僕が戻ってきたときにきみの考えが変わっていなかったら、結婚生活を始めよう」

「それであなたは一カ月も家をあけるの？」

「少なくともね。もう少し長くなるかもしれない」

ジェイソンは待った。アンジェルの顔色がいくらか戻ってきた。彼女のためにやっているのだとわかってくれたのならいいが。

「わかったわ」アンジェルは中身が半分残っている

グラスを脇へ押しやった。「では、おやすみなさい、閣下」

「部屋までエスコートさせてくれ」

断られるかと思ったが、アンジェルがうなずいたので、ジェイソンは立ち上がって手を差し伸べた。

ジェイソンに付き添われて食堂を出るときも、アンジェルは黙っていた。これは想像していた初夜とは違う。ジェイソンは決断を考え直す機会を与えるのが思いやりだと信じているに違いない。だが、彼の求婚にはあまりにも説得力があった。グールパークでの生活の不都合な点を指摘し、はるかにいい将来の展望を示してくれた。自分が手に入れられるとは夢にも思わなかった未来だ。私の気が変わることはないけれど、断言していたとはいえ、ジェイソンのほうが内心考え直しているのではないか。

そう思うと気がめいるが、もしそうなら床入りは延期したほうがいい。そのほうがはるかに良識的だ。

まさに、私を評して彼がそう言ったではないか。〝良識がある〟と。

「さあ、着いた」ジェイソンの声が考えごとに割り込んできた。「僕らの部屋の間には接続ドアがあるが、今は鍵がかかっている。鍵はきみの部屋のほうについているから、僕が入ってくる心配はない」

「あら」なんて悲惨な結婚生活の出だしだろう。アンジェルはため息をこらえて小声で言った。「お気遣いありがとう」

「ぐっすり眠ってくれ、アンジェル。それから、僕がいない間、ロサートンを好きなようにしてくれていいよ。きみが家宝を全部捨てたりしないと信用しているから！」

冗談を言おうとした彼の努力にこたえる気にはなれなかった。少し間を置いて、彼は続けた。

「きみのしたいように屋敷を仕切ってくれ。ここで幸せになってほしいと本当に本気で思っているんだ」

「本当?」薄暗い中で彼の顔をよく見ようと目をこらした。

ジェイソンは返事をしなかった。

アンジェルは片手を彼の胸にあてた。ベストの上質な絹地越しに強い心拍が感じられる。その拍動が自分の体にも伝わってきて血管が脈打った。思い切って少し寄りかかってみる。彼はほんの一瞬ためらってから、顔を近づけて唇を重ねた。

これまでと同じような軽くかすめるだけの慎み深いキスを予想していたが、今回は違った。反応を求めるように唇が強く押しつけられ、心臓が早鐘を打つ。両腕で抱きしめられ、唇を割って舌が入ってきた。素早く舞い踊る舌に全身の骨がとろけそうになる。今まで想像したこともない未知の感覚が押し寄せてきて、思わず彼の上着をつかんだ。彼の肌のムスクの香りを吸い込む。めまいがして気を失いそうになり、体の奥になじみのない疼きを感じた。もっとほしいという切望だ。もっと。

アンジェルが彼の首に腕をまわそうとしたとき、唇が離れた。

「これくらいにしておこう」声がかすれている。ジェイソンはアンジェルの両手を取って自分の胸にしっかりとあてた。「明日の朝はきみが起きる前に出かけるが、さよならのキスがしたかったんだ。ロンドンにいる間、思い出せるように」

思い出す?　今のキスは心に焼きついている。決して忘れはしない。

彼はアンジェルの手を握りしめてから、彼女の寝室のドアを開けた。「おやすみ、アンジェル」

アンジェルは動けなかった。かき立てられた感覚に心底ショックを受け、歩み去る彼を黙って見送った。かすかにきしむ音をたててドアを開け、ジェイソンが振り返った。その顔は闇の中に白くぼやけている。そして消え去った。

長い一日で疲れきっていたが、アンジェルは気が立って眠れそうもなかった。着付係としてジョーンを連れていってもいいと母が言ってくれてよかった。知らない人ばかりの家で唯一の見慣れた顔だ。ジョーンの手を借りてネグリジェに着替え、温かいベッドに入ったが、何度も寝返りを繰り返したあと、贅沢な羽毛布団から抜け出した。南側の窓に近づき、分厚いカーテンを開ける。

白い半月が青灰色の風景を照らしている。しばらくそれを見つめていたが、夜気の寒さにベッドへ戻った。結婚式とロサートンまでの旅で疲れていたが、焼けつくような激しいキスと、その貴重な体験で感じた興奮のせいで、いつまでも眠れそうにない。

4

ジェイソンが乗った馬車は日の出とともにロサートンを出発した。あくびしながら絹張りの背もたれに寄りかかり、窓の外の見慣れた風景を眺める。アンジェルと自分を隔てるのが木製のドア一枚なのが気になって、ほとんど眠れなかった。これは好都合な結婚だと彼女には言ったが、決してそれだけではないと今ならわかる。正直に言うと、卒倒したアンジェルを抱き上げたときからわかっていた。腕に抱いた感触が心地よく、理想的だった。この胸にもたれかかった羽根のように軽く温かい体に保護本能をかき立てられると同時に、もっと根本的な何かを感じた。昨夜のさよならのキスがそれを裏付けた。あの場ですぐにベッドへ連れ込みたかったが、衝動をこらえるにはありったけの自制心が必要だった。

長い夜の間に一度ならず彼女のところへ行きたいという誘惑に駆られたが闘った。かつて悲惨な結婚生活に耐えた経験から、愛してもいない男との生活にアンジェルを縛りつけるものかと決心していた。

アンジェルは開いた窓から聞こえる鳥のさえずりで目を覚ました。起き上がって接続ドアへ視線を向ける。ジェイソンの気が変わって部屋に来るかもしれないと思い、昨夜ベッドへ戻る前に鍵を開けておいたのだが、彼は来なかった。ショールに手を伸ばす。かなり早い時間だ。彼がまだ出かけていないなら話がしたい。大事な話だ。この結婚に後悔はないし、気が変わることもないと言わなければ。

ベッドから出ようとしているときに馬車の音が聞こえた。窓に駆け寄ると、ちょうど走りだす馬車が見えた。ドアについた紋章が朝日に輝いている。

窓辺に立ったまま馬車が木立の中へ消えるまで見送った。ジェイソンは仕事で出かけると言っていたが、ロンドンで友人やきれいな女性たちと一緒にいる姿が目に浮かぶ。もしかしたら愛人がいるのかもしれない。そういう男性は大勢いる。

アンジェルは肩をすくめて窓から離れた。他の女性と一緒にいるジェイソンを想像すると胸が疼くが、今はどうしようもない。少なくとも、今のところは。私は彼の妻、公爵夫人であり、この結婚に対する考えを変えるつもりはない。

ジェイソンの気が変わらないことを祈るばかりだ。

落ち込むのはやめようと決心したアンジェルは、ベッドには戻らず、呼び鈴を鳴らして侍女を呼んだ。今やロサートンの女主人なのだから、新たな領域について学ぶべきことは山ほどある。何でも好きなように指図していいとジェイソンは言ったが、ここのやり方に慣れるまでは家政婦長に従うつもりだ。

朝食後すぐ、家政婦長に屋敷の中を案内してもらった。これには少し時間がかかった。新しい女主人がこの屋敷全体に興味を持っているとわかると、ミセス・ウェンロックの説明が広範囲にわたったからだ。彼女はロサートンの歴史や伝統について詳しく語り、アンジェルはそのすべてに聞き入った。

二人は屋根裏と最上階から見学を始めた。そこには使用人と子供たちのための部屋がある。そして小さい客用寝室は、他の客室があいていないとき、独身の紳士に泊まってもらう部屋だ。

アンジェルはできる限り多くを学ぼうとじっと耳を傾けた。昨日到着した際、立派な応接間と食堂に感心したが、二階にある正式な来客用の部屋の壮麗さには度肝を抜かれた。特に四十年前に国王が泊まったあと改名された二つの正寝室だ。そこは金箔張りの家具と精巧な漆喰天井で豪華に飾られ、天蓋付きベッドには見事な刺繍が施された絹のカーテンが掛かっている。

「亡くなった前公爵夫人が元の内装を再現するように注文されたのです。細かいところまですべて完璧に複製されています」

アンジェルは首を振ってため息をついた。「そこまで手をかけたのに誰も使わないなんて残念ね」

「いえ、使われましたよ。あのときは——」家政婦長はそこで頬を真っ赤にして言葉を切り、慌てて続けた。「こんなふうにおしゃべりしている場合ではありませんね。まだ見るところがたくさんありますから。さあ、まいりましょう、奥様」

何を言おうとしていたのかききたかったが、家政婦長はすでに急いで歩きだしていたので、アンジェルはあとについて階段を下りるしかなかった。

一階には家族用の部屋がいくつかあった。どれも優雅な内装だが、来客用の部屋のように豪華ではない。ジェイソンが話していた小さい食事室もその一つで、両開きの扉で家族用の応接間につながっている。日当たりのいい朝食室や、公爵の書斎だという本がずらりと並んだ小さな部屋もあった。

「公爵夫人の居間もあるのかしら？」アンジェルは家政婦長のあとについて玄関ホールを横切りながら尋ねた。「どこかで縫い物や読書をしたり、手紙を書いたりできる？」

「もちろんありますよ、奥様。こちらです」

家政婦長がドアを開けた部屋は、昨日到着してすぐに連れてこられた黄色の間だった。

家政婦長は小さく咳払い(せきばらい)して前公爵夫人の肖像画をちらりと見た。「奥様が多少変更を希望されても、閣下はきっと反対されませんよ」

「いいえ、それはやめたほうがいいと思うの」アンジェルは慌てて否定した。「ここはとても立派な部屋だし……お客様をお迎えするのにぴったりだわ。でも、私はもう少し……豪華じゃないところのほうが落ち着くの」

「小さい部屋が一つありますが、今は家具が何も置いていないんです」

「見てもいい？」

アンジェルは家政婦長のあとについて、食事室のむこう側に隠れていたドアの前まで行った。

「ここですよ、奥様」

アンジェルは部屋に足を踏み入れた。小さいが二面に窓があってとても明るい。壁や樫(かし)材の羽目板がすべて淡いクリーム色に塗られていて、使われるのを待っている白いキャンバスを連想させる。

「ここは先代公爵の時代は保管室だったので、書類や地図がたくさんありましたが、去年の初めに前公爵夫人が改装することに決めて全部図書室へ移したんです。残念ながら改装はされませんでしたが」

アンジェルは室内を歩きまわった。屋敷の北西の角にあるので、一方の窓からは私道と庭園、もう一方の窓からは整形花壇と湖まで続く芝生が見える。

「ここなら私の目的にぴったりだわ」笑顔で振り向く。「ミセス・ウェンロック、屋根裏に家具がたくさんあったわよね……私の新しい居間に置ける家具があるかどうか見てもいい？」


数日のうちに公爵夫人の居間は完成した。アンジェルは屋根裏でソファや椅子だけでなく、小さなかわいい書き物机と本棚まで見つけた。それらはすべて、黄色の間が改装されるときに片付けられた家具だという。また家政婦長が見せてくれたトランクの中からちょうどいいカーテンと敷物も見つけた。

アンジェルは家具の掃除を手伝った。クッション付きの椅子やソファのほこりを払い落とし、木の部分は艶が出るまで磨いた。その取り組みが楽しく、結果を見て少なからず満足した。花柄の生地はややすり切れ、色もあせて淡い緑やピンクや白になっているが、そこが魅力的だ。手紙を書きながら湖を眺められるように小さな書き物机は窓の下に置き、本棚にはグールパークから持ってきたお気に入りの本を収めた。

あとはただ、ジェイソンがそばにいて、これを見てくれることだけを願った。


自分の部屋を完成させたアンジェルは、さらなる改革への自信を得た。家政婦長に子供部屋がある翼棟へ案内された際、予想していたほどひどい状態ではないことに驚いた。子供たちや子守係のための寝室だけでなく、教室、食堂、家庭教師のための小さな続き部屋まである。そのすべてをきれいにする役目をみずから進んで引き受けたが、使い古された戸棚やすり切れてはいるが座り心地のいい椅子は運び出さないよう指示した。ここは子供たちが高価な物を傷つける心配をせずに楽しめる場所なのだから。

　もちろん自分の子供ではない。少なくとも、今はまだ。だがジェイソンの娘たち——レディ・エリノアと継娘のローズ・ハリンゲーのことを考えなければいけない。父親がロサートンに住むなら、娘たちは別の家で暮らすべきではないと思う。そのため、この状況を改善する計画を立てている。かなり大胆な計画で、ジェイソンに話さないうちに行動を起こしていいものかどうか確信がない。

　だが、夕食の直後に速達が届いて、思考は完全に別の方向へ向かった。ジェイソンに何かあったのではないかと震える手で執事から手紙を受け取った。ハートフォードシャーの妹からだとわかり、両親についての悪い知らせを覚悟して封を切った。

「まあ！」

　レティの走り書きを読んで口に手をあてた。大きく息を吸って、待っている執事を見上げた。

「ラングショー、ミセス・ウェンロックを呼んでくれる？」それから、できるだけ陽気に付け加えた。「明日の夕方お客様が到着するから、準備しないといけないの！」

　ロサートンに着いた姉と妹は、アンジェルが一人だと聞いてすぐに出発したのだと言った。二人が夫を連れてこなかったので、アンジェルはほっとした。どうやら男性陣は公爵がいるときに来たいらしい。

「四泊しかできないの。今月中にマーランドがブライトンへ連れていってくれることになっているんだけど、その前にアリス姉様と二人で話し相手になりに来たわ」レティが言った。

　アンジェルは黄色の間に軽食を運ぶよう命じた。自分の小さな居間に比べてはるかに居心地は悪いが、二人は感心するに違いないと思ったからだ。予想どおり、二人は明るく華やかな部屋に歓声をあげた。

「ロサートンはいったい何をしているの、アンジェリーン？　あなたを置いてロンドンへ行ってしまうなんて」アリスはプチケーキをつまみながら言った。

「ロンドンだけじゃなく北部にも用事があるから、かなり長距離の移動なのよ」アンジェルは答えた。

「それなら、予定を調整してロンドンで会えばよかったのに」レティが言った。

「それは思いつかなかったわ」

「彼が思いつくべきだったのよ。姉様を人前に出すのが恥ずかしいのかしら？」

「恥ずかしい？」アンジェルは顔を赤らめた。「そんなことはないわ。あなたも聞いたとおり、冬にはロンドンへ行くと、グールを発つ前に決めたもの」

「まだ社交界に出る準備ができていないのは確かね」アリスは妹が着ているあんず色のモスリンのドレスをさげすんだ目でちらりと見た。「あなたには新しいドレスがたくさん必要よ。すべて公爵夫人にふさわしいものでないといけないわ」

「そのとおりよ。だから、そんなに急には公爵と一緒に行けなかったの。お母様がマダム・ソフィーのところへ持っていくようにとパターン集を注文してくれたわ。ミドルウィッチの裁縫師で、この辺りでは特に評判が高いの。とても腕がいいそうよ」

「そうね。でも彼女で大丈夫かしら？」レティが言った。

　アンジェルは眉をひそめた。ジェイソンが恥ずかしいと思うかもしれないとは考えてもみなかった。

「前の公爵夫人を知っている？」暖炉の横の肖像画を見上げた。

「もちろん。知り合いではなかったけど、ロンドンでお見かけしたわ」

「この肖像画どおりの人だった？」

　陽気に答えたのはアリスだった。「よく似ているけど、本人はもっと目の覚めるような美人だったわね。男性たちの目が釘(くぎ)付けだったわ」アリスは明るく笑った。「ハンフリーでさえうっとりして、あんな美人は見たことがないと言っていたんだから。いつも陽気で快活な人だったわ！」

　アンジェルは生真面目でやや横柄な義兄を思い浮かべて少し気落ちした。ラヴィニアは本当に魅力的だったに違いない。

「彼女のパーティーに招待されたら、誰も断らなかったわ」アリスは続けた。「もてなし上手で有名だったの。馬車の事故で亡くなったときは、みんなショックを受けたものよ」

「ほとんどのレディがほっとしたって言っていたじゃない」レティが薄ら笑いを浮かべた。「特に既婚女性がね」

　アリスはレティに不機嫌なまなざしを向けてからアンジェルに言った。

「過去の話はやめましょう。ここでのおもてなしについて聞かせて、アンジェリーン。お屋敷の中はいつ見せてもらえるの？　みんなこの部屋みたいに豪華だったら、見ごたえがあるに違いないわ！」

「来客用の部屋は本当に立派よ。でもこの階にある家族用の部屋のほうが、ずっと居心地がいいわ。夕食は小さい食事室で食べましょう」アンジェルはがっかりした二人の不平を無視して続けた。「だけど二人には正寝室を使ってもらうわ」

　これを聞いて不満そうだった二人の表情は満面の笑みに変わった。あまりの変わりように、アンジェルは笑いそうになった。

「私が国王のベッドで寝たと話したら、マーランドが何と言うか想像できる？」レティが手を叩(たた)いた。

「もし板みたいに硬いとしてもかまわないわ！」

　アンジェルは笑った。「板よりは寝心地がいいと思うわ。前の公爵夫人の指示で、最近改装されたそうだから」ジェイソンの先妻の功績を律儀に伝えようと決めて付け加えた。

レティは鼻先で笑った。「きっと皇太子を呼ぶための準備だったのよ。あら、私、何か悪いことを言った？」レティは顔をしかめているアリスに向かって眉を上げてみせた。「ロサートン以外のみんなが知っているって姉様が自分で言ったんでしょう。彼女と皇太子の――」

アリスが慌てて口を挟んだ。「それは誤解だわ」

黄色の間の空気がにわかに張りつめた。

アンジェルは二人の顔を見比べた。「皇太子がここへ来たの？　彼女は皇太子の愛人だったの？」

正寝室を誰が使ったのか、家政婦長が明かしたがらなかったのもうなずける。理由は明白だ。

「アンジェル、何を言っているの！」アリスはひどくうろたえている。「皇太子がロサートンへ来たかどうかなんて知らないわ。ただの噂だもの。何か他の話をしましょうよ」

「でも、知りたいわ」

「それはそうよね」レティが同意した。「姉様は何年もグールパークに閉じこもっていたんだし、お父様とお母様がそんな話をするとは思えないもの」

「二人とも噂には耳を貸さないわ」アンジェルは背筋を伸ばして座り直した。「私たちだって、根も葉もない噂は信じないように育てられたでしょう」

「ええ、もちろんそうよ」アリスが急いで言った。

「そして気の毒なレディはもう亡くなっているんだから、そんな話はしないほうがいいわ」

「そうかもしれないけど」アンジェルは膝の上に置いた両手を握りしめないよう我慢した。「きっとロンドンへ行ったら、その話を耳にすることになるわ。どんな噂なのか聞かせて」

「私は人づてに聞いた話以外、何も知らないわ」レティが言った。「マーランドと私は、アリス姉様ほど長くロンドンにいないから」

「ハンフリー卿と私は前公爵夫人の親しいお仲間には入ったことがないの」アリスは少し気まずそうに言った。「皇太子が美人のラヴィニアに夢中だったのは確かだけど、位の高い人には常にゴシップや憶測がついてまわるものよ。特に皇太子はね」

「それに公爵も」レティが笑った。「ロンドンに行けば、アンジェル姉様も身をもってわかるわよ。ロサートンがたぐいまれな美女ミセス・ハリンゲーを妻に選んだというだけで十分世間を騒がせたんだから。その頃、姉様はまだ学校にいたから覚えていないでしょうけど」

アンジェルは黙っていた。よく覚えている。一族の反対を押し切って愛する人と結婚するなんて、とてもロマンティックだと思った。

「恋愛結婚だったとしても、長くは続かなかったのよ」妹の考えを読み取ったかのようにアリスは言った。「最初の数年が過ぎたら、二人が一緒にいるところはほとんど見なくなったの。公爵夫人はロンドン中の注目の的で、ダーヴェル・ハウスで開かれる彼女の豪華なパーティーは大人気だったわ」アリスは前に乗り出して声をひそめた。「彼女は……男性を手玉に取ることで有名だったの。たくさんの紳士と浮名を流したのよ」

「ジェイソンはどうなの？」アンジェルは勇気を奮い起こして尋ねた。「大勢愛人がいたの？」

「あら、もしいたとしても責められないわ」レティが見下すような笑みを向けた。「それが世の常よ」

そのとおりだ。アンジェルもよくわかっている。ジェイソンのように爵位も財産もある容姿端麗な男性はとてつもなく魅力的だ。

「でも怒ってはだめよ、アンジェリーン」現実的になろうと決意しているアリスは言った。「ジェイソンはあなたを公爵夫人にしたんだから、あなたはとても有利な立場にいるのよ」

〝本当に結婚したのなら、そうでしょうね〟

アンジェルはその思いをのみ込んだ。動揺してはいけない。ジェイソンと結婚してロサートンの管理を任されたのだ。今はそれだけで十分でしょう。

「あなたは自分の権利を主張するべきよ、アンジェル」アリスはラヴィニアの肖像画を見上げて言った。「まずはあの絵を外すことから始めればいいわ」

〝いいえ、それはできない。「この部屋はあの絵に合わせて内装が施されているから、なくなったらかえって目立つわよ」姉妹は異議を唱えたがアンジェルは断固として譲らず、まったくの本心というわけではないものの最後に言った。「前公爵夫人の肖像画があっても気にならないし」

「あら、気にするべきよ」アリスが無遠慮に言った。「あちらは美人で、あなたは違うんだから」

アンジェルは肩をすくめた。「あちらは亡くなっていて、私は生きているわ」

この冷静な反応が姉を苛立たせることはわかっている。だが、今はまだジェイソンが先妻をどう思っているのかよくわからない。それがわかるまで、黄色の間を変えるつもりはない。

アリスは不機嫌そうだ。「やっぱり外すのが賢明だと思うわ。公爵に露骨に比較されたくないならね」

アンジェルは頭を傾けてその点は認めてから話題を変えた。

そのあとすぐにささやかな歓迎の会は解散した。二人が早く寝室を見たがっているのは明らかだったので、アンジェルは家政婦長を呼んだ。

「ミセス・ウェンロックが部屋に案内してくれるわ」アンジェル自身はその役目をまぬがれた。「どんな質問にも私よりうまく答えられるわよ。夕食のときにまた会いましょう」

「ああ、忘れるところだった！」部屋を出ようとしたレティが声をあげた。「姉様の馬を連れていくようにお父様に頼まれたの。厩(うまや)にいるわ」

その知らせにアンジェルは心からの笑みを浮かべた。「まあ、ありがとう、レティ！　お父様に手紙を書いて、こんなに早くアポロを送ってくれたお礼を伝えるわ」

二人が家政婦長と一緒に立ち去り、一人になったアンジェルは物思いにふけった。だが、姉と妹が話していたことについてよくよく考えたくなかったので、滞在中の二人を楽しませる計画に意識を向けた。

夕食の着替えまで一時間ほどある。厩を訪ねてみることにした。まだ行ったことがないし、愛馬に会えるだけでなく、どの馬車を使えるか確かめられる。天気は当分晴れが続きそうなので、緑地や周辺の田園地帯のドライブを楽しめるかもしれない。

靴だけ履き替えたアンジェルは、きびきびと歩いて厩へ向かい、そこを仕切っている年配の馬丁トーマス・クリックを捜した。訪問の目的を説明すると、彼は喜んでアポロを入れた馬房へ案内してくれた。アンジェルはたっぷり愛馬をかまったあと、トーマスと一緒に厩の中を見てまわった。

「女性が乗るのにいい馬は他にもいる？」もしかしたら姉と妹は馬車より馬に乗りたいかもしれない。

「残念ながら、いません。前の奥様の馬は亡くなったときに売り払われました。一頭残らず全部」

「まあ！　何頭いたの？」

「葦毛(あしげ)が一頭……」トーマスは指を折って数え始めた。「それがいちばんのお気に入りでした。それから青毛の牝馬(ひんば)——あの子にはアラブの血が入ってました。あとは栗毛(くりげ)に狩猟馬もいましたよ。一度も乗らなかったけどね」彼は咳払いした。「こう言うのも何ですが、みんな見た目だけで買ったんですよ。奥様のあの去勢馬を見たら、売り払われた馬たちが奥様のお気に召したとは思えません。どれも見かけ倒しでしたから。前の奥様が幌なし馬車用に買った二頭もそうです。閣下は奥様の事故のあと、すぐに全部売り払いました。大型馬車用の馬は残っていますが」

「あら、前の公爵夫人は自分の大型馬車を持っていたの？」

「はい、奥様。ごらんになりますか？」

「ええ、お願い！」

無蓋馬車なら、天気がよければ三人で田園地帯をドライブできると期待したが、馬車置き場に行って、見せられたのは優雅な旅行用馬車だった。

トーマスが開けたドアから中を見た。クッションシートと背もたれが青と黄色の絹地で覆われ、窓にはそろいのブラインドがついている。だが、ベンチシートが一つしかない。

「これは閣下からの結婚の贈り物でした。最新のデザインです。前の公爵夫人はよく使っていました。いつも国中を遊びまわっていましたから。たいていは公爵抜きでね」老馬丁の口調は非難めいている。「最後の数年は前の奥様の姿をロサートンではほとんどお見かけしませんでした」

アンジェルは馬車から離れながら言った。「残念ながら、これは二人しか乗れないから、今必要な馬車ではないわ。お天気がもつようなら、姉と妹を田園地帯のドライブに連れていきたかったのよ」

老馬丁はにっこり笑った。「それなら、奥様に必要なのはランドー馬車ですね」

アンジェルの不安をよそに、四日間はまたたく間に過ぎていった。隣人たちの朝の訪問で屋敷をほめちぎられたときには、姉妹が同席してくれていてありがたかったが、二人に模様替えを強要された際には、断固として自分の主張を貫いた。

ランドー馬車で一日ドライブに出かけたときには、

二人の干渉からも一息つけた。優雅で贅沢な内装と両側についた公爵家の紋章は、どれもレティとアリスが強く望んでいたものばかりだ。二人は存分に楽しんだ。

　姉妹の滞在は予想よりうまくいったが、二人を送り出したアンジェルが感じたのは安堵ばかりだった。二人に自分をいじめさせなかった。その小さな成功に自信を得て、ロサートンに到着したときから気になっていた問題に向き合うことにした。

　翌日、アンジェルは公爵家の家令に会いに行った。仕事部屋に入っていくと、ミスター・メリックは驚いて急いで立ち上がり、公爵夫人を迎えた。

「奥様！　何か不都合がありましたか？　ご用件をうかがいましょう」

　家令は椅子を引いてアンジェルに勧めた。

「いいえ、不都合はないわ、ミスター・メリック。ただ子供たちと連絡を取りたいの」

「子供たち？」

「ええ」アンジェルはうなずいた。「公爵の娘たちよ。ケントにあの子たちの家があるんでしょう？」

「そうです、奥様。アシュフォードの近くです。お二人の世話はミセス・ワトソンがしております。上品で有能な未亡人です。閣下とともに訪ねたことがありますが、実に快適に暮らしていると確信を持って言えます」

「それは疑っていないわ、ミスター・メリック。今日はミセス・ワトソンに手紙を書きたいのよ」

「なるほど……」

　彼はわずかにためらいを見せた。

「閣下がお戻りになるまで待ったほうがいいかもしれません」

「そうしたいところだけど、いつ戻るかわからないんだもの。あなたには連絡があった？」

アンジェルはサイモン・メリックに期待したが、彼は首を振った。「閣下の計画は大がかりなものでしたから。最近の手紙にはロンドンへ向かう途中だと書いてありましたが、用件がすべて完了するまで少なくともあと三週間はかかると思います」

それではロサートンを発ってから、六週間にもなる。アンジェルは少し気落ちしたが、決してへこたれるまいと笑みを浮かべた。

「閣下が急に出かけてしまったから、いろいろ話し合う時間がなかったの。でも、私の思いどおりにしていいと、あなたにも言っていたでしょう?」

「ええ、はい、奥様。ですが……」

「よかった!」アンジェルは満面の笑みを家令に向けた。「ではミセス・ワトソンの住所を教えてくれたら、もうお邪魔はしないわ!」

5

疲れきったジェイソンがロンドンへ戻ってきてベッドに倒れ込んだのは真夜中だった。最初にロンドンへ行ったあと、この三週間のほとんどはヘレフォード、ノッティンガム、ヨークシャーの地所をまわっていた。馬車はロンドンに残し、速さを重視して馬での旅を選んだ。一日を最大限に活用して仕事をできるだけ早く終わらせ、最後に弁護士と会うため、急いでロンドンへ戻った。

ロサートンへ帰りたくてたまらなくなるのは久しぶりだ。アンジェルは僕なしでどうしているだろうと考えずにはいられない。

アダムズが朝のコーヒーを持って入ってきたので、

かすんだ目を開けて懐中時計に手を伸ばした。

　ジェイソンは起き上がった。「十時だ！　アダムズ、どうしてもっと早く起こさなかったんだ？」

「国中をまわってこられたのですから、よくお休みいただくのがいちばんだと思ったんです」

　ジェイソンは従者の脅迫めいた口調に笑みを浮かべた。「一緒に連れていかなかったから怒っているんだな？」

「そんなことはありません。旅行中、私のお世話は必要ないと、最初にご説明いただきましたから」

「そうなんだ。長距離を移動する必要があったから、荷物用馬車が追いつくのを待っている時間がなかったんだよ」ジェイソンは笑った。「それに、荷物用馬車ではひどく乗り心地が悪かったはずだ。それではアダムズの品位に対する侮辱だろう！」

　従者は一瞥しただけで主人の服選びに戻った。

「午前中にシティへ行かれるなら、新しい極上バース地の上着と灰紫色のベストをお勧めします」

「ああ、それでいい」ジェイソンはコーヒーを飲みながら枕に寄りかかった。「だが、テルフォードに会うのは明日に延期するかもしれない」

　ジェイソンはあくびをしながら考えた。この件は一日くらい先延ばしにしてもいいだろう。長旅のあとなので休息したい。

　ゆっくり着替えて食堂へ下りていくと、テーブルの上には小さな手紙の山があった。これもあとまわしでいい。少なくとも卵とハムとコールドビーフの元気が出る食事をとってからだ。

　食欲を満たしたジェイソンは、招待状や名刺や手紙に目を通し始めた。ちらりと見ては脇へどけていったが、見慣れた筆跡の手紙に注意を引かれた。

「サイモンが何の用だろう？」つぶやきながら封を切り、手紙を開いた。

　短い文章を読んだジェイソンは眉根を寄せた。そして悪態をつき、大声で命令を下しながら朝食室から飛び出した。

三日後、ジェイソンはロサートンに戻った。カーブした私道に馬車が止まるのも待たずに飛び降り、階段を駆け上がって屋敷に入った。玄関ホールを横切っていたラングショーが主人を見て立ち止まり、驚きのあまりいつもの威厳を失った。

「か、閣下！」

「彼女はどこだ？」ジェイソンは帽子と手袋をベンチに放り投げ、執事のあっけに取られた顔を見て叫んだ。「公爵夫人だ。どこにいる？」

「奥様は北の芝地においでです」執事は少し落ち着きを取り戻した。「呼びに行かせましょうか？」

「いや、自分で行く」険しい顔で言った。

屋敷の中を大股で歩き、いくつかの部屋を通り抜ける最短ルートで庭に面した北側のドアから外へ出た。北側の長いテラスから奥行きの浅い階段が小さな花園とその先の芝地や湖へ通じている。

芝生の上に敷物が広げられ、ピクニックをしていた形跡はあるが、誰もいない。すると湖水を隠すように立っている柳のむこうから笑い声が聞こえてきた。足取りを速めて木立を通り過ぎると、すぐに陽気な人声の出所がわかった。

アンジェルと娘たちが湖で小舟に乗っているのだ。継娘（ままむすめ）のローズが妹と向かい合わせに座り、せっせとオールを動かしているのを見て、ジェイソンはぞっとして立ち止まった。アンジェルが船首に座って笑いながら号令をかけている。

「自分が何をやっているか、わかっているのか！」どなり声が湖に響き渡った。即座に笑い声がやみ、二人の少女が驚いて顔を上げた。こちらに背を向けていたアンジェルは素早く振り返った。

「あら、閣下！　まだ帰らないと思っていたわ」

「だめだ！　急に立ち上がったら――」

警告が遅すぎた。小舟は大きく揺れ、バランスを崩したアンジェルは頭から水の中へ転げ落ちた。

ジェイソンは悪態をついたが、小さな木の桟橋の上を走っている間に彼女は水の中から姿を現した。咳き込みながら笑っている。

「大丈夫よ。助けはいらないわ」アンジェルは、上着のボタンを外して飛び込もうとしているジェイソンに大声で言った。「ほら、ここはそんなに深くないから、歩いて岸まで行けるの。だけどローズ、もう桟橋までこいで戻ったほうがいいと思うわ」

「そのとおりだ」ジェイソンはどなった。

「お願いだから、あの子たちを叱らないで。私の思いつきなの」アンジェルが言った。

ジェイソンは痛烈な反論をのみ込み、小舟を固定して娘たちを降ろすことに注意を向けた。二人ともひどく怖がっている。アンジェルには当面の危険がないようなので、二人に腹を立てているわけではないと安心させるために時間をとった。

「どこでこぎ方を習ったんだ？」水の中を歩いているアンジェルから目を離さずにローズにきいた。

「公爵夫人に教えてもらったの」

「私も教えてもらうはずだったのに」ネルが落胆して顔をしかめながら甲高い声で言った。

「また今度な、ネル」ジェイソンは娘に言った。

アンジェルはしっかりした足取りで桟橋に近づいてきた。桟橋が高すぎて水から上がるには助けが必要だろう。だが、頭の中でもう一人の自分――とても卑劣な自分――が彼女が悪戦苦闘していても放っておけとささやいている。

「二人は家に戻りなさい」

ローズは迷った。「公爵夫人はどうするの？」

「公爵夫人のことは任せてくれ」たとえ笑みをひねり出せなくても、父親の冷静な口調で娘たちが安心してくれればいいが。「さあ、もう行きなさい。妹を家に連れていくんだ」

ジェイソンは二人が屋敷へ向かって走っていくのを待ってから湖のほうへ振り向いた。アンジェルはもう桟橋に着いている。ジェイソンは手を伸ばして彼女を水から引き上げた。

「ありがとう」

「まったく、ばかなことをして！　本当なら助けてもらう資格なんてないぞ」

「あなたがどならなければ、落ちなかったわ！」

アンジェルは威厳を保とうとしてにらんできたが、惨めに失敗した。全身ずぶ濡れで、もつれた黒髪は肩の上に垂れ下がり、サマードレスの薄いモスリンが皮膚のように体に張りついている。胸のふくらみも、ほっそりしたウエストも、長く形のいい脚も、全身の曲線が丸見えだ。

突然、体中の脈がどどろき始めた。アンジェルの濡れた服をはぎ取って華奢な体に手を這わせたい。ジェイソンはそれしか考えられなくなった。

欲求不満でうなりながらアンジェルの手をつかんだ。「さあ早く、家に戻ろう」

彼女を敷物の上に押し倒し、分別をかなぐり捨ててキスしたいという強い欲求を必死で無視して、すぐに歩きだした。まったく、自分の妻に熱を上げている場合ではない！

アンジェルがよろめいたので、足取りをゆるめた。震えていて、むき出しの腕に鳥肌が立っている。

「きみは温まる必要がある」ジェイソンは敷物を拾い上げた。「ほら、これにくるまるといい」

アンジェルは歯の根が合わなくなっていた。ジェイソンは彼女を敷物でくるむと抱き上げた。

「だめだ。口出しはなしだよ」アンジェルの異議を無視して言った。「このほうがずっと速いしね」

アンジェルはもがくのをやめ、もう数メートル進むと首に手をまわしてつかまってきた。

「ごめんなさい、ジェイソン」頭を彼の肩に預けてつぶやいた。

「まったく、無謀にもほどがある」

「湖のこちら側は浅いと庭師が言っていたから、安全だと思ったのよ」

「きみには安全かもしれないが、小さいネルが落ちたらどうするつもりだったんだ?」

「助けるわ。私が泳げるって知っているでしょう」

それを聞いても苛立ちは収まらなかった。「罰があたって、ひどい風邪で死ぬことになるぞ!」

辛辣な返答にもただ笑っているアンジェルをちらりと見下ろした。

「少しは怖がれよ!」

「怖がらないわ。子供の頃も、よくそういうことを言われたけれど、あなたの脅しはちっとも怖くないもの」アンジェルは顔を上げた。「でも、ローズとネルは怖がっているかもしれないわ。あなたのことを知らないから」

これを聞いて、態度を和らげる気が失せ、身構えるように言った。

「知っているさ。ケントには定期的に会いに行っているんだから」

「せいぜい月に一度でしょう。二人が言っていたわ。それでは足りないわよ、ジェイソン」

きみには関係ないと言おうとしたが、屋敷に着いてしまい、家政婦長がドアのところで待っていた。

「まあ大変、閣下! 奥様を中へお連れください。何があったか、ミス・ローズから聞きましたよ。奥様のお部屋にお湯を運ばせて、ベッドに熱いれんがを入れておきました。ピーターとサミュエルが奥様をお部屋まで運びますから」

ジェイソンはそばでうろうろしている従僕たちをちらりと見て、両腕に力を込めた。誰にも渡しはしない。たとえ彼女が今までに出会った中でいちばん厄介な女性でも。

「いや、いい！　自分で運ぶ」

アンジェルは小さなため息をついた。ジェイソンの腕の中はとてつもなく居心地がいい。羽根のように軽々と水から引き上げられたときも彼は激怒していたが、その怒りが心配から生まれたことは少しも疑っていない。敷物にくるまれ力強い腕に抱えられて、震えはすぐに治まった。まだ寒いが危険なほどではないし、もう気分がよくなったので、使用人に運んでもらうくらいなら自分で歩いて部屋まで行けただろう。だがジェイソンの腕の中で満ち足りている。強くしっかりした腕に抱きしめられて小さく身震いした。次に起こることへの幸せな期待の戦慄だ。

ジェイソンが家政婦長のあとについて階段を上る間、アンジェルは彼の首に両腕をまわしたまま肩に頬を寄せていた。ジェイソンはまだ旅行用の服を着ているので土ぼこりの匂いがするが、かすかに残るムスクと白檀（びゃくだん）の香りにくらくらする。絹のように柔らかい彼の髪が両手に触れている。流行の髪形より少し長めだ。目を閉じて想像する。めくるめくようなキスをしながら漆黒の髪に指を差し入れ……。

「さあ着きましたよ、閣下」家政婦長の声がアンジェルの楽しい白昼夢を消し去った。彼女がドアを開けると、ジェイソンはアンジェルを寝室へ運び込んだ。室内はメイドたちでにぎわい、急いでおこした火で暖かかった。暖炉の前に腰湯が用意されていて、立ち上る湯気はバラの香りだ。

「ほら」彼はアンジェルを下ろしたが、しばらく体を支えたままだった。「立てるか？」

ああ、立てないと言いたい！　いったいどうしてしまったの？　いつもは独立心旺盛なのに――なぜ今はかよわい女のようにふるまいたいのだろう？

「ええ、ありがとう、閣下」

「今日は部屋にいたほうがいい」

「もう大丈夫よ」思い切って笑みを浮かべて安心させた。「夕食の前に応接間で会いましょう」

「楽しみにしているよ」彼は冷ややかに言った。

その半開きの目を見上げた瞬間、アンジェルのめくるめくような興奮は消え失せた。青灰色の目に温かい輝きはなく、石のようにかたくなで暗い。

彼の娘たちをロサートンへ連れてきたことを許していないのだ。

ジェイソンは妻をメイドたちに任せて旅のほこりにまみれた服を着替えに行った。留守の間にロサートンでは何があったのだろう？　家令は前の手紙で、アンジェルがミセス・ワトソンに手紙を書くつもりらしいと警告してきたが、そのあとの手紙には強いショックを受けた。自分に相談もなくアンジェルが娘たちをロサートンへ連れてくるとは思ってもみなかった。僕がいない間に、彼女は他にどんないたずらをしでかしたのか？

まあ、自分を責めるしかない。好きなようにしていいと言ったのは僕自身なのだから。

だが、それだけではない。アンジェルは水に落ちて僕を震え上がらせた。そして水の精のような姿で目の前に立って注意を引き、とどめを刺した。こんなに制御不能な気分は何年ぶりだろう！

〝闘わなければ〟自室のドアの前で立ち止まり、目を閉じた。〝かつて一人の女性にのぼせ上がった。二度とあんなことが起きてはいけない！〟

部屋に入ると、待っていた従者が湯が足りないことをわびた。

「何とかバケツ半分は確保しましたが、浴槽の中はやっとぬるま湯になった程度です。残りのお湯はすべて他へまわされました」

「わかっている」ジェイソンは服を脱ぎながら言った。「かまわないよ。僕には水風呂がふさわしい」

休んで元気を取り戻したアンジェルは、時間どおりに階下の家族用応接間へ向かった。先に来ていたジェイソンは窓の外を見ている。アンジェルはドア口で立ち止まり、この部屋から湖が見えなければいいのにと思った。見るたびに、彼は私の愚行を思い出すだろう。

振り向いたジェイソンは不機嫌なまなざしで近づいてきた。

アンジェルはひるまないように笑みを向け、慎重にドアを閉めた。

「ミセス・ワトソンと子供たちは毎晩私と一緒に食事していたんだけど、今夜は子供部屋で食べてもらったほうがいいと思ったの」

「ここにいる間、今後は毎晩、子供部屋で食事をさせる。そのように取り計らってくれ」

アンジェルは目を伏せた。「お望みどおりに」

「ああ、そう望んでいる！」

ジェイソンは怒りのため息をついた。

「ミセス・ワトソンと子供たちをここへ連れてきて、きみは少なくとも良識を示した。三人はここへ来てどれくらいだ？」

「たった四日よ」アンジェルは座って膝の上で両手を組んだ。「ミセス・ワトソンを訪ねたあと、三人を数週間の予定でここへ招待したの」

「それはよかった。子供たちの家はケントだから」

「ここで私たちと一緒に暮らすべきだわ」

「私たち？　僕らの結婚だって、まだ確定していないと思うんだが！」

アンジェルは彼の冷ややかな口調にがっかりしたが、それを必死で隠した。

「話したでしょう、ジェイソン。結婚したときに私は決心したわ」指にはめた金の指輪を見下ろす。「でもあなたの気が変わったのなら、そう言って」

「もちろん、そんなことはない！　すまない、アンジェル。ただ、きみと子供たちが一緒にいるのを見て驚いたんだ」ジェイソンはアンジェルを見てしぶしぶ笑みを浮かべた。「僕を見たきみのほうが、もっと驚いたようだが」

「帰ってくるのは一週間後だと思っていたから」

彼はまた顔をしかめた。「僕に手紙を書いて、きみの計画を知らせるべきだったんじゃないか」

「それであなたに許可を求めるの？　どうせ許さなかったでしょう」

ジェイソンは目を細めたが否定しなかった。

アンジェルは続けた。「あなたを驚かせるつもりはなかったのよ、ジェイソン。ミスター・メリックがあなたに定期的に手紙を書いているのを知っていたから、彼が知らせるだろうと思ったの」

「最初は、きみがミセス・ワトソンに手紙を書こうとしていると知らせてきた。そのあといきなり、子供たちが到着したという速達が届いた。それでロンドンの用事を切り上げたんだ！」

「怒っている？」

「きみがおぼれそうになったことには怒っている」

「おぼれないわ。言ったでしょう。泳げるって」

「あのときは、そんなこと知らなかった！」彼は顔をしかめた。「いつ習ったんだ？　バーナビーと僕が教えた覚えはないんだが」

「いいえ、違うわ」アンジェルは頬を染めた。「うちの家庭教師が泳げると知って、母を説得して教えてもらう許可を取ったのよ。アリスとレティと私の三人でグールパークの湖の端の安全な場所で練習したの。バーナビーだけが習えるなんて不公平だと思ったから」

ジェイソンはうなずいた。「きみはボートもこげるんだね」

「もちろんよ。あなたが教えてくれたんじゃない。覚えていないの?」

「うるさいちびにしつこくせがまれた記憶はあるよ」ジェイソンの表情が晴れた。彼はソファのアンジェルの隣に座った。「ずいぶん前に思えるな」

「はるか昔よ」アンジェルは同意してから少し間を置いた。「あなたはうるさいちびが相手でも、とても辛抱強かったわ、ジェイソン。きっと自分の子供たちにも、同じようにできるわよ」

彼はにわかに硬直した。「ローズ・ハリンゲーは僕の娘じゃない」

「でも、あなたの継娘よ。それにもう子供ではないわ。十七歳よ。社交界にデビューできる歳だわ」

「ミセス・ワトソンが世話してくれるだろう」

「あの子の母親はあなたの奥さんだったのよ。それにローズはお金がないわけではないんでしょう」

「ああ。あの子は二十五歳になったら、実の父親の遺産からかなりの額を相続することになっている」

「なおさら私たちがあの子を社交界に出すべきよ」

「だめだ」

「どうして?」

「それは」彼は言葉を切った。「きみに負担がかかりすぎるからだ。ロンドンに行ったら、きみには僕の新妻としてやるべきことがいろいろある」

「それはわかっているし、覚悟はできているわ。ロンドンに行ったら公爵夫人にふさわしい新しいドレスを買う必要があるから、同時にローズのドレスも買えばいいわ。子供たちをロンドンへ連れていけない理由がある? もちろんミセス・ワトソンもね」急いで付け加えた。「彼女がいれば、私にはまったく負担がかからないわ」そこで一息ついた。ジェイソンが黙っているので陽気に続けた。「二人を美術館や公園へ連れていきたいし、ローズはあなたの庇護のもとで社交界に出られるわ。十二月には十八歳になるのよ。デビューさせない理由がある？」

「ない」

「そうでしょう。二人をアストリーの円形劇場にも連れていけるわ。私が一人で連れていってもいいわよ」からかうように言い足した。「もしあなたがサーカスを見に行くなんて威信に関わると思うなら」

「いや、それは無理だ。ローズをロンドンへ連れていくつもりはない」

「でも――」

「いいかげんにしろ、マダム！」ジェイソンは急に立ち上がった。「これ以上この話はしない。子供たちをここに住まわせるという話もだ。夏休みが終わったらミセス・ワトソンが二人をケントへ連れて帰る。それでこの件は終わりだ」

「この件は終わり」アンジェルはゆっくりと立ち上がった。「これがここのやり方？　この家では、あなたの言うことが絶対なの？」

「こういう場合は、そうだ！」

「でも私の好きなようにしていいと言ったじゃない。どういう言葉だったか……そう〝自由に仕切っていい〟と言ったわ」

「僕の家の切り盛りに関しては好きにしていい！」

「あなたの家？」アンジェルは背筋を伸ばしたが、まだ彼を見上げなければならなかった。「あなたにとって、私はただの家政婦みたいなものなの？」

「違う！　そういう意味じゃないよ――まったく、あげ足を取らないでくれ！」

二人は長い間にらみ合った。アンジェルはいくつかうまい返答を思いついた。部屋から飛び出し、音をたててドアを閉めてやりたいとも思ったが、それでは何も解決しないので、ただうなずいた。

「わかったわ、閣下。そこはあなたの望みどおりにしましょう」アンジェルは再び腰を下ろし、しばらくしてから言った。「こっちへ来て座って、ジェイソン。留守の間何をしていたのか、まだ話してくれていないわ」彼がソファに座るのを待ってから、うちとけて話した。「ロンドンでの用事はうまくいって、やりたいことは全部できたんでしょう？」

「アンジェル……」警告するような口調だったが、アンジェルはそれを無視した。

「他の地所にも行ったんでしょう。ミスター・メリックが話してくれたの。特にノッティンガムの狩猟小屋の話が気に入ったわ。あなたが全部独り占めするつもりじゃないといいけど。それからヘレフォードの家も。ダーヴェル・ホールだったかしら？　チューダー朝時代にまでさかのぼるんでしょう」

「アンジェル、やめてくれ！」

「どうしたの？」

ジェイソンは顔をしかめた。「この件について、考えを変えるつもりはないからな！」

「何のこと？」何食わぬ顔で尋ねた。

「アンジェル、もうやめろ！」

アンジェルは目を見開いてジェイソンを見た。

「子供の頃から、きみはいつもそうだった。バーナビーと僕がゲームに入れてやらないと、それを受け入れたふりをした」

「受け入れざるを得なかったのよ。二人は私より年上で力も強かったから」

しばらくじっとアンジェルを見ていたジェイソンの顔から不機嫌な表情が消えた。彼はソファの隅に寄りかかり背もたれの上に腕を伸ばした。

「そして、きみは生意気だった！　駄々をこねたり泣いたりしないで、僕らをおだてて丸め込んで少しずつ懐柔していった」

「そんなことはしていないわ！」アンジェルは、彼が唇を引きつらせて笑いをこらえているのを見た。

「おだてて丸め込んだ」彼は繰り返した。「僕らが折れるまで」

アンジェルは笑った。「やめてよ。私はそんなにずる賢くないわ」

「いや、相当なものだったよ」青灰色の目には皮肉っぽい笑みが浮かんでいる。「きみは今でもかわい頭痛の種だ。きみの企みはわかっているよ、アンジェル。きみの策略はもう僕には通用しない！」

彼の手が首をかすめ、アンジェルは小さく身震いした。髪はまだ湿っているのでゆるく結ってある。彼の指がほつれた髪をいじっているのがわかる。恐れと興奮が入り交じった、なじみのない感覚で胸がいっぱいになった。

アンジェルはじっと座っていた。期待に満ちた部屋の空気が重くのしかかってくるようだ。

「私の策略？」陽気に話そうと努力した。「何のことかわからないわ」

「わからない？　きみが湖に落ちたときだって、わざとじゃないかと思ってしまいそうだったよ」

彼が指に髪を巻きつけているので、背筋がぞくぞくする。切望のあまり溶けてしまいそうだ！

「どうして……」唾をのみ込み、両手の震えを止めようと膝の上で組み合わせた。「どうして私がそんなことをすると思うの？」

「水から引き上げられたとき、あの薄いモスリンを通して体が輝いて見えると知っていたんだろう」

「まさか！」

「本当に海から上がったヴィーナスのようだった」

その言葉は温かく柔らかいビロードのようにアンジェルを包み込んだ。

「まあ！」嬉しくて頬が染まるのを感じた。恥ずかしくて彼の顔を見られない！　握りしめた自分の両手を見つめた。「考えたこともなかった。そんなことを言ってくれて嬉しいわ！」

ジェイソンがいつの間にか近づいていた。彼の指はもう髪をいじってはおらず、アンジェルの背中を抱き寄せている。

彼はアンジェルの顎をとらえてそっと上向かせた。

「離れている間、会いたくてたまらなかった」

その言葉と熱いまなざしに胸が高鳴る。思い切って本当のことを言おう。

「私も会いたかったわ、ジェイソン。二度と一人にしないで。少なくとも、今はまだ」

彼の目のきらめきに心臓が早鐘を打つ。唇が重なり、アンジェルの体に火がついた。

情熱的で激しいキスだった。無数の炎の矢が全身を突き抜け、血を沸き立たせる。膝の上に抱き上げられ、ジェイソンにしがみついた。欲望のあまり気が遠くなりそうだ。両手を彼の髪に差し入れ、柔らかい感触を楽しむ。すべての感覚がとぎすまされていく。押しつけられる硬い体や、上着の柔らかいウール地、首に巻かれたひんやりしたリンネルを強く意識し、彼の肌の匂いにくらくらする。かすかに木の香りがして、とても男らしくて官能的だ。

ジェイソンはついに顔を上げた。

「もうやめたほうがいい」まるで重い負担に苦しんでいるようにあえいでいる。

アンジェルはため息をついて彼にしがみついた。

「やめたくないわ」

抱き上げて上に連れていってほしい。甘美な愛撫(あいぶ)を続けて行き着くところまで行ってほしいと体が叫んでいる。膝の上からソファに下ろされたときの失望は耐えがたかった。

「ああ、アンジェル、うぶで優しいきみにつけ込むわけにはいかないんだ」

アンジェルは離れようとするジェイソンの両手をつかんだ。痛いほど彼を求めている。

「つけ込んでなんかいないわ！　私はあなたの妻な

のよ。あなたと同じくらい、これを求めているわ」

冷静に話しているが、内心ではもう一度キスしてほしいとせがんでいる。

「だめだ」ジェイソンは首を振った。「お互いに後悔するようなことはしないほうがいい」

またしても拒絶された。少し前までの興奮は、まるで湖に逆戻りしたかのように冷えきった失望に代わってしまった。今回のほうがはるかにひどい。彼に突き放されたのだから。

「後悔するのはあなたでしょう。前にも言ったけど、私は結婚の誓いにはそれだけの拘束力があると思っているわ」

「ひとたび結婚が完全なものになったら、誓いが拘束力を持つことになる」ジェイソンはつかまれていた両手を自由にして立ち上がった。「そうなったら、もう元には戻れない。考えてみろ、アンジェル！どんなに不幸でも、死ぬまでずっと互いに縛りつけられるんだぞ。結局憎み合うことになりかねない。本当だ。僕にはわかるんだ！」

ジェイソンは窓際へ歩いていき、アンジェルは彼の背中を見つめた。広い肩は妥協を拒否して張りつめている。古いことわざを思い出した。〝急いで結婚すると、ゆっくり後悔することになる〟彼が結婚したのは、孤独だったからだ。それに売れ残りのアンジェリーン・カーローを憐れんだのかもしれない。そして、当然それを後悔しているのだ。

込み上げてくる涙をこらえた。今の私は公爵夫人だ。公爵夫人は泣いたりしない。自分の立場を最大限に活用するのだ。

アンジェルは立ち上がってスカートを振り広げた。

「私たちは結婚を急ぎすぎたわ。あなたには亡くなった奥さんを悼む時間が必要なのね」

「違うんだ、アンジェル。僕は――」

「説明しなくていいわ」話を遮った。彼は落ち着いていられるのかもしれないが、私には無理だ。落胆の涙におぼれないうちに逃げ出す必要がある。「こんなことは忘れて、今までどおりやっていきましょう。合意したように」

でも、こんな偽りの結婚に同意した覚えはない！

急に途方に暮れて辺りを見まわした。

「今夜は一緒に食事できないわ。頭が痛いの」

アンジェルは衣擦れの音とともに部屋を横切り、静かにドアを閉めて出ていった。ジェイソンは目をこすった。とんだへまをしてしまった！　アンジェルの言うとおり、僕には時間が必要だ。だが、ラヴィニアを悼むためではない。

都合のいい結婚のつもりで幼なじみと一緒になったのに、突然その妻に予想外の劣情を抱いている。これはあまりにも不都合な事態だ！

6

翌朝、アンジェルは不安を抱えて階下へ向かった。ジェイソンには今までどおりやっていこうと言ったが、あんなキスのあとでそれができるかどうか自信はない。あまりにも激しく情熱的で、とても忘れられないけれど、忘れなければいけない。自然にふるまう必要がある。特に子供たちがこの家にいる間は。

他の皆はもう朝食の席についていた。アンジェルがドア口でためらっていると、ジェイソンが立ち上がって迎えに来た。

「おはよう、アンジェル」

その笑顔が心強かったが、ふいに気後れした。どうして彼が微笑んだだけで恥ずかしくなるのだろう。

ジェイソンは椅子を引いて、腰を下ろすまで支えてくれていた。彼の手が束の間肩に置かれたとき、まるで無数の蝶が胸の中で解き放たれたようだった。

ジェイソンは安心させようと優しくしてくれている。それはありがたいと思う一方で、ベッドをともにしようとしないことがいっそう惨めに思える。昨夜は、初夜がどんなものかを想像して眠れぬ夜を過ごした。だが、まだ希望はある。忍耐強くならなければいけない。

朝食の席は驚くほど和やかだった。ローズとネルが、二人の話を引き出そうと努力するジェイソンとしゃべり続けている。

それを見ていると、彼が二人をロサートンに住まわせることにどうして反対するのか不思議に思える。ミセス・ワトソンは家庭教師としても話し相手としても優秀だが、自分自身の子供時代の経験から考えて、一緒に暮らす優しく愛情深い両親に代わるものはない。

「それでアンジェル、今日のきみの予定は?」

ジェイソンの問いに考えごとを遮られた。

「今日はマダム・ソフィーのところへ行って新しいドレスを選んで、少し買物もするつもりよ。ローズも一緒にどうかしら」ローズに笑みを向けた。

「ぜひ行きたいわ」ローズが答えた。

「でも、今日はお父様が湖に連れていってくれるのよ」ネルが言った。「ボートのこぎ方を教わるの」

「昨日……きみのレッスンを邪魔してしまったから、せめてそれくらいはしようと思ったんだ」ジェイソンはテーブル越しにアンジェルの目を見て言った。「ボートには四人乗れる。みんなで行くのもいいと思ったんだ」

これは間違いなく和解の申し出だが、仕立屋の話をしてしまった手前、ローズをがっかりさせるわけにはいかない。

「ローズが決めることよ。もしボートに乗りたければ、ミドルウィッチには明日行けばいいわ」

だが、ローズにとって、もう一日湖で過ごすより、仕立屋と買物のほうがはるかに魅力的なのは明らかだ。四人は二手に分かれることになり、アンジェルは馬車の用意を命じに行った。

ジェイソンにとって、ネルとの時間は予想よりずっと楽しかった。初めは、とっさの思いつきでボートのこぎ方を教えてやると言ったことを後悔していた。子供――特に女の子のことなど、何も知らない。一人っ子だったので、グールパークに遊びに行ったときを除けばいつも一人だった。グールパークでも、他の妹たちとはほとんど顔を合わせなかった。バーナビーと自分についてまわって邪魔をしていたのはアンジェルだけだ。

いや、違う。邪魔ではなかった。アンジェルは使い走りを買って出て新しいことを学びたがった。しまいには一緒にクリケットや羽根つきができるくらい上達した。四歳も年下だったのに。

ボートをうまくこぐにはネルはまだ小さすぎるということが、湖に出てみて初めてわかったが、それを指摘した際のネルの落胆には胸が痛んだ。努力をほめてオールを動かすのを手伝い、ネルが疲れてきたらボートこぎを引き受け、湖中をまわった。イグサの中に隠れた巣を見せ、浅瀬に近づいて水浴びする鳥を探し、トンボを見つけるのにいちばんいい場所を教えた。

当初の不安に反して時間は飛ぶように過ぎ、午後もだいぶ遅くなってから疲れきったネルを抱いて屋敷へ戻ったジェイソンは、教室で待っていたミセス・ワトソンに娘を引き渡した。

「まあ閣下、一日遊んでくださって、ありがとうございました」

「楽しかったよ」自分が本気でそう言っていると気づいて驚いた。「天気がよかったら、また行こう」

「わあ、絶対よ。お父様！」

ネルの明らかな喜びように満足したジェイソンは、笑顔のまま階下へ向かった。

まだ夕食の着替えには早いのでアンジェルを捜した。話したいことがいろいろある。女の子がボートこぎに挑戦することについてネルがおもしろいことを言ったし、あの子の果敢な努力に予想外の誇りを感じた。

公爵夫人はまだ戻っていないと聞いたときの落胆は思ったより大きかったが、あきらめてサイモン・メリックに会いに行き、領地の仕事で気を紛らした。

「ごめんなさい。お待たせしたかしら」

定刻より二十分も遅れて家族用応接間に入ってきたアンジェルは、わびの言葉を口にした。

「大丈夫だよ」ジェイソンは礼儀正しく事実を隠したが、本当は早く会いたくてたまらなかった。『ジェントルマンズ・マガジン』を脇へどけて尋ねる。

「子供たちは下へ来ないのか？」

ジェイソンは二人分のワインを注ごうとサイドテーブルに近づいた。

「あなたの命令どおり、ミセス・ワトソンと上で食べたわ」

命令！　デカンターを持つ手を宙で止めた。「この家で僕の希望にまだ影響力があるとわかって嬉しいよ、マダム」

アンジェルは笑みを浮かべた。辛辣な口調に動じる様子はまったくない。

「皮肉はやめて、ジェイソン。あなたの指示にわざと逆らったりはしないわ」アンジェルはソファに座り、スカートを整えてから再び顔を上げた。口元にいたずらっぽい笑みが浮かんだ。「一晩中私をにらむ？　それとも一緒にワインを飲む？」

ふくれ上がっていた怒りが消え、ジェイソンは噴き出しながらグラスを満たした。

「買物はどうだった？」

「とても楽しかったわ！　マダム・ソフィーは優秀な裁縫師なの。今手がけている服を何着か見せてもらって、新しいモーニング・ドレスと外出着を注文してきたわ。でも細かい説明はやめておくわね」

「そうしてくれ！」

アンジェルは差し出されたグラスを受け取って、ジェイソンを見上げた。

「ローズにも新しいドレスを一着注文したわ。かまわなかったかしら？」

「かまわないよ。ここにいる間に仕上がって、あの子が着ているところを見られるのか、それともケントに送らないといけないのかな？」

アンジェルはワインを一口飲んでから答えた。

「あの子たちの滞在は、いくらでも延ばせるわ」

「いや、だめだ。子供たちはいつもの生活に戻る必要がある」

「ローズはもう子供ではないのよ、ジェイソン」アンジェルは明らかに彼の眉間のしわに気づいた様子で微笑んだ。「でも、けんかはやめましょう。あなたの今日の話を聞かせて。下へ来る前に教室に寄ったら、ネルが湖の話ばかりしていたわ。相当楽しかったみたいね！」

「それはよかった。精いっぱい頑張ったつもりだが、子供の面倒をみた経験がないからな」

「あなたにこぐのを手伝ってもらって湖を横断したと言っていたわよ。とても誇らしげだった。昨日までは、あなたを怖がっていると思っていたけど」

「怖がる理由がわからないよ」

「わからない？　ローズによれば、ロサートンへ来るまでは、あなたと一、二時間しか一緒に過ごしたことがなかったそうね」

彼女の口調は穏やかだが、ジェイソンは罪悪感にさいなまれた。娘たちをケントに住まわせたのは間違いだったのだろうか？　あそこにいたほうが安全なのは確かだ。何の心配もなく幸せに暮らせる。二人が抱いている母親のイメージをゴシップで汚したくない。子供たちを真実から守りたいのだ。少なくとも、もう少し大人になるまでは。

「娘たちは何不自由なく暮らしている。ミセス・ワトソンは優秀な家庭教師だ。二人に僕は必要ない」

アンジェルの肩がわずかに上がった。

「反対か？」彼女の次の攻撃を警戒して言った。

アンジェルはためらっている。言葉を慎重に選んでいるようだ。

「あなたは二人の父親よ。まあ、ローズには継父（ままちち）だけど。あなたが見本を示さなかったら、二人はどうやって男の人を評価する基準を学べばいいの？」

アンジェルの言うことはもっともだが、あまりにも長い間子供たちに対する責任から逃れてきたので、今さら変えたところで手遅れだ。

ジェイソンは首を振った。「ずいぶん説得力があるな。でも僕の考えは変わらないよ。子供たちはケントに戻る。それで話は終わりだ」

そこへラングショーが入ってきたので、それ以上の話はできなかった。ジェイソンは妻をエスコートして食事室へ向かった。この件はもう話題に上らなかったが、ジェイソンは思っていた。だまされるものか。アンジェルのことなら、よくわかっている。この問題は終わってはいない。

アンジェルはローズとネルのことを決して忘れてはいなかった。ジェイソンが根は優しい人なのはわかっているが、生い立ちが自分とはまったく違う。彼自身、使用人に育てられたので、なぜ子供たちを同じように扱ってはいけないのか理由がわからないのだ。ネルが自分たちと一緒に暮らすべきだと説得するのは難しくないかもしれないが、継娘となると話は別だ。黄色の間の肖像画と比べても、ローズは母親にとてもよく似ている。ジェイソンは亡き妻を思い出して動揺するのかもしれない。その考えが頭から離れず、アンジェルの心に影を落とした。

アンジェルの体を疼かせた昨夜のキスが、ジェイソンに同様の影響を及ぼさなかったのは明らかだ。そのため彼がまだ最初の妻を愛しているのではないかという疑念が強まった。ラヴィニアの娘をロサートンに住まわせれば、失ったものを常に思い出して辛いのかもしれない。だからといって、彼の気持ちを変えようとするのをやめるつもりはない。

夕食の席についたアンジェルはごく普通の話題でジェイソンを楽しい会話に引き込んだ。それとおいしい食事のおかげで、二人の間の心地いい絆が復活した。食事が終わると、ジェイソンは一人で食卓に残るより、ブランデーを持って一緒に応接間へ行くと言った。アンジェルには嬉しい驚きだった。

「きみの新しい居間があるそうだね」応接間へ向かいながらジェイソンが言った。

「ええ。あら、ごめんなさい、ジェイソン。あなたに話さないといけなかったのに」

彼は首を振った。「そんなに後ろめたそうな顔をするな。僕らは滞在客に気を取られていただけだ」

「そうね」アンジェルはためらった。「今見る？」

アンジェルが自分用に確保した小さな角部屋へ彼を案内すると、居間は夕日で輝いていた。最高の状態を見せられて嬉しかった。

「かまわなかったかしら？　この部屋は空いていて、使う予定がないとミセス・ウェンロックから聞いたの。屋根裏にしまってある家具やカーテンを見つけるのも手伝ってくれて――」

「いいんだ、アンジェル!」ジェイソンは笑いながら口を挟んだ。「弁明する必要はない。何でも好きにしていいと僕がロサートンを任せたから、きみはここを居心地のいい小さな隠れ家にしたんだろう。唯一批判する点があるとすれば、金をかけていないことだ。色あせた椅子も古い書き物机も、ここにあるものはみんな見覚えがあるぞ」

「でも、新しいものは必要ないのよ。ここは私がくつろぐための部屋なの」

「そうだろうな」一瞬ためらったあと、彼は言った。「ときどき僕も来ていいかな?」

「もちろん、いつでも好きなときに来て」喜びが湧き上がった。「よかったら、今座ってみない? ラングショーを呼んで、あなたのブランデーと私のワインを持ってきてもらえばいいわ」

飲み物が届けられ、二人は一緒に座って話した。アンジェルは彼にロンドンと田舎の領地をまわった旅について尋ねたあと、姉妹が来たときの様子を話して聞かせた。

ジェイソンはブランデーを飲みながらアンジェルをじっと見ていた。夕日を浴びた髪が磨き抜かれたマホガニーのように輝いている。

しだいに静かな充足感に包まれていった。昔このソファに座ったことを思い出す。少しすり切れているが、まだ座り心地はいい。最後に自分の家でこんなにくつろげたのがいつだったか思い出せない。

ついに太陽が地平線のむこうに沈んで影が長くなり、執事がろうそくを持って入ってきた。

ジェイソンはグラスを置いて立ち上がった。「ありがとう、ラングショー。自分でやるよ」

室内のろうそくに火をつけてまわりながら、夕日の代わりに部屋を満たしていくろうそくの柔らかい光に大きな満足感を覚えた。

「僕が出かける前のロサートンとは、ずいぶん違う気がするよ」

「私が変えたのはほんの少しだし、全部ミセス・ウエンロックかラングショーに相談したわよ」

「いや、文句を言っているわけじゃない。気に入っているんだ。この家が居心地よくなって……どことなくグールパークに似てきたよ」

「それはきっと子供たちのせいよ。あの子たちを子供部屋に閉じ込めたくなかったの」

ジェイソンは笑った。「ああ、そうだろうな。あの子たちは行く先々に痕跡を残している……クッションが乱れていたり、家具がずれていたり」

「でも、あの子たちは何の害も及ぼさないわ」

「それはわかっている」

「じゃあ、どうしてここに住むのを許さないの？」

彼は最後のろうそくに火をつける前に手を止めた。

〝きみを独り占めしたいからだよ。身勝手なのはわかっているが、きみを誰かと共有したくない！〟

「だめだ」ジェイソンは手に持ったろうそくの火を吹き消してアンジェルの隣に座り、子供たちをここに住まわせられない他の言い訳を探した。「きみの負担が大きくなりすぎる。時間も活力もあの子たちに全部奪われてしまうだろう」

アンジェルは笑った。「こんなに大勢使用人がいれば、時間も活力もほとんど使わないわ。それにミセス・ワトソンもここで一緒に暮らすことになるでしょう。私の負担は大きくなりようがないわよ」

「そんなことはない。僕の言うことを信じろ」

僕は間違っていない。ジェイソンは自分を納得させようとした。自分たちに子育ての何がわかるというのか？　母親だったラヴィニアにはっきり言われたのだ。子供は子供専用の家で離れて暮らしたほうがいい。ネルが生まれて間もない頃だった。彼女の説明が今も頭の中で聞こえる。

〝信じて、ジェイソン。子供は母親の時間を際限なく要求するものなの。夫の欲求を思いやる暇なんかなくなるわ……〟

胸の片隅が疼いた。この発言の直後に、彼女が夫のことなどほとんど考えていないとわかったのだ。隣に座っているアンジェルに顔を向けた。はにかんだ笑みを浮かべてこちらを見上げている。頬に指を滑らせると、黒いまつげがはためき、唇が少し開いてキスを誘う。脈が走りだしたが、一度のキスで止まらなくなるのはわかっていた。五感がアンジェルで満たされ、ベッドへ連れ込んで白く柔らかい肌を隅々まで探索することしか考えられなくなる。

アンジェルが腕に触れた。「子供用の翼棟はほとんど改装する必要がないわよ、ジェイソン」

「だめだ！」彼女の手をつかんだ。「やめてくれ」

アンジェルはまるで平手打ちされたかのようにひるんだ。悲しげな目にふいに胸が締めつけられる。

彼女は静かに言った。「話もできないの？」

茶色い目に見つめられて息をのんだ。本当に自分が及ぼす影響力に気づいていないのだろうか？

ジェイソンはそっけなく言った。「話ならしたし、最終的な決断も伝えた。その件には賛同しない」彼は立ち上がった。「今日はもう遅い。部屋まで送っていこう」

感情的な場面に備えて気を引きしめた。涙はラヴィニアの武器だった。青い目がサファイアのようにきらめき、いっそう愛らしく見えたものだ。若造だった自分は何度もそれに屈し、いつも彼女の言いなりになった。それが全部偽りで、彼女に本当に愛されたことなどないと気づくのに何年もかかった。

あれはいい教訓になった。アンジェルに手を差し伸べながら、そう思った。「さあマダム、行こう」

心を鬼にしてアンジェルの反応を待った。泣きだすか、憤慨するか、すねるかもしれない。

ところがアンジェルは差し出された手を取り、素直に立ち上がった。「ええ、行きましょう、閣下」

アンジェルはジェイソンとともに黙って階段を上った。子供たちをここに住まわせる話をしたとたん、彼は殻に閉じこもった。少し前には自分から楽しそうに子供たちの話をしていたのに。二人はアンジェルの寝室の前で立ち止まった。

「まだ怒っているの？」彼の渋面に気づいて尋ねた。

ジェイソンは思考がはるかかなたに飛んでいたかのようにはっとした。「いや……考えごとをしていたんだ。片付けなければいけない仕事があって」

下手な言い訳にしか聞こえず、到底信じられない。彼の表情にぬくもりを探したが、目を閉じた顔は他人のように冷淡でよそよそしい。子供たちや亡くなった先妻のことを話してほしいが、彼にそのつもりがないのはわかっている。少なくとも、今はまだ。

アンジェルは微笑を浮かべて小さく肩をすくめ、彼の腕から手を放した。それならそれでいい。

ジェイソンはドアを開けてアンジェルが通れるように一歩下がった。「おやすみ、マダム」

アンジェルは静かに〝おやすみなさい〟と返して部屋に入った。冷淡な外見の奥に隠れている優しく愛情深い男性を引き出すには、時間と忍耐が必要だ。

仕事をしなければいけないと言ってしまったので、ジェイソンは書斎へ戻ったが、机に向かって座っても目の前に広げた台帳に集中できなかった。別れ際のアンジェルのまなざしが忘れられない。冷静におやすみを告げた彼女の目は謎めいていた。

アンジェルにはどうもとまどわされる。泣きも怒りもしない。僕に関心がないのだろうかという考えがふと頭に浮かんだが、それは却下した。アンジェルはラヴィニアとは違う。自分の思いどおりにするために女の魅力を使うなど、うぶで優しいアンジェルにできるはずがない。少なくとも意図的には。

椅子の上で落ち着きなく体の向きを変えながら、アンジェルを抱きしめてキスしたときのことを思い返した。あの瞬間は、我を忘れていた。ラヴィニアとの関係のあとで、女性にあんなに夢中になることはもうないと思っていたが、それは間違いだったようで困惑している。

二時間後、ブランデーを二、三杯飲んだあとジェイソンはベッドに入ったが眠れなかった。寝返りを繰り返しながら、隣の部屋にいる女性のことばかり考えていた。アンジェルは眠っているだろうか？　それとも僕の愛撫(あいぶ)を求めて眠れずにいるのか？　そう考えてうめき声をあげそうになったが、こらえた。二人のために強くなろうと自分に誓ったのだ。ラヴィニアとの生活が生き地獄になったのは、あせって結婚したせいだ。二度と同じ間違いは繰り返さない。

ジェイソンは夜が明けるとすぐに眠るのをあきらめ、服を着て早朝の乗馬に出かけた。新鮮な空気と運動のおかげで頭がすっきりしたので、二時間後には皆がいる朝食の席に加わることができた。少なくともうわべだけは落ち着いて見えるはずだ。

部屋に入ってまっさきにアンジェルを見た。ひどく顔色が悪い。やはり眠れなかったのだろうか？ミセス・ワトソンと穏やかに話したり、ローズに冗談を言ったりしているが、ジェイソンが話しかけても答えるときに目を合わせようとしない。

昨夜冷たくしたので気を悪くしたに違いない。良心がとがめる。不満そうなアンジェルを見るのは耐えられない。話をする必要がある。二人だけで。

会話が途切れるのを待って言った。「公爵夫人、いい天気だから一緒に馬で出かけないか？　地面はしっかり締まっているが固すぎないから、早駆け(ギャロップ)にちょうどいい」

「まあ」アンジェルの頬がバラ色に染まった。「でも、今日はもう馬に乗ってきたんでしょう」

「だから、出かけるのにいい日だとわかったんだ」

アンジェルは小さく首を振った。「お誘いはありがたいけれど、ローズと新しいドレスを取りに街まで行く予定なの。また今度にしましょう」

そこへミセス・ワトソンが口を挟んでジェイソンの無限の感謝を勝ち取った。「奥様、それだけでしたら、私が代わりにローズと行ってきますよ」

「それはいい考えだ！」彼は再び妻に顔を向けた。「公爵夫人、どうだろう？　きみがあのハンサムな栗毛を走らせるところをまだ見ていないし」

アンジェルはまだ異議を唱えた。「あなたの時間を取って邪魔したくないわ。ミスター・メリックと仕事の話があるんでしょう」

「仕事の話は常にあるが、待てないわけではない」彼女の反論をはねつけた。「サイモンにはあとで会うよ。こんないい天気を楽しまないのは残念だ」

彼女は断ろうとしている。顔を見てそれがわかったジェイソンは、次はどんな言い訳が来るかと待ったが、思いがけないところから助け舟が出た。

「行ってきて、アンジェル」ローズが言った。「マダム・ソフィーのところには私とミセス・ワトソンで行けるわよ。それにネルがまだミドルウィッチに行ったことがないから、一緒に連れていくわ」

「そうね。あなたがそれでいいなら……」

「よし。すぐに厩に知らせよう」ジェイソンは、アンジェルが他の言い訳を思いつく前に宣言した。「ミセス・ワトソンは子供たちをミドルウィッチへ連れていってくれ」彼は家庭教師に笑顔を向けた。「買物のあとで大通りにある〈ロサートン・アームズ〉に寄るといい。そこで昼食が食べられる！」

「これ以上何も言うことはなさそうね」アンジェル

はつぶやいた。

　少しとまどっているようだが、少なくとも笑顔だ。

　ジェイソンは彼女に笑いかけた。「トーマスに馬を用意するように言うよ。三十分後でいいかな？」

「ええ、ありがとう。失礼して着替えてくるわ」


　アンジェルはすぐに黄褐色のウールの乗馬着に着替え、つばがカールしたそろいの帽子をかぶった。この服は新しくはないもののぴったり合っていて、ほっそりした体形を最大限に生かしてくれる。三十分後には、たっぷりしたスカートを持ち上げて再び階段を下りていた。

　玄関ホールで待っていたジェイソンが、近づいていったアンジェルに微笑んだ。「行こうか？」

　二人が暖かい日差しの下に歩み出て厩へ向かうと、準備を整えた馬が待っていた。最初アポロは少しそわそわしていたが、馬が落ち着く頃にはジェイソンと二人きりになった気まずさも消えていた。

「今朝はその牝馬で出かけたんじゃないわよね？」

　ジェイソンが乗っている脚の長い黒い狩猟馬を顎で示した。

「ああ、メイジャーで出かけたんだ。あいつはもう年だが、まだギャロップが好きなんだよ」

「すぐにまた馬に乗りたがるなんて驚いたわ」

「言っただろう。こんないい天気を無駄にするのはもったいない」彼はアンジェルを見た。「それに、しばらくきみを独り占めしたかったんだ」

　アンジェルは、輝くような笑顔とともに発せられたその言葉にふいを突かれた。自分が赤面するのを感じたが、ジェイソンの馬はすでに前を進んでいるので、アポロを走らせた。この土地は初めてではない。ジェイソンが留守の間、馬丁に付き添ってもらって何度か軽く走ったからだ。でも、これは違う。ジェイソンについていこうとアポロを急がせていると、子供に戻った気分になり、馬に乗れば対等だと証明したくなる。最後に手綱を引いて馬を止めたときには彼にほめられ、昔と同じ純粋な喜びを感じた。

「本当だよ、アンジェル。きみの乗馬の腕前は最高だ。あの生け垣を越えるのは命がけなのに」

「全部アポロのおかげよ」アンジェルは前かがみになって馬の首を軽く叩いた。「この子は私の手には負えないんじゃないかと父は思っていたけど、兄がそんなことはないと説得してくれたの」

「ああ、あいつはきみがどんなにうまく乗りこなせるか知っていたからね。覚えているかい？　きみはよくあいつの馬でこっそり田園地帯を走りまわっていただろう。女性用の鞍もつけずにね！」

「やめてよ！」アンジェルは笑いながら言った。「どんなにすごいおてんばだったかと思うと、恥ずかしいわ！」

「恥ずかしがることはないよ。きみの勇気にはいつも感心していたんだ」

アンジェルは驚いた。嬉しくもあった。ジェイソンは気づいていないが、なかなかのほめ言葉だったからだ。彼はすでに遠くの丘を見ている。

「森のむこうに見晴らしのいい場所がある。頑張れば、そこまで足を延ばせるだろう。行ってみるかい？」

アンジェルはすぐに同意し、二人は出発した。開けた場所では馬を走らせ、丘の下の斜面の森林地帯では速度を落として進んだ。


目的地に着き、ジェイソンは馬を止めた。「ほら、どうだい？」

「きれいね」

アンジェルが眼下に広がる田園や森林を眺めている間に、ジェイソンはその機会を利用してアンジェルを観察した。馬に乗っている姿が実にいい。背筋を伸ばし、手綱を軽く握って完全に落ち着いて見える。着ている乗馬服も彼女をいっそう引き立てている。秋の木の葉のような濃い黄褐色で、魅力的な小さい帽子の下にのぞいている艶やかなマホガニー色の髪と鮮やかなコントラストをなしている。男性的なデザインの上着で強調された細いウエストは、両手に軽く収まりそうだ。実際に触れてみたくて指がうずうずする。

「少し歩く時間はあるかしら？」

温かい茶色の目で見つめられ、言葉の意味を理解して答えるのにしばらくかかった。

「きみが歩きたいだけ歩けるよ！」

馬を低木につないでアンジェルを馬から降ろしたジェイソンは必要以上に長く手を離さなかった。

「何かおかしい？　どうして笑っているの？」

アンジェルが眉をひそめてこちらを見上げている。

ジェイソンは心に温かい光がともったように笑みが深まるのを感じた。

「きみのウエストが両手に収まるかなと考えていたんだ。これでわかった」

アンジェルは愛らしく頬を染めた。ジェイソンは笑いながら彼女の手を引いて自分の袖にかけた。

「さあ、歩こう！」アンジェルを断崖の縁まで連れていって指さした。「ここからロサートンが見えるよ。まず、あそこにミドルウィッチが見えるだろう。そこから川をたどるんだ。見えるかい？　屋敷は森のむこうの高台にある」

「ああ、見えた。こんなに遠くまで来たとは思わなかったわ」

「遠乗りに出たかいがあったかな？」

「ええ、とっても」アンジェルはジェイソンのほうを向いて満足げに目を輝かせた。「ありがとう、ジェイソン。誘ってくれて」

「どういたしまして」笑みを浮かべた卵形の顔を見

つめているうちに、ジェイソンの中で何かが変わった。「でも、僕にもきみと出かけたい理由があったんだ。二人きりで話して、昨日の不作法な態度の償いをする必要があった」

アンジェルは笑みを消して、彼からそらした目を景色に向けた。

「あなたは怒っていたのよね。ローズとネルをロサートンに住まわせたほうがいいと私が言ったから」

「ああ、怒っていた。そして、それは間違っていた。どうして二人を屋敷に住まわせないかを説明するべきだった。純粋に合理的で現実的な理由なんだ」すべてラヴィニアの受け売りだが、だからといって真実味が薄いわけではない。少なくともジェイソンはいつも自分にそう言い聞かせてきた。「子供はうるさくて問題を起こす。それが子供というものだ。もし一緒に暮らせば、そのうちあの子たちが家にいることを腹立たしく思うようになる。僕らはまだ新婚だ。子供たちの存在が口論の種になって、僕らの間にわだかまりが生まれるかもしれない」

アンジェルが眉間にしわを寄せて見つめてきた。

「誰がそんなことを言ったの、ジェイソン?」

「きみはケントの家に行ったんだろう?」ジェイソンは彼女の問いを無視して言った。「ローズとネルがミセス・ワトソンと幸せに暮らしていることは否定できない。どうして引っ越す必要があるんだ?」

アンジェルは答えなかった。目を伏せて胸の内を隠している。

ジェイソンは憤慨して言った。「子供たちがロサートンに住むことが、どうしてきみにとってそんなに重要なんだ?」

「二人を住まわせないことが、どうしてあなたにはそれほど重要なの?」

「言っただろう。あの子たちは僕らの快適な生活を壊しかねない。僕らのどちらにも子育ての経験はないんだから」

「でも学べるわ。考えてみてくれない？」

「考えて、一緒に住まないと決めたんだ」

「社交界デビューのためでも？」

ジェイソンはためらった。「ネルのときはロンドンに連れていくかもしれないが、ローズはだめだ」

アンジェルの困惑した顔を見て、ジェイソンは眉をひそめた。

「何だ、アンジェル？　はっきり言えよ！」

「考えたの」アンジェルはそこで黙った。乗馬用の鞭を強く握りしめている。「ローズは母親そっくりで、あなたは奥さんを失った悲しみを思い出すから、あの子を見るのが辛いんじゃないかって」

確かに辛い。それはアンジェルの言うとおりだ。だが、彼女が考えたような理由ではない。

アンジェルの顔に影が差して、彼女は静かに言った。「やっぱりそうなのね。あの子を見ると、失った愛する人を思い出してしまうんでしょう」

アンジェルに真実を話すべきなのはわかっている。ラヴィニアに抱いているのは愛ではなく怒りと嫌悪だ。恐れもある。もしローズが母親そっくりなら、確実に男をもてあそぶ浮気者になる。とはいえ、あの子は世間知らずだ。そういう若い美女はロンドン中の道楽者の標的になるだろう。自分ではあの子を守れないのではないか？　そういうことを全部話したいが、言葉が胸のどこかに閉じ込められたかのように出てこない。自分には、それを開ける鍵がない。

「ばかばかしい」苛立って顔をしかめ、そっけなく手を振った。「ローズはとてもきれいな子だ。美人と言ってもいいくらいだが、そのせいでロサートンに住まわせないわけじゃない」

アンジェルは話を完全には信じていないようだが、茶色い目に批判的な感情は見られない。ただ理解したがっているだけだ。彼女にはその資格がある。少なくとも説明しようという努力はするべきだろう。

ジェイソンは向きを変え、崖に沿って二、三歩移動しながら、無口というみずから張りめぐらせた防御壁と闘った。何か言わなければならない。

「本当のことを言うと」〝まあ、少なくとも真実の一部だ〟「子供たちの期待にこたえられないことが怖いんだ」〝大きく息を吸って、彼女に話せ！〟「子供とどう関わって、どうふるまえばいいのかわからない」

「ネルとはうまくやっていたじゃない。あの子はあなたと湖で過ごした時間がとても楽しかったのよ。ことあるごとに、お父様がこう言った、お父様がそうやったと言っているわ。あなたが大好きなのよ」

「それはよかった。怖がってほしくはないからね」ジェイソンは振り返った。「でも、だからといって子供たちをケントから引き取るつもりはない！」

「もしそれが子供たちとの関係に不安があるからだとしたら、もっと仲良くなれば変わるわよ」アンジェルが近づいてきて袖に触れた。「あなたと知り合うチャンスをあの子たちに与えるべきだわ」

ジェイソンはその手を振り払った。「まったく、アンジェル、どうして放っておいてくれないんだ？きみが首を突っ込むまでは、みんなうまくいっていたのに！」

アンジェルは静かに言った。「本当は違うって、あなたもわかっているんでしょう」

ジェイソンはため息をついて地平線を見つめた。「きみの言うとおり、本当は違う」防御壁が崩れていくのを感じた。「子供たちの滞在を延ばしてもいいかもしれない。うまくやっていけるかどうか、見てみよう」

「それはいい考えだわ」アンジェルは片手をジェイソンの肘の内側に滑り込ませた。「ロサートンは広いお屋敷よ。子供たちに悩まされる心配はないわ」

「そうだな。様子を見てみよう」太陽をちらりと見た。「日が傾いてきた。もう帰ろう」

　馬をつないだ場所まで黙って戻ると、ジェイソンはアンジェルを抱き上げて鞍に乗せ、アポロが落ち着くまでくつわを放さなかった。

「ありがとう」アンジェルの笑みに首を振った。

「子供たちの件では何も約束したわけじゃない」馬に乗りながら警告した。「僕らと一緒に住めるなんて、二人に言うなよ！」

「もちろんよ、閣下。ネルとローズがロサートンで一緒に暮らすかどうか決めるのはあなただもの」

　彼はその従順な口調をいぶかしんで眉をひそめたが、大きく見開いた純真な目を見て、それ以上何も言わなかった。

　だが丘を下りながら、すでに闘いに負けたような気がしていた。

7

　翌日の夕食時にはミセス・ワトソンと子供たちの滞在がもう一カ月延長されることが決まっていた。公爵の指示で、三人は夫妻とともに小さい食事室で家族そろって夕食をとることも許された。

　アンジェルはジェイソンの突然の心変わりに驚き、ミセス・ワトソンが子供たちを寝かせに行ったあと、この話題を切り出した。

「子供たちの滞在を延ばしてくれてありがとう」

　応接間で二人きりになると、ジェイソンは二つのグラスにワインを注いだ。

「昨日きみにうまく言いくるめられて、こうするしかなかったんだよ」

彼の目がおもしろそうに輝いているのを見て、アンジェルは笑った。「そうかもしれないけど、こんなに早く行動に移すとは思っていなかったわ」

「得策だったようだ」ジェイソンは隣に座った。「今朝ミセス・ワトソンにこの話をしたら、特にローズにとってはよかったと思ったらしい。アシュフォードを出てくる前、地元の男たちからかなり注目を集めていたそうだ」

「当然よ。ローズはとびきりの美人だもの」アンジェルは横目でジェイソンを見た。「言ったでしょう。あの子はもう子供じゃないわ」

「まだ十七歳だ」

「でも、少しは社交の場に出てもいい歳よ」

「そうかもしれないな」

アンジェルは一呼吸置いてからゆっくりと言った。「ちょうど今度の木曜日にロサートン・アームズでパーティーがあるの」

「まさかあの子を連れていこうというのか？」

「いいじゃない。ちゃんとしたパーティーなんでしょう？」

「知らないよ。あそこの舞踏会にはもう何年も行っていない。わかるだろう。僕はそういう場が苦手なんだよ、アンジェル」

アンジェルは少し振り向いてジェイソンを見た。「あそこのパーティーに奥さんを連れていったことがないの？」

「初めのうちは行ったよ。でもここ何年かは……」ジェイソンは口を引き結んだ。「一緒にロサートンにいることがほとんどなかったから」

アンジェルは驚きを隠した。姉妹との会話や、ラヴィニアと皇太子の噂を思い出す。ラヴィニアが夫を裏切っていたなどということがあり得るだろうか？　もしかしたら、夫婦は互いに別の場所で快楽を求めていたのかもしれない。

アンジェルはすぐにその考えを頭から追い払った。

「いいわ、私が調べてみるから。もし評判がよかったら、私がローズを連れていくわ。あの子が新しいドレスを披露するチャンスだもの。あなたまでわざわざ来る必要はないわ、閣下。ミセス・ワトソンが一緒に来てくれるでしょう」

だが、ジェイソンはそれを許さなかった。「きみが行くなら、僕も一緒に行かなければいけない」

「どうして？　社交の場が嫌いだと言ったばかりじゃない。それにロンドンのあとでは、きっと田舎の舞踏会なんか退屈でしかたないわよ」

ついとげのある口調になってしまい、ジェイソンもそれに気づいた。

「ロンドンには仕事で行っていたんだぞ、マダム。舞踏会なんか行っていない。だが、きみがロサートンで初めて社交の場に出るなら、付き添うのが僕の務めだろう」

なるほど、務めね。アンジェルはがっかりした。

「それに」彼は続けた。「ローズは僕の保護下にあって簡単には手出しできないということをロサートンの若造たちに知らせる必要がある」

「それなら、喜んで一緒に行ってもらうわ」アンジェルは答えて立ち上がった。「では失礼して、もう寝るわね。あら、立たなくていいわよ。あなたはまだワインを飲み終わっていないじゃない。部屋まで一人で行けるわ」

アンジェルは部屋を出て、静かにドアを閉めた。

これは明らかな進歩だ。たとえ義務感から同意しただけだとしても、ジェイソンは子供たちの滞在延長を許し、一緒にパーティーへ行くと宣言した。

この分なら、ダンスの相手をしてくれるよう説得できるかもしれない。階段を上がりながら、アンジェルは胸をときめかせた。

静かな部屋で一人になったジェイソンはソファの背にもたれて長くゆっくりと息を吐いた。どうしてロサートン・アームズへ行くなどと言ってしまったのか？　退屈な夜になるだろう。パーティーは好きではない。年配の既婚婦人や作り笑いを浮かべたデビューしたての女性たちの相手をするだけでもいやなのに、なお悪いことにじろじろ見られたり、隅で噂されたりする。

ジェイソンは顎をなでた。本当はローズのために行く必要などない。自分の継娘だという事実だけで、誰もローズをたぶらかそうとはしないだろう。それにミセス・ワトソンがローズにごく軽いたわむれしか許さないはずだ。

だが、アンジェルはどうだ？　陰口やゴシップから誰が彼女を守る？　ちょっかいを出そうとするふざけた輩からは？

「絶対に一緒に行くぞ！」誰もいない部屋の中で叫んだ。「そして必要なら、すべてのダンスで彼女の相手を務めてやる！」

突然の感情の爆発に驚いたが、愉快でもあった。アンジェルはそんなことを許さないだろう。他の女性とのダンスを拒否したら、彼女の小言が聞こえてきそうだ。〝そんなふうにご近所さんを冷たくあしらうのは、公爵にあるまじきふるまいだわ！〟

ジェイソンはワインを飲み終えて寝室へ向かったが、アンジェルの部屋の前で足を止めた。入ろうか？　歓迎されるだろうか？

手を伸ばしたが、ドアノブを握る直前で止めた。彼女は部屋まで付き添ってほしくないとはっきり言った。それに会話は子供たちの話ばかりだった。

手を下ろして歩を進めた。

アンジェルは僕にまったく関心がない。

木曜日の夕方、アンジェルは約束の時間に金糸の刺繍が入った空色の絹のイブニング・ドレスを着て部屋を出た。ローズの新しいドレスを何着か選んだときに、一緒にマダム・ソフィーに注文したものだ。ジェイソンに気に入ってもらえるといいが。

正面階段を下りていくと、夜会服に身を包み、とてもハンサムなジェイソンが、すでに玄関ホールで待っていた。彼はミセス・ワトソンと話していたが、アンジェルが現れると近づいてきた。

「ああ、やっと来たね」

彼は微笑んでいる。アンジェルはドレスをどう思うか尋ねてみたくなったが、やめておいた。

「お待たせしていないといいんだけど」

「いや、馬車は玄関前にいるが、馬たちはあと二、三分待たせても大丈夫だ」ジェイソンはアンジェルから絹のマントを受け取り、広げて彼女の肩を覆い始めた。「ローズがまだ来ていないし」

「すぐ来ると思うわ。ジョーンにローズの髪を結いに行かせたの」

そのとき、白いモスリンの新しいドレスを着たローズが階段を下りてきた。

「お待たせ」

ジェイソンに両肩をつかまれ、アンジェルは彼を見上げた。彼の目はローズに釘付けだ。血の気が引き、頬が引きつっている。幽霊でも見たような顔だ。

アンジェルの気分は急に落ち込んだが、次の瞬間ジェイソンは手を放して前に進み出ると、継娘に笑顔で手を差し伸べた。

「とてもすてきだよ、ローズ。きっと今夜のパーティーの華になる」

ローズは頬を染めた。「あ、ありがとう、閣下。アンジェルの新しい絹のドレス、すごく似合っていると思わない？」

「そうだね。今夜の彼女はとてもきれいだ」

アンジェルは背を向けてマントの紐を結んでいた。

「からかわないでよ」無理やり笑ってみせる。「赤面させたいの？　さあ、みんな準備ができたみたいだから、行きましょうか？」

　その陽気な口調は自分の耳にさえわざとらしく聞こえた。ジェイソンが鋭い視線を向けてきたが、アンジェルは目を合わせないようにして馬車へ急いだ。

　ジェイソンが一行を連れてロサートン・アームズの舞踏室に入ったときにはパーティー会場はすでに混雑していたが、ダンスはまだ始まっていなかった。暖かい夜なので女性たちの扇がはためく音や、人声で満ちた部屋に一行が入っていくと、一瞬辺りは静まりかえった。話し声はすぐにまた大きくなり、主催者のミスター・バーチルがささやかな夜会に閣下を迎えられて光栄だと声をあげながら近づいてきた。

　馬車の中でひどく無口だったアンジェルが元気を取り戻したのを見て、ジェイソンはほっとした。主催者と言葉を交わしながら、挨拶しに来た郷士夫妻に対応しているアンジェルを見守り、その落ち着いた様子に、ジェイソンも少しリラックスした。彼女は田舎のねずみかもしれないが、人とうまくやっていく術を心得ている。

　楽団が最初の曲を演奏し始めた。ジェイソンは来るべき試練に身構えた。生来無口だが、自分に何が期待されているかはわかっている。

　バーチルに、最初のダンスの相手として子爵未亡人を紹介され、そのあと郷士婦人と踊った。次はレディ・ケネットだ。警戒すべき未亡人で、いまだに本宅に住み、息子夫婦を制圧している。彼女はジェイソンのことを少年時代から知っていて、それを本人に思い出させることに大きな喜びを見出している。

「再婚したのね」曲が終わると彼女は言った。「あなたの新しい公爵夫人に会ったわ。レディ・ワルトンが開いた小さな歓迎パーティーでね。そのとき、あなたは留守だったけれど」

ジェイソンは、最後の一言に非難が含まれているのを聞き逃さなかった。「そうなんです。急ぎの用事があったもので」彼女に腕を差し出してダンスフロアから退場した。「でも、もう帰ってきました。しばらくの間はここにいるつもりです」

「それを聞いて嬉しいわ。あなたがこんなに早く再婚したのを知って、ロサートンではみんな驚いたけれど、新しい公爵夫人は魅力的な人ね。あなたのためになってくれそうだわ」

ジェイソンは頭を傾けてそっけなく言った。「認めていただけて嬉しいです、マダム」

「おたくの継娘も気に入ったわ。お行儀もいいし、美人になりそうじゃない。母親に似て」彼女はジェイソンの腕を放した。「あの子が前の公爵夫人から受け継いだのが、容姿だけだといいけど！」

この捨て台詞を残して彼女は立ち去った。ジェイソンは落ち着きを取り戻そうと、飲み物のテーブルに向かった。今夜ここへ来るのが試練になるのはわかっていたが、誰にも自分に面と向かってラヴィニアの話をしてほしくなかった。早くも夜会が終わるのが待ち遠しい！

パンチボウルのそばに立っていると、アンジェルが近づいてきた。

「おかわりするの？」笑顔で言った。「そんなに居心地が悪い？」

笑いを含んだ口調に不機嫌が即座になだめられる。

「夜会の前半、ダンスフロアで隣人たちに丁寧にふるまった自分をほめているところだよ」新しいカップにパンチを入れてアンジェルに渡した。「実のところ、それほど悪くはなかった。僕はただダンスの相手と微妙な話をするのが苦手なだけだ」

「それなら、次は私と踊って。私なら丁重に扱う必要がないでしょう」

アンジェルはパンチを一口飲んで遠くを見た。まるで夫の返事が重要ではないかのように。

ジェイソンは眉をひそめた。「一緒に踊ったことがあったかな？　思い出せないんだ」

「あなたが最後にグールパークへ来たとき、私はまだ教室にいたわ。あなたは十五歳でダンスを嫌っていたから、一緒に踊ったことはないわね」

ジェイソンは笑った。「それなら、今こそその問題を解決しよう！」

「ええ、望むところよ」アンジェルは目を輝かせた。「夫と踊るなんて、ひどく時代遅れだけれど」

「そんなことを気にするのか？」

目の輝きが増した。「まったく気にしないわ」

「よかった。それじゃあ」ジェイソンはカップを置いた。「次のダンスが始まる。列に入ろう」

二人はカントリーダンスを二曲踊り、ジェイソンの説得でリールダンスも一曲踊ったあと、アンジェルの強い希望で空いた椅子に並んで座った。

アンジェルはため息をついて椅子の背にもたれ、目を閉じた。「ああ、このほうがいいわ。暑くて息が詰まりそう！」

ジェイソンが彼女の扇を取ってあおぐと、顔のまわりの小さな巻き毛が踊った。

「ほら、これで少しはいいかい？」

「ええ、ありがとう」アンジェルは微笑んだ。「パーティーが終わるまでずっとここにあなたと座っていられたらいいのに。でも無理よね」

「無理なものか。僕らは公爵夫妻だぞ。何でも好きなようにできる」

アンジェルは笑った。「そうはいかないわ。ご近所さんはみんなあなたと話したがっているし、あなたはローズも見守りたいでしょう」

「僕が？」

「あなたは、若い男性があの子に近づきすぎないように見張るために来たんだと思っていたわ」

「ローズの世話はミセス・ワトソンに任せておけば安心だと最初からわかっていたよ」ジェイソンは部屋を見まわした。「今、うちの継娘は大勢の若者のグループに加わっているようだ。あっという間に友達になったな」

「あの子が来て以来、ご近所のお宅を訪問するときは一緒に連れていったから、もう何人か知り合いがいたのよ」

「ずいぶんあの子に優しいんだな」

「当然でしょう?」アンジェルは驚いた顔をした。

「ローズもネルも大好きだもの」

「継娘を嫌う新妻は多いし、自分たち以外の誰かに気を配りすぎる新妻に腹を立てる夫もいる。僕がそうだというわけではないが!」以前の身勝手な考えを思い出して慌てて付け加えた。

「もちろん、違うでしょう」

アンジェルの口調は少しがっかりしていないか? もっと僕と一緒にいたいのだろうか?

ジェイソンは尋ねようとしたが、アンジェルが自分の背後を見ているので振り返った。恰幅(かっぷく)のいい紳士が近づいてくる。

ジェイソンは舌打ちした。「バーチルがまたきみを連れ去りに来た。まったく職務に忠実な男だな。きみは気分がすぐれないと言って追い払おうか?」

「いいえ。黙って。聞こえるわよ」

「あの、閣下」ミスター・バーチルはコルセットをきしませながらジェイソンに深々とお辞儀した。

「今夜はすばらしいパーティーになりました! 閣下のご厚意のおかげです。今一度奥様をお連れすることに反対はされませんよね。ぜひとも奥様にお目にかかりたいという紳士がおりまして、もしよろしければ次のダンスのお相手をお願いしたく……」

ジェイソンはからかうような目をアンジェルに向けた。「申し訳ないが、妻は少々暑さに――」

「いいえ、もう大丈夫です」アンジェルは勢いよく立ち上がり、輝くばかりの笑みを主催者に向けた。

「喜んで踊りますわ、ミスター・バーチル。案内してください！」

「ありがとうございます、奥様。ですが大勢の紳士が公爵夫人とのダンスをお望みでして、残念ながら全員には対応しきれません」

一緒に立ち上がっていたジェイソンはバーチルの腕に触れた。

「もう一つだけ言っておく。公爵夫人は今夜、誰とでも好きなだけ自由に踊っていいが、最後のダンスは別だ」アンジェルに目を向けた。「最後だけは僕と踊ってもらうよ、マダム」

わざと横暴な口調で言ってみた。彼女はどう答えるだろう？　顔を上げたアンジェルの目には驚きと怒りと楽しさが入り交じっている。ジェイソンの手から扇を取り返し、からかいへの報復を誓う表情でアンジェルは立ち去った。

妻をダンスフロアへ送り出したジェイソンは、他の誰かと踊る気になれなかった。相手に十分な注意を向けられそうもない。アンジェルが他の男からの注目をどれくらい楽しんでいるか見たくてたまらず、目で追ってしまうだろう。ダンスの相手とたわむれる先妻を目の当たりにした苦痛なら、いやになるくらい覚えている。あんな思いは二度としたくない。

だが、どれほど気にしているか、ラヴィニア以外の誰にも話したことはない。

初めラヴィニアは笑いとばして夫の怒りを静めた。その後、彼女が他の男と楽しんでいるのはダンスフロアの上だけではないことがわかった。

振り返ってみても、いつ嫉妬が消えて妻の行状に対する激怒だけが残ったのか、正確には思い出せない。ただ、妻が馬車の事故で首の骨を折るずっと前に妻を愛するのをやめていたことだけはわかる。

ローズが隣人の息子ケネルム・ババトンと踊っている。若者は明らかに有頂天だ。ローズから目を離せないようだが、無理もない。十七歳のローズはすでにその金髪と妖艶な笑みで母親に匹敵しそうだ。たくさんの若者を失恋させるだろうが、大勢の悪党も引きつけるに違いない。

だが、ババトンは悪党ではない。若者の素朴で素直な表情を見て、ジェイソンは思った。むしろ貪欲な女性から守ってやる必要があるのは彼のほうだ！

それでもなお、継娘を見守っていることをはっきり示すべきだと決意した。部屋を横切り、ミセス・ワトソンとともに曲が終わるのを待った。次のダンスは自分がローズの相手を務めよう。

その晩、夜会が終わるまでアンジェルが再び座ることはなかった。大勢の紳士が踊りたがっていると主催者が言ったのは、嘘ではなかった。幸いダンスは大好きなので大いに楽しんでいるが、夜会が終わりに近づくにつれ、心の中では小さな期待がしだいにふくらんでいった。

ジェイソンが最後のダンスは自分と踊ってもらうと主張したのは本気だったのだろうか？　横柄な口調と独占欲をあらわにした熱いまなざしを思い出して小さく身震いした。

妻は自分のものだと世間にはっきり示したのだ。興奮が高まる。あとでベッドに連れ込むことで私にもそれを明確にするつもりだろうか？

アンジェルはダンスの相手と談笑しながらも、ずっとジェイソンを意識していた。笑みを向けたり言葉を交わしたりしつつ室内をあちこち移動していても、背が高いので見つけるのは簡単だ。そしてローズと踊る姿を見た瞬間、心臓が止まりそうになった。

ラヴィニアと踊っていたら、こんなふうだったに違いない。肩幅が広く背筋が伸びた堂々たる公爵に、目の覚めるような金髪美人の公爵夫人が寄り添っている。アンジェルは無理やり目をそらした。亡くなった女性に猛烈な嫉妬を感じるなんてばかげている。そんな感情に屈してはいけない。

　夜会が終わりに近づき、アンジェルは自分を踊らせたがる主催者を避けて、影になった部屋の隅に逃げ込んだ。そばにある開いた窓に近づき、下の暗い通りを見下ろした。疲れて少し落ち込んでいる。ジエイソンと踊るために余力を残しておきたい。

　最後のダンスを楽しみにするあまり、期待どおりにいかないことを恐れている。所詮たった一度のダンスなのに、彼を感心させたいのか？　二十八歳の公爵ともなれば、社交界には慣れている。立派な舞踏室で名人級の美しい踊り手と踊ってきただろう。私のダンスでは見劣りするに違いない。

「さあマダム、ダンスの準備はいいかい？」

　アンジェルは素早く振り返った。ジェイソンが着いたときのままの完璧な姿でそばに立っていた。他の男性たちはやや服装が乱れ、ダンスのあとで顔を真っ赤にしている人もいるが、ジェイソンは違う。黒髪はまだきちんと整っているし、濃い藍色の上着にはしわ一つなく、リンネルのシャツとネクタイは真っ白なままだ。顔を見ると、髭の剃り跡が目立ってきている以外は涼しげで落ち着いている。

　アンジェルのほうは、とてもそうは言えない。彼の声を聞いたとたん、心臓が早鐘を打ち始め、暑くて不安だ。大きく息を吸ってから差し伸べられた手を取り、ダンスフロアへ向かった。

　二人は位置についた。音楽が始まると、アンジェルの緊張は少し治まった。二人は今夜が初めてではなく、何年も一緒に踊っているかのように、スキップして円を描いた。ジェイソンに微笑みかけられると、アンジェルの心は舞い上がり、ダンスの動きで離れると、再び一緒になるのが嬉しかった。最後のお辞儀をしたあと腕を組んでフロアから立ち去ったときには、アンジェルの胸は幸せでいっぱいだった。

ダンスが終わったとたん、皆がコートを受け取ったり靴を履き替えたりするために出口へ殺到した。

「しばらく待ったほうがよさそうだな」ジェイソンは後ろに下がった。

「そうね」混雑が収まるまで二人で待つなら満足だ。

使用人たちがすでに舞踏室を片付けていて、消したばかりのろうそくから出た煙が漂っている。ジェイソンはアンジェルを開いた窓のそばへ連れていった。そこは暗く、帰っていく人々の声が聞こえた。

「話してくれないか。きみを悲しませた男のことを」ジェイソンが言った。

アンジェルは扇を閉じた。過去の苦悩と屈辱について誰にも話したことはないが、今がそのときなのかもしれない。明るい口調を保てれば話せそうだ。

「よくある話よ。アルマックの夜会で出会ったの。とてもハンサムで魅力的な人で、彼の注意を引けて嬉しかったわ。私は夢中になって、彼は私を愛しているのだと本気で思っていたの。彼は私に求婚するつもりだと言ったけど、そのとき……」息を吸い、決して消えない胸の痛みと屈辱をのみ込んだ。「ロンドンに新しい人が到着したの。金髪美人で、男性はみんな彼女の注目を引こうと競い合っていたわ。それを勝ち取ったのが彼だった。ある晩、それを初めて知ったのよ。アルマックの夜会で」

アンジェルは回想にふけっていたので、いきなり自分の手から扇を取り去られて驚いた。

「扇の骨が折れたよ」ジェイソンが静かに言った。

アンジェルは身震いして長いため息をついた。

「あのときのことを話したのは初めてなの」

「辛いことを思い出させたのなら、すまなかった」

アンジェルが見上げると、ジェイソンが心配そうな顔をしている。

「謝らないで。あなたに話せてよかったわ。ずっと前の話だし、もう忘れたほうがいいのよ」

「うちあけてもらって光栄だよ。そいつが今どこにいるのか知っているかい?」

「どうしてそんなことをきくの?」

「その悪党を刺してやりたいからだよ!」

アンジェルは彼の激しい口調に驚いて、頼りない笑い声をあげた。

「だったら、名前を明かさなくてよかった! 彼はその美人と結婚したけど、残念ながら二人ともひどく金遣いが荒くて、すぐに借金がふくれ上がって、債権者から逃げるために海外へ行ったわ」

「きみを傷つけておいて」ジェイソンはつぶやき、壊れた扇を脇へどけた。

「そのときは、私もそう思った。でも今はもう立ち直ったし、賢明になったわ」

ジェイソンは口ごもった。「その悪党にキスされたと言っていたよね」

「そう?」アンジェルは驚いて彼を見た。「今となっては、どうでもいいわ」

「そのせいでキスが嫌いになったりしていない?」

「それはないわ」頬を染めて目をそらし、はにかみながら言った。「あなたのキスは好きよ」

彼の指にそっと顎を持ち上げられ、顔が近づいてきた。アンジェルは唇が下りてくるのを待たず、伸び上がって首に腕を巻きつけ、自分から彼の唇をとらえた。長いキスになった。

二人は部屋を片付けている使用人たちのことを忘れ去り、シャンデリアの鎖や椅子の脚がこすれる音も耳に入らなかった。そのとき一人の従僕が暗がりにいる二人に気づいた。

「わあ！　すみません。そこにいるのが見えなかったんです！」彼は急いで立ち去った。

ジェイソンは顔を上げたがアンジェルから目を離さなかった。間違いなく顔が喜びに輝いている。

「あらためて言うが」彼はつぶやいた。幸福感が炎のように全身に広がっていく。「家までエスコートさせてくれ、マダム」

「今夜はとてもうまくいったと思いますよ！」帰りの馬車の中でミセス・ワトソンが言った。

「ええ、そうね！」ローズが大きなため息をついた。

「最高だったわ。ほぼ全部の曲を踊ったのよ！」

「あなたが楽しめてよかったわ」アンジェルは答えて、隣に座っているジェイソンに顔を向けた。「あなたは退屈じゃなかった、閣下？」

彼の生き生きした表情を見たとたん、心がとろけそうになった。彼は手袋をはめたアンジェルの手を取って口づけした。

「退屈どころか、予想よりずっと楽しかったよ」

ジェイソンが握った手を放さないので、アンジェルは揺れる馬車の中でめまいがするほどの喜びに浸った。

その後の車内は静かだった。ミセス・ワトソンは隅の席でうたた寝し、ローズは窓の外を眺めている。夜会を思い返しているに違いない。アンジェルは彼に手を握られたまま、静かに幸せを感じていた。

これ以上の完璧があるだろうか？

ジェイソンは小さな手を押しつぶさないように握っていた。今夜は貴重な体験だった。今ではアンジェルが自分にとって完璧な妻になると確信している。夜会の間中、ほめ言葉しか聞こえてこなかった。彼女は思いやりと優雅な物腰で皆を魅了した。容姿端麗な青年ばかりでなく、気難しい老アプルトン将軍や若いケネット卿などのさえない見た目の隣人たちと踊っているところも見た。だが、見知らぬハンサムな若者がアンジェルの前に立っているのを見た瞬間から、その男が気に入らなかった。音楽が始まると同時に二人に油断なく目を光らせ、男が厚かましいまねをしたら割って入ろうと身構えていたが、アンジェルは、ダンスの相手全員に見せたのと同じ上機嫌な笑顔で彼をあしらった。愛想よく冷静で落ち着いていた。

　あの最後のダンスまでは。アンジェルの前に立ち、彼女の頬が紅潮するのを見たときのことを思い出すと、脈が走りだす。目の輝きも増したアンジェルは、夜会の間他の誰にも見せなかった満面の笑みを向けてくれた。それを見て、自分の体も反応した。心臓が早鐘を打ち、彼女を夜の闇の中へ連れ去って思い切りキスしたくなった。

　暗い馬車の中で並んで座っている今も、意識して深くゆっくり呼吸して平静を保とうとしていた。二人きりではないからだ。今はまだ。欲望が急速にふくれ上がる。だがもうすぐ家に着く。今夜こそアンジェルを妻にするつもりだ――名実ともに。

　家に着くとジェイソンは馬車から飛び降りて振り返り、女性たちに手を差し伸べた。最初がアンジェルだったが、彼女は急いで家に入ったりしないで、夫が他の人に手を貸して馬車から降ろしている間、スカートを振り広げてそばに立っていた。ミセス・ワトソンとローズは玄関へ向かったが、アンジェルが自分を待っているのを見て、ジェイソンの胸は弾んだ。

　ドアを閉めると、馬車は去っていった。

「行こうか、マダム？」

アンジェルが近づいてきて袖につかまった。

「行きましょう、閣下」

夜明けの薄明かりの中、彼女の口元に陽気な笑みが浮かぶのが見え、思わず唇を重ねた。「僕の部屋ときみの部屋、どっちがいい？」

「どちらでも」いたずらっぽい笑い声が、のどの奥からもれた。「両方でもいいかも」

ジェイソンの胸の中で高揚感がふくれ上がった。笑いをこらえ、怒ったふりをしてささやいた。「うぶな生娘と結婚したと思っていたのにな！」

「確かに生娘だけど、既婚者の姉妹が二人いるのよ。情報通の生娘なの」アンジェルは彼の腕を握りしめた。「家に入りましょう、ジェイソン」

ジェイソンは抱き上げてベッドへ連れていきたい衝動を抑えて、アンジェルとともに家へ向かった。

開いた玄関に近づくと、中から大きな声が聞こえてきた。ちょうど足を踏み入れたとき、ローズが小さな悲鳴をあげた。ローズとミセス・ワトソンのそばにいる若い子守係が動揺した様子で両手をもみ合わせ、三人が同時にしゃべっている。

「いったい何があったんだ？」ジェイソンが話に割って入った。

「ネルのことです、閣下」ミセス・ワトソンが言った。「イーディスの話では熱があって発疹が出ているそうです」

「確かにこの数日おとなしかったわ」アンジェルは歩きながら通りがかったベンチにマントを放り投げた。「お医者様は呼んだの、イーディス？」

「い、いいえ、奥様」子守係はいっそう強く両手をもみ合わせた。「お医者様を呼ぶようミセス・ウェンロックに頼もうとしていたら馬車の音が聞こえたんです。ミス・ネルはひどい高熱です」

ローズが泣きながら階段へ向かった。「あの子のところへ行かないと！」

「だめよ！」アンジェルはローズの腕をつかんだ。

「感染症かもしれない。お医者様に診てもらうまで、あなたは近づかないほうがいいわ」

「でも、あの子に会わなくちゃ！　もし……もし、よくならなかったらどうしよう」

「よくなるわ。絶対にね」アンジェルが言った。

ローズは夜会の興奮のあとに聞かされたこの知らせが受け止めきれずに泣きだした。ミセス・ワトソンがなだめようとすると、ローズは彼女にしがみついてよけいに激しく泣きじゃくった。

「ローズを部屋に連れていって面倒をみてもらえますか、ミセス・ワトソン」アンジェルは階段へ向かいながら言った。

家庭教師はためらった。「でも奥様、ネルはどうしますか？」

「私が行きます。まずは、お医者様を呼ばないと」

アンジェルは玄関ホールの端でうろうろしている従僕のほうへ視線を向けた。「あなたに手配をお願いできるかしら」

従僕は決めかねた様子で左右の足に体重を移し替えている。ジェイソンは彼に見覚えがあった。知性よりも身長と端整な顔を理由にラヴィニアが雇った使用人だ。すでに階段に近づいていたアンジェルは、動こうとしない従僕により厳しい口調で再度命じた。

「誰かにお医者様を呼びに行かせるのよ、早く！」

「僕が行くよ」ジェイソンは玄関に戻りながら運悪く通りがかった使用人に大声で指示を出した。「アダムズを探して乗馬用ブーツを厩まで持ってくるように伝えろ！」

そして駆け足で玄関ホールをあとにした。今夜どんな好色なことをするつもりだったとしても、その計画は待たなければいけない。今夜は自分よりネルのほうがアンジェルを必要としているのは明らかだ。

8

アンジェルはネルのベッドのそばに座り、時折額をラベンダーオイルで濡らした。ネルが眠ったので、子守係を下がらせて休憩を取らせた。屋敷は静まりかえり、朝日がしだいに強くなってきた。部屋には時計がないが、ジェイソンが医者を呼びに出かけてから少なくとも一時間は経ったに違いない。窓を開け放ち、聞き耳を立てて医者の到着を待っている。今は待つことしかできない。

どうしても考えてしまう。もしネルが病気にならなかったら、今頃ジェイソンのベッドに横たわっていただろう。またチャンスがあるだろうか？　子供たちに時間を全部取られてしまうと彼は警告していた。ジェイソンよりネルを優先したことを彼は許してくれないかもしれない。

アンジェルは首を振った。ジェイソンがそんなに身勝手なはずはない。だが、疲れた頭の中で陰険な疑念の声がささやき続ける。何と言っても、彼は子供たちをここに住まわせることに抵抗していたのだ。どうなるか警告されたではないか。今度こそ私を捨てるかもしれない。結婚を無効にして、もっと彼の望む生活にふさわしい人を妻にするだろう。

やはり結婚生活が安定してから子供たちを連れてくるべきだったのだ。このままではジェイソンだけでなく、好きになった子供たちまで失ってしまう。

惨めな考えがまぎれもない馬車の音で遮られ、しばらくすると人声が聞こえてきた。ドアが開き、ジェイソンに続いてがっちりした男性が入ってきて、ドクター・グレンジャーだと快活に自己紹介した。

「それで、どうしましたか？」医師は帽子と手袋を外してベッドに近づいた。

ジェイソンが部屋を出ていったが、アンジェルにはくよくよ考えている暇はなかった。医師に症状を説明して、診察している間は後ろに下がっていた。

「猩紅熱ではないかと心配しているんですね？」

「はい先生、それをいちばん心配しています。子供の頃、私もかかりましたが軽症でした」

医師はネルに布団を掛け直した。

「おそらく違うと思いますが、二、三日待たないと確かなことはわかりません。ご存じでしょうが、もし猩紅熱なら非常に感染力の強い病気です。はっきりするまで、誰もお屋敷から出ないでください。またお屋敷内の他の人たちをこの部屋に近づけないほうがいいと思います」

「わかりました。何をすればいいか教えていただければ、メイドのイーディスと私で世話をします」

「残念ながら、できることはあまりありません。時間が解決してくれます。こういう場合、瀉血は有効ではないでしょう。体を冷やして、できるだけ水分をとらせてください。特にレモネードや大麦湯が喉にいいですよ。食べられるようなら、柔らかい食べ物やスープを少しあげてください」

「わかりました。そうします」

「では、明日また様子を見に来ます」医師は帽子と手袋を取り上げ、振り返ってベッドを見た。「お子さんの健康状態はいいようなので、ご心配の病気でなければ、すぐに元気になりますよ」

ジェイソンはドクター・グレンジャーと手短に話をしてから送り出し、執事に指示を出したあとベッドに入った。今は待つ以外、できることはないと医師は言った。

アンジェルが看病を引き受けたと知っても驚かなかった。いかにも彼女らしい。一瞬自分を避けるための行動ではないかとも思ったが、そんな考えは自分にふさわしくないとすぐに思い直した。そして朝になったら、アンジェルを助けるためにできることは何でもしようと決意した。

「いや、大騒ぎですよ」朝のコーヒーを持ってきたアダムズが洗面台の水盤に湯を注ぎながら言った。「レディ・エリノアが重体だという知らせに、みんながざわざわしています。誰もお屋敷から出てはいけないと閣下が命令されたので、今日家族に会いに行けなくなったとヒステリーを起こしたメイドがいて、ミセス・ウェンロックがなだめていました」

「まったく！　昨夜寝る前にちゃんとラングショーに説明したつもりだったんだが」

「閣下はちゃんと説明されましたが、奥様がご自分でレディ・エリノアの看病をされることになったので……ほら、使用人がどういうものか、ご存じでしょう」

「幸い、知らないよ！」ジェイソンは布団を折り返した。「ドクター・グレンジャーはまだ猩紅熱かどうかわからないと言っていて、はっきりするまでは用心する必要があるんだ」

「もちろんです、閣下。使用人食堂に行って、みんなにわかるように話してみます」

ジェイソンが朝食の席で顔を合わせたのは、いつになく心配そうなミセス・ワトソンだけだった。

「レディ・エリノアの看病を奥様がご自分と若いイーディスだけでされるとお決めになったのが残念です。私もお手伝いできればよかったのですが」

「ミセス・ワトソン、公爵夫人には姪や甥がいて看病の経験もある。それに誰かがローズの面倒をみなければいけない。あの子はもう落ち着いたかい？」

「はい。でも昨日のパーティーで疲れきっていたので寝かせておきました」彼女はためらった。「子供用の翼棟から出ていくように奥様から指示されましたが、ローズを連れてケントに戻ったほうがよろしいでしょうか？　お屋敷で猩紅熱が……」

「医者はまだ猩紅熱かどうかわからないと言っていた」ジェイソンは冷静に答えた。「きみたちが出ていけば、みんながよけいに動揺するだろう」

家庭教師はほっとしたようだ。「それをうかがってよかったです、閣下。ローズは妹を置いていきたがらないでしょうし、私もレディ・エリノアが危機を脱したとわかるまで帰りたくありません。家族には心配がつきものですよね、閣下」

自分にはわからないと答えようとしたが、もうそうではないことに気づいた。子供たちがいるロサートンで数週間過ごすうちに、家に子供がいることに慣れ始めていた。クッションがずれていたり、ドアが開け放たれていたり、荘厳な部屋や廊下に突然笑い声が響いたりする明るい雰囲気が気に入っている。家の中が暖かく生き生きしてきたように感じる。

「ああ、そうだね、ミセス・ワトソン」

確かに子供たちのことを心配している。アンジェルのことも。

僕の家族のことを。

朝食後、ジェイソンは書斎で仕事に精を出そうとしたが落ち着かなかった。家中の皆と同様、医師がネルの病気に診断を下すのを待っていた。

アンジェルが恋しくてたまらない。どうしているか知りたい。話をして、役に立ちたい。何より抱きしめたい。でも自分にできるのは、いつもどおり仕事をこなして、皆の動揺を静めることだけだ。

ドクター・グレンジャーが再び訪ねてきたのは日曜日の夕方だった。医師はすぐにアンジェルが待つ病室へ通された。

「公爵夫人、レディ・エリノア……」医師は、青白い顔でぼんやりと枕にもたれて座っているネルにお辞儀した。「少なくとも今日は起きて迎えてくれましたね！」

アンジェルは医師の快活で生真面目な態度に救われ、何とか笑みを浮かべた。

「ネルは少しよくなったようです、先生。喉はひどく痛むそうですが、今朝は紅茶に浸した食パンを一枚食べられましたし、昨夜は料理長がこの子のために作ってくれたレモン・シラバブを食べました」

「なるほど、それはよかったです。幽霊みたいに消えてもらうわけにはいきませんからね」

アンジェルは医師が診察する間、後ろに下がって見ていた。ネルは、ずっと言葉をかけ続ける医師に返事をしなかったが、最後の別れの挨拶にかすかな笑みを見せた。アンジェルは医師のあとについて部屋を出て、階段の前で診断を聞いた。

「まだ猩紅熱の可能性は除外できないので、安心できません。隔離は続けていますか？」

「はい、先生。病室に入るのは私とイーディスだけで、他の人は近づかせないようにしています」アンジェルは、医師が少し眉を上げるのを見て付け加えた。「食事は教室でとっていますし、この翼棟の寝室で寝ています。誰も階段よりこちらへは来させていません」

「それはいいですね」医師はうなずいた。「そのような予防措置はいずれ必要なくなると思いますが、まだ熱が高いし発疹（ほっしん）も治まっていません。安静にしていられなくなったら落ち着かせる薬を出しますが、喉の痛みが心配です。一日二回セージでうがいするといいかもしれません。それから熱が高いときは体を冷やし続けてください」医師は帽子をかぶり手袋をはめた。「二日後にまた来ますが、心配なときは迷わず呼んでください」

「ありがとうございます、先生」

彼はうなずいた。「メッセージをいただいたら、昼夜を問わずいつでも駆けつけます。奥様が必要もないのに呼びつけるような方ではないとわかっていますから！」

医師はそう言って軽やかに階段を駆け下りていき、アンジェルは病室に戻った。

それから二日間、アンジェルとイーディスは看病を続けた。ネルは不機嫌になったりだるそうにしたりを繰り返しているが、赤い発疹が薄くなってきたので、アンジェルはほっとした。再びやってきたドクター・グレンジャーは、猩紅熱でないのはほぼ確実だと言明した。

「ですが、わずかでも疑いがある間は予防措置を続けなければいけません。訪問客を断って、奥様と子守係は引き続きお屋敷内の他の人たちとの接触を避けてください」

「期間はどれくらいですか？　ネルの姉が会いたがっているんです」

「そうですね……」医師は顎をなでた。「こういう軽度の感染症は一週間ほど続く場合もあります。土曜日にもう一度様子を見に来ますよ」

アンジェルはその返事に満足するしかなかった。窓に近づき、ジェイソンが私道で医師と話しているのを見た。土曜日まで隔離が続けば、最後にジェイソンと話してからまる一週間になる。会いたくてたまらない。だが、いちばん気になるのは、彼は会いたがっていないかもしれないということだ。

九時になってイーディスが交代しに来たので、アンジェルは料理長が運んでおいてくれた食事をとりに教室へ行った。テーブルに置かれたトレイの前に座ると、皿の下に畳んだ紙が押し込まれていた。

会いたいというジェイソンからの手紙だ。

目を通している間に喉が干上がった。

〈外で距離を置いて会えば安全だとドクター・グレンジャーのお墨付きをもらった。きみが食べ終わった頃に南の芝地で待っている〉

これはどう判断すればいいのだろう？　言葉遣いは他人行儀で少し冷たいとさえ言える。非難するつもりなのか？　ただ一緒にいたいだけなどということがあり得るだろうか？

「まあ、行って話してみないとわからないわ」アンジェルは声に出して言った。

食べ終わるとすぐに裏階段を下りて庭へ出た。このドアからだと屋敷の裏側に出てしまうが、新鮮な空気を吸えば頭がすっきりするだろう。真夏が近く、まだ太陽が完全には沈んでいないため、庭園に長い影が伸びる。空気は暖かく夏の花の香りがする。

バラ園を通り抜けた際の香りはうっとりするほどだった。ロマンティックな密会には最適な場所だと思ったが、その考えをしぶしぶ頭から追い出して歩き続けた。

南の芝地に着くと同時にジェイソンの姿が見え、胃が縮み上がった。

「熱が下がったとドクターから聞いたよ」近づいてきた彼は距離を置いて立ち止まった。

「そうなの」駆け寄って彼の腕の中に飛び込みたくてたまらなかった。「ネルは少しよくなって、今は眠っているわ」

二人は手を伸ばしても届かないくらいの距離を保って歩き始めた。

「きみは来ないんじゃないかと心配だったよ。疲れているだろうからね」

「それほどでもないわ。イーディスがとても有能だとわかったから。今もネルのそばにいるわ」

ジェイソンはうなずいた。「この隔離もじきに必要なくなるだろうとドクターが言っていた」

「猩紅熱ではないと思うけど、確信を持ちたいというのが先生の見解よ。ごめんなさい！　ネルの世話をしに行く前に、あなたと話をするべきだったわ」

「そんな時間はなかっただろう。事態は混乱していて、誰かが責任を負わなければいけなかったんだ」

「あなたが自分でお医者様を呼びに行ってくれたんだものね。本当に助かったわ」

「きみが引き受けた役目に比べたら何でもないよ」

アンジェルは立ち止まった。「こんなつもりではなかったの。子供たちのためにあなたをないがしろにするつもりはなかったのよ」

「いいんだよ。しかたがなかったんだから」

「でも、あなたはこんなことを望んでいなかったでしょう！」

「確かにネルが病気になることは望んでいなかったが、それが起きたのがロサートンでよかったよ。グレンジャーは優秀な医者だ。そしてきみに絶大な信頼を寄せていると言っていた」

「嬉しいわ」アンジェルは両手を組み合わせて急いで言った。「先生がもう感染の心配はないと言ったら、あなたはロサートンにとどまる必要はないわよ。他の場所でやることがいろいろあるでしょう」

実際、過去にそうしてきたにもかかわらず、ジェイソンは責任から逃れて立ち去る男だと思われているのが腹立たしかった。

「こんなときに娘を置いていくほど非情な男だと思っているのか？　僕はそんなに冷酷じゃないよ」

「それはわかっているけど、ここにいたら退屈でしょう。ロンドンでクラブに行ったり友達に会ったりしていいのよ」

ジェイソンは手を振った。「退屈じゃないよ、アンジェル。ここでもやることはたくさんある。それに、ネルが病気の間はロサートンを離れるつもりはない。それで会いたかったんだ。ここにいて、何としてもきみの力になると伝えたかった」

「優しいのね……」

彼は娘を心配している。当然そうあるべきだし嬉しくもある。だが、睡眠不足で沈んだ気分がいっそう落ち込み、アンジェルは心の中で自分に活を入れた。これ以上望むのは愚かで身勝手だ。

「ありがとう、閣下」

ジェイソンはアンジェルの疲れた口調に胸が締めつけられた。距離を詰めて抱きしめたい。

〝きみが恋しいよ、アンジェル。ベッドに連れていって、その悲しげな表情をキスで拭い去れたらいいのに〟

そう声に出して言えさえすれば！　だが、心に秘めた思いを口にするなどということは学んでこなかった。母を知らずに育ち、父には感情を表に出さないようにしつけられた。高貴な生まれの人間は決して弱さや自信のなさを人に見せてはいけないという信念を植えつけられた。

かつて一度だけ生来の無口を克服したことがある。それはラヴィニアに対してだった。完全にのぼせ上がっていて、彼女の要望にこたえて幸せにすることしか考えられなくなっていた。ラヴィニアが自分自身しか愛せないことに気づかなかった。求婚して心を捧げたのに、彼女はそれを踏みにじった。自制を叩き込まれた少年に逆戻りした上に、妻からの残酷な侮辱によって自制がさらに強化された。今では鋼のように強固でびくともしない。

だが、アンジェルはそんなくだらない感傷的な話など聞きたくないだろう。今彼女に必要なのは実践的な手助けだ。それなら自分にもできる。

「ネルの食欲をそそる必要があるだろう。温室から最高の果物を調達するつもりだ。他に何かあの子が喜びそうな物があったら知らせてくれ。あの子にはよくなってもらわないといけないからね」

「ありがとう、閣下。本当に優しいのね」

アンジェルの少し驚いたような口調に良心がとがめた。「それからローズのことは心配ないよ。ミセス・ワトソンが面倒をみているし、僕がときどき馬車で外へ連れ出している。どこにも立ち寄らなければ、馬車で走っても問題ないだろう」

「それは妙案ね」

アンジェルがまだ疲れた口調なのが気になった。

「でも、きみの休憩を邪魔しているね。もう寝てくれ、アンジェル」

彼女はうなずいた。「おやすみなさい、閣下」

去っていくアンジェルを見送りながら彼は思った。もっと何かできればいいのに。これが終わったら、必ず埋め合わせをしよう。何とかして。

その後の数日間、ジェイソンはネルが回復しつつあるという知らせに勇気づけられた。往診に来たドクター・グレンジャーは、もう感染の心配はないと宣言したが、回復には時間がかかるのでまだ手厚い看護が必要だと警告した。

これ以降アンジェルは毎晩、他の家族と一緒に夕食をとれるようになったが、ジェイソンはすぐに彼女の沈んだ様子と目の下の隈に気づいた。それも当然かもしれない。負担の大部分からは解放されたが、アンジェルが長く病室を離れるとネルの機嫌が悪くなるので、まだ毎日病室で何時間も過ごしている。アンジェルは疲れきっているのだ。ジェイソンは断固として自分の欲望を抑えた。彼女に回復する時間をあげなければいけない。

一週間の隔離から解放されたアンジェルは、ジェイソンの態度にひどくがっかりした。二人の間にあった心地いい連帯感はすっかり消えてしまった。回復中のネルの世話は看病と同じくらい疲れることを彼にはうちあけられなかった。今は昼間だけ子供部屋にいるが、一日中泣いているネルを慰めたり、楽しませる方法を探したりしている。

子供のために自分の時間をすべて費やすことになると言ったジェイソンの警告は正しかった。とはいえ、再度そう言われたわけではない。彼は顔を合わせるといつも礼儀正しいけれど、二人の間に距離を置いている。夕食時には軽い会話で楽しませたり、出されたごちそうのいちばんいいところを取り分けたりして気を遣ってくれるのに、最後は頬に軽くキスして寝室の前に置き去りにする。

アンジェルはジェイソンと話したくてたまらなかったが、疲れた頭では言うべき言葉が見つからず、心の奥底で恐れていた。もう妻としては求めていないと、ついに言われるかもしれない。

二週目の後半になると、ネルはミセス・ワトソンが子供部屋での役目に復帰できるくらい回復した。ローズも一緒に部屋を訪れ、近隣から届いた見舞いの品や手紙を届けるだけでなく、ゲームをしたり本を読み聞かせたりして妹を楽しませた。

もう病室にいる必要がないことを喜ぶべきだとアンジェルはわかっていたが、妙なことに気持ちはいっそう沈むばかりで、数日経っても憂鬱から抜け出せなかった。自室へ着替えに行って化粧台の前に座ったアンジェルは、鏡に映った自分を見ながら将来はどうなるのだろうと考えた。

パーティーの夜まではジェイソンとうまくいっていた。その後、彼は他人行儀でよそよそしくなった。

でも、こんな暗い気持ちは誰にもうちあけられない。そこで何事もなかったように笑みを浮かべて階段を下り、庭にいる家族のもとへ向かった。

そよ風に乗って芝生のむこうから笑い声が聞こえてきた。ミセス・ワトソンが大きな栗の木陰に座っている。その足元の敷物の上にローズとネルがいて、かたわらにジェイソンが座っている。今では彼は子供たちとすっかりうちとけている。少なくとも、それはいい兆候だ。アンジェルは明るくふるまおうと決意した。

皆に近づいていくと、ミセス・ワトソンが手を振った。

「ああ、公爵夫人！　この椅子にお座りになりますか？　私には別の椅子を持ってきますから」彼女はすぐに言ったことを実行した。

そこはとても心地よかった。芝生の先にある湖は日差しを受けてきらめき、集った皆がくつろいでいる。アンジェルは緊張が解けていくのを感じた。もしかしたら先行きはそれほど暗くないかもしれない。

芝地を歩いてくるアンジェルを見て、ジェイソンの胸は欲望で締めつけられた。すぐに立ち上がって迎えに行きたかったが、もし触れてしまえば彼女を放せなくなる。それに、彼女にどう思われているかよくわからない。パーティーからの帰り道では、すべてが順調に思えた。アンジェルは幸せそうに笑っていたが、あの夜以来、彼女の笑顔をほとんど見ていない。今も明るくふるまってはいるものの、目に輝きがないし、顔は青白くやつれている。ジェイソンは罪の意識にさいなまれた。

アンジェルはネルの世話で疲れ果てている。慌てて結婚したせいで家族の重荷を背負わせてしまった。アンジェルのことだから、何の疑問も抱かずにそれを受け入れたのだろう。

皮肉なもので、今は間違いなくアンジェルを正式に妻にしたいと思っているが、もはや彼女が何を望んでいるのかわからない。そしていちばん大事なのは、彼女の幸せだ。

「公爵夫人、どう思う?」ローズの声で考えごとを遮られた。「お父様が私たちみんなをブライトンへ行かせてくれるんですって」

「ちょうど今、話し合っていたところだ」ジェイソンは急いで訂正した。アンジェルを見たが、その顔からは何も読み取れない。「ほら、ブライトンの別荘だよ。きみの兄貴が使ってから誰も行っていないんだ。ケントに直接戻るより、夏が終わるまでネルとローズを連れてブライトンへ行ったらどうかとミセス・ワトソンに提案したんだよ。海水浴でもすれば、ネルの回復にも役立つだろう」敷物から枯れ葉を拾った。「きみも楽しんでくるといい、公爵夫人。ずっと看病して疲れただろう。きみには休みを取って気分転換する資格がある」

アンジェルは視線すら動かさなかったが、心に氷の破片が刺さった気分だった。間違いようがない。私を遠ざけようとしている!

「お父様も来てくれたら、もっと楽しいのに。一緒に来て!」ネルが言った。

「せっかくだが、ここで片付けなければいけない大事な仕事があるんだ」

「でも、せいぜい八十キロよ」ローズが言った。「馬に乗れば一日で来られるわ。少なくとも顔を見せに来てくれてもいいじゃない」

「残念ながら、それは無理だな。でも、おまえたちだけでもきっと同じくらい楽しいよ」

アンジェルはドライブや買物、図書館など夏のブライトンの楽しみ方について、まわりで交わされる会話を黙って聞いていたが、心の中では強く異議を唱えていた。

〝私には発言権がないの？　私の要望はきいてもくれないの？〟

するとその思いが届いたかのようにジェイソンが振り向いた。

「静かだね、アンジェル。この計画をどう思う？」

「すごくいい考えだと思う」ネルが浮かれて言った。「私、公爵夫人のお世話をする。私がお世話してもらったみたいに！」

「黙って、ネル」ローズが青い目で心配そうにアンジェルを見ている。「公爵夫人はしばらく私たちから離れたいかもしれないわ」

子供たちにそんなふうに思わせるわけにはいかない。アンジェルは急いで言った。「まさか！　あなたたちと一緒にいたいわ。あとどれくらい……？というか、ブライトンへはいつ行く計画なの？」

「一週間後だ。ドクター・グレンジャーがいいと言えば」ジェイソンが言った。

「では、すべて手配済みなのね」心が今にも壊れそうだったが、満面の笑みを呼び起こした。「さあ、海水浴よ、あなたたち。楽しみね」素早く立ち上がった。「ごめんなさい。ミセス・ウェンロックに伝えないといけないことを思い出したわ」

視界を曇らせる涙にまばたきを繰り返しながら、急いで立ち去った。

「アンジェル」ジェイソンの声がすぐ後ろから聞こえた。「アンジェル、どうした？」

アンジェルは足を速めた。「あっちへ行って。頭に来て口をきく気にもなれないわ！」腕に掛かったジェイソンの手を振り払う。「放っておいて！」

走るように屋敷へ向かい、自室に着くまで足を止めなかった。幸い部屋には誰もいなかった。震える息で深呼吸しながら、足早に室内を歩きまわる。泣きたいのか怒って暴言を吐きたいのか、自分でもわからない。

決める間もなく、ジェイソンが部屋に入ってきた。

彼はドアを閉めた。「僕に腹を立てているのか、アンジェル?」

アンジェルは彼に食ってかかった。「よくも私に何の相談もなく決めたわね」

「海辺へ行く話なら、ただ相談していただけだと言っただろう。何も決まっていない」

怒りと不信で息巻いだ。

「そうは聞こえなかったわ! あと一週間で私たち全員をブライトンへ厄介払いするんでしょう」

「そんなわけないだろう」

「そうかしら?」アンジェルは再び大股で行ったり来たりし始めた。「子供のいる暮らしはあなたが警告したとおり、騒がしいし規律は乱れるし、不自由で疲れるものね!」

「それはそうだが――」

「あなたが私たちにうんざりしても驚かないわ」歩きまわりながら振り向いて言った。「だけど、どうしてまず私に話してくれなかったの?」

「夕食のとき以外、ほとんど会えないからだよ。夕食で顔を合わせても、ありきたりな会話しかしないじゃないか!」

「そうね」アンジェルはさっと目をこすった。「私と一緒にいるのが耐えられないからでしょう!」

「そんなことはない」

「それで見事な解決策を思いついたのね。みんなをブライトンへ送り出せば、もう家に置いておきたくない妻を追い出す完璧な口実になるわ!」

「きみは誤解しているよ!」ジェイソンはアンジェルの前に立ちはだかり、両手首をつかんで止まらせた。「きみを送り出すのは……きみがほしくてたまらないからだ!」

9

アンジェルが怒りに満ちた目でにらんでくる。ジェイソンは握ったままの彼女の手首を揺さぶった。

「僕の言っていることがわかるか、アンジェル？　きみがほしくて、ほしくて、たまらないんだ」

必死の思いで口にした。呼吸するたびに、押しつけられるアンジェルの胸や体温や花の香りの香水を強く意識している。彼女はたまらなく魅力的だ。顔を近づけ、唇をとらえた。少しの間アンジェルは動かなかったが、やがて喉の奥から声をもらした。そこでやめて離れるべきだと思ったが、身を乗り出してきた彼女の反応に混乱した。

アンジェルがキスにキスでこたえている。もはや怒りはない。あるのは激しい情熱だけだ。ジェイソンは彼女を抱き上げて一緒にベッドへ倒れ込み、キスと愛撫（あいぶ）を続けながら互いの探索を妨げる服を夢中ではぎ取った。アンジェルの純粋で熱心な反応が彼の興奮をあおった。胸にキスをされた彼女が息をのむと、ジェイソンの血はますますたぎった。アンジェルは愛撫に積極的にこたえて両手を彼の肌に這（は）わせ、彼の欲求は最高潮に達した。

あっという間だった。素早く性急な交わりに叫び声が入り交じり、二人はやがて疲れきってともに横たわった。ジェイソンは震える長いため息をついたアンジェルを抱き寄せた。

「手荒にしてしまってすまない」彼女の髪に頬を寄せる。「きみは初めてなんだから、もっと優しくするべきだったのに」

「大丈夫よ。苦痛ではなかったわ。少なくとも、そんなには」アンジェルは彼の裸の胸に唇を押しつけた。「知らなかったわ。こんなに……いいとは」

「本当に？」

アンジェルは顔が見えるように少し身を引いた。その目は幸せそうに輝いている。

「本当よ」彼女は頬を染めて肩に顔を埋めた。

ジェイソンは微笑み、再び彼女を抱き寄せた。

「これでもう後戻りはできなくなった。僕らの結婚は生涯続く」

「後悔しているの、ジェイソン？」

ジェイソンは彼女を抱きしめた。

「いや、後悔していないよ、アンジェル」彼女の髪にキスした。「まったく後悔していない」


アンジェルが目を覚ますと、ジェイソンが片肘をついて見下ろしていた。

「起きる時間だ。みんなのところに行って、きみはブライトンへは行かないと言わなければいけない」

「みんなで行けばいいじゃない。別荘を見てみたいわ。恋人たちにぴったりだとバーナビーとメグが言っていたから」

それを聞いてジェイソンは笑うだろうと思っていたが、また石になってしまった。アンジェルは彼の不可解な表情に眉根を寄せた。

「ジェイソン？」

すぐに険しい表情は消え、ジェイソンはアンジェルの鼻に軽くキスした。

「次の機会にしよう。今はロサートンできみを独り占めしていたいんだ」彼は明るく言って離れた。「さあ公爵夫人、服を着ないと」

アンジェルはそれ以上何も言わず、彼に続いてベッドから出たが、痛いところを突いてしまったのだと思わずにはいられなかった。

アンジェルが一緒に来ないと知った子供たちは落

胆したが、ドクター・グレンジャーに計画を認められると、間近に迫った楽しみへの興奮が上まわった。

一週間後、アンジェルとジェイソンは、ミセス・ワトソンとローズとネルに加えて、メイドのイーディスと大量の荷物を積んだ大型馬車を見送った。

馬車が見えなくなると、ジェイソンが言った。

「一緒に湖まで歩かないか?」

「ミスター・メリックに会うんじゃないの?」

「あと一時間ある」

アンジェルは微笑んだ。「それなら歩きたいわ」

二人は腕を組んで湖へ向かった。

「ついにロサートンで二人きりになれた!」

「子供たちがいて、そんなに不自由だった?」

「正直言って、子供たちがいるからきみをベッドへ連れ込めなかったことが何度もあったよ!」

アンジェルは赤面した。この一週間、彼と過ごした夜のことを考えるだけで全身がとろけそうだ。

「それでも」ジェイソンは続けた。「子供たちをロサートンに住まわせたほうがいいと考えているんだが、どう思う?」

アンジェルの胸は高鳴った。「すばらしい考えだわ、ジェイソン。私がずっとそう思っていたのを知っているでしょう」

「何でもきみに相談してから手配しようと思ってね」彼は輝くような笑みをちらりと見せた。「ブライトン行きを提案したときのように、またきみを怒らせたくないからな」

「その話はやめて!」

「口げんかもそこまで悪い結末にはならなかったけどね」ジェイソンは立ち止まり、アンジェルを抱き寄せた。「それどころか、実に満足のいく形で解決したと思っているよ」

今ではなじみ深くなった欲望が急速に高まり、アンジェルは熱心に彼のキスにこたえた。

数分後、二人は再び歩きだした。

「自分がすごく魅力的に赤くなっているのを知っているかい？」

「やめてよ！」アンジェルは笑いながら言った。

「あなたのせいで、どぎまぎしてばかりだわ」

「誰も見ていないから安心していい。だから子供たちを……〝ブライトンへ厄介払い〟したんだ。きみの表現を借りればね。だが理由はそれだけじゃない」

アンジェルは話の続きを待った。この話はどこへ向かうのだろう？

「ローズがパーティーでかなり人気者だったのを覚えているだろう。きみはネルの看病をしていたから聞いていないかもしれないが、翌日あの子あてに花束がいくつか届いたんだ。そのときは何とも思わなかったし、ネルが心配で花のことはすっかり忘れていた。だがミセス・ワトソンが言うには、娘たちを街へ連れていくと、いつも大勢の若者がローズと話したがるそうなんだ。この前、若造が一人、通りをうろうろしているのを見つけたから、うちでは歓迎しないと言ってやったよ」

アンジェルは笑った。「待ち伏せしていたのが一人だけだったことが驚きよ！　ローズは本当にかわいいもの。ブライトンにいたって何も変わらないと思うわ」

「それはそうだが、ブライトンには他に気晴らしがある。その一つが海水浴だ。それにあの子をしっかり見張るようにミセス・ワトソンに指示した」ジェイソンは芝生から顔を出している雑草に杖を振るった。「あの子はまだ結婚を考える歳じゃない」

「十二月には十八歳になるのよ、ジェイソン。考えてもいい歳だわ。それにいずれは若い紳士に出会う必要があるでしょう」

ジェイソンは口を引き結んだ。「それで、もしあの子が駆け落ちでもしたら、どうする？」

「どうしてあの子がそんなことをすると思うの？」

「あの母親の娘だからだよ！」彼は杖で別の雑草を払った。「それが心配なんだ」

「確かにローズは美人になりそうね」アンジェルは口ごもった。「だからこそ、あの子たちはロサートンに住んだほうがいいのよ。ここにいれば私とミセス・ワトソンでローズが誰かと付き添いなしで会ったりしないように守れるわ」

アンジェルはそれ以上何も言わなかった。ジェイソンは時間をかけてこの件を考えたほうがいい。

二人はそれから三十分ほど湖畔を散歩してから屋敷へ戻った。

「今日きみは何をする予定だい？」玄関ホールに着くとジェイソンが尋ねた。

「十二時頃、馬車でミドルウィッチへ行く予定よ。ちょっと買物するの。ミセス・ウェンロックに頼まれたものもあるし」

ジェイソンは時計を見た。「もう十一時だ。引きとめてしまってすまない」

「いいのよ」アンジェルははにかみながら付け加えた。「楽しかったわ」

「僕もだ」彼があの輝くような笑みをまた浮かべた。「もちろん、馬車はもう必要ないと厩に伝えることもできる」

それを聞いて小さな興奮の波が押し寄せたが、アンジェルは首を振った。

「ミスター・メリックが待っているわよ、閣下」

「彼ならいつでも断れる」

アンジェルは笑った。「だめよ。あなたに仕事をさぼらせるつもりはないし、家政婦長は私が頼まれたものを持って帰ると当てにしているわ」

「冷たいな、公爵夫人。しかたがない。それじゃ、出かける前にせめてキスだけさせてくれ」

ジェイソンはアンジェルを抱き寄せ、ミドルウィッチへ行くのをやめたくなるほど熱烈なキスをした。ようやく抱擁を解いたあと、彼はしばらく両手を肩に置いたまま目を細めてアンジェルを見た。

「こんなキスのあとで、どうやって領地の仕事に集中しろと言うんだ？」

アンジェルは頬を染めて彼から離れた。「さあ、仕事に行って。私にも自分の仕事をさせて！」

アンジェルは着替えのために急いで階段を上がったが、心はうきうきしていた。

ミドルウィッチに着くと、アンジェルはロサートン・アームズに馬車を置いて侍女と一緒に大通りを歩いた。まずミセス・ウェンロックに頼まれた綿と糸を買いにチャップマンズへ向かう。そこは服地屋と小間物屋が合わさったような店だ。前にも来たことがあるので知っているが、針や糸から生地にいたるまで、あらゆる裁縫用品が所狭しと並んでいる。客が入れる余地がほんのわずかしかないため、ジョーンには外で待っていてもらった。

暖かい日なのでドアが開いたままになっていて、入店を知らせるベルもないが、アンジェルは気にしなかった。街の住民が公爵夫人に示す敬意には、まだ慣れていない。カウンターのむこう側に店員の姿はなく、陳列された生地に視界を遮られて店の奥は見えないけれど、応対を待っているらしい女性たちの話し声が聞こえる。

アンジェルはきれいな柄の木綿更紗をよく見ようと奥へ進んだ。他の客の姿はまだ見えないが、会話ははっきりと聞こえてくる。一人の声に聞き覚えがある。レディ・ハットンだ。何度か会ったことがあるが、悪名高き噂好きだと警告されていたので、親しくなろうとはしてこなかった。それでよかった。今も彼女は熱弁を振るって不運な誰かの評判を汚している。

「パーティーで一緒に踊っているのを見た？　おもしろかったわね！　踊っている間、彼女に目が釘付(くぎ)けだったわ」

「でも、当然じゃない？」別の声が答えた。「母親そっくりの美人だもの」

レディ・ハットンが鼻を鳴らした。「あるまじきふるまいだと思ったわ」

「確かにスキャンダラスだわ」誰かが笑った。「自分の継娘(ままむすめ)となんて！」

アンジェルは凍りついた。手に取った色鮮やかな生地を見つめている間、会話は容赦なく続いた。

「うちのメイドが今朝、馬車が通り過ぎるのを見たの」再びレディ・ハットンの声だ。「娘たちとお目付役がブライトンへ向かったみたい」

「私もそう聞いたわ。きっと公爵夫人が行かせたのね。手に負えなくなる前に不倫を阻止したのよ」

「あら、公爵を責めているわけじゃないわ」レディ・ハットンは慌てて否定した。「公爵があの子に熱を上げているとは言っていないわよ……ただ亡き母親にそっくりだから、思い出してしまうに違いないわ。本当に美人だったものね。公爵は彼女に夢中だったわ。亡くした人を絶えず思い出すのは、さぞ悲しいでしょうね」

　誰の話をしているのか、もう間違いようがない。アンジェルは感覚がなくなった指を更紗から離した。この話をやめさせなければならない。だが、手足を動かす前に深呼吸して落ち着く必要がある。並んだ生地のむこうで噂話は続いた。

「きっと今は急いで結婚したことを後悔しているはずよ」これは三人目の女性の声だ。的外れな同情に満ちている。「新しい公爵夫人があまり感じのよくない人だというわけではないし、きっと家の切り盛りも上手なんでしょうけど、最初の奥さんに比べたらそれほど美人じゃないから……」

三人の前にアンジェルが姿を現すと、声が小さくなって途切れた。アンジェルは顎を上げ、できるだけ傲慢に三人を見た。全員の顔を知っている。レディ・ハットンとその姉で未亡人のミセス・ポール、そしてミセス・ニスベットだ。三人とも地域社会の中心人物であり、教会を熱心に支援しているが、皆そろいもそろって偽善者ではないか。

三人は驚いて目をむき、気まずそうに挨拶をつぶやきながら深々とお辞儀した。

「公爵夫人！」ミセス・チャップマンが箱をたくさん抱えて奥の部屋から出てきた。「まあ、大変失礼いたしました。店番のメイドがどこかへ行ってしまったのなら、私がすぐ出てくるべきでしたのに！」

「大丈夫よ」アンジェルは今は黙ってしまった三人の老婦人に背を向けた。「あとでまた来るから、どうぞ他のお客様に対応して」

それから振り返らずに胸を張って店を出ると、ジョーンを連れて足早にロサートン・アームズへ向かった。あちこちの店を見てまわるのを楽しみにしていたのに、もうそんな気分ではない。ジェイソンがローズに惹かれているというあきれたほのめかしで時間を無駄にしたりしない。一瞬たりとも、そんなことは信じないが、彼がまだラヴィニアを愛しているという話は信じられる。だから私をブライトンへ連れていきたくないのだ。あそこの別荘は最初の妻への贈り物だった。二番目の妻とは共有できない大切な思い出がいっぱいあるのだろう。

アンジェルは嫉妬を抑えて自分に言い聞かせた。ジェイソンは私を愛しているふりさえしたことがない。好都合だから結婚しただけだ。それ以上のことを期待するのは考えが甘い。二十四年の人生のほとんどを田舎で静かに暮らしてきた。俗世間のことも男性のこともほとんど知らない。恋愛といえば、たった一度の経験が苦い落胆と失恋に終わった。

〝よく覚えておいたほうがいい〟自分に言い聞かせる。〝愛してくれない人に恋をしてはいけない。それに女としての他のあらゆる資質より、美しさを好む人にも〟

だが、心の中ではすでに手遅れだとわかっている。

ロサートン・アームズに着くと、アンジェルは休憩用に個室を頼んだ。侍女にレモネードをごちそうして自分にはコーヒーを注文し、濃く熱いコーヒーで自分を落ち着かせた。噂話は大嫌いなので、もう忘れることに決めた。日曜日には教会へ行かなければならない。あの三人も来るはずだ。当然の報いとして、何も言わずに無視しよう。それで三人が今日の私と同じくらいの屈辱を感じるよう願うばかりだ。

少し時間が経ってから、ミセス・ウェンロックに頼まれたものを買うため、アンジェルはジョーンをチャップマンズへ行かせて自分は個室で待った。買物したいという気持ちはすっかり失せてしまった。

ロサートンへ帰ったときには蒸し暑くなっていた。嵐になりそうだ。まだ風はないが、地平線上に厚い雲が見える。アンジェルは急いで家に入った。頭が痛かったので、買ったものを家政婦長に届けるのは侍女に任せて横になるために自室へ行った。

眠れればよかったのだが、心が静まらない。彫刻が施された天蓋を見ながら、チャップマンズで聞いた話を何度も思い返した。ただの噂話だから無視したほうがいいといくら自分に言い聞かせても、レディ・ハットンの言葉が忘れられない。確かに先妻に比べたら美人ではないが、ジェイソンが私に不満を持っているわけでも、結婚を後悔しているわけでもない。その考えにすがった。

誰かにこの話をする必要があるけれど、ジェイソン以外に誰がいるだろう？　この噂話を聞いたら、彼ならきっと笑って抱きしめ、キスで不安を取り除いてくれるだろう。

ようやくうとうとしたあと目覚めたときには、嵐雲が垂れ込めて部屋が暗くなっていた。髪を整えようと化粧台の前に座った。眠ったのにまったく元気を取り戻せていないし、だるくてぼうっとしている。チャップマンズでのできごとがまだ心に重くのしかかっている。ジェイソンに話すまで気持ちは晴れないだろう。

階下へ行くと大理石の玄関ホールに執事がいた。開いた戸口に立って外の誰もいない私道を見ている。

「ラングショー、閣下はまだミスター・メリックのところにいるの?」

「いいえ奥様、お二人でホルツ農園へ行かれました」彼は黒い雨雲を見上げた。いつも冷静な顔に不安の影がよぎった。「嵐になる前にお戻りになられるといいのですが」

言い終わらないうちに大粒の雨が落ちてきて砂利を濡らし、またたく間に土砂降りになった。

「おそらくこれがやむまで、どこかで雨宿りされるでしょう」執事はドアを閉めた。「他に何かご用はございますか、奥様?」

「いいえ、大丈夫よ」

アンジェルはがっかりした。ジェイソンの帰りを待たなければいけない。だが部屋へは戻らないことにした。夕食の着替えの時間まで、何かやることを見つけたほうがいい。

最初に思いついたのは図書室だが、行ってみると灰色の空のせいで部屋があまりに暗く陰鬱だったので、すぐに考え直して玄関ホールに戻った。今は誰もいないホールを落ち着きなく歩きまわり、気づくと黄色の間の前に来ていた。

垂れ込めた雲と雨のせいで鮮やかな色がいくらか落ち着いて見えるが、それが今は亡き公爵夫人の肖像画の色合いをいっそう引き立てている。アンジェルは絵の前に立ち、青い目の金髪美人を見上げた。赤い唇にかすかな笑みを漂わせ、アンジェルの頭越しに外を見ているラヴィニアは、魅惑的で勝ち誇り自信に満ちている。

アンジェルはすでに落ち込んでいたが、心が奈落の底まで沈んでいった。こんな絶世の美女に比べたら、私は地味で取るに足りない。ジェイソンだって家を切り盛りする才能しかない女を愛せるはずがない。おそらく彼が結婚した理由はその才能だ。そういう女なら何の脅威にもならないからだ。彼の中の欲望をかき立てることもない。

アンジェルは泣きながら両手で顔を覆った。自分を望んでいない男性に恋をしてはいけないと、この絵が絶妙なタイミングで思い出させてくれた。

「やっと家に着いた！」

ジェイソンは家令とともに馬で門の中に駆け込んだ。ロサートンが見えてこんなに嬉しかったことはない。土砂降りになる前に帰路に着いていたが、それでも二人ともずぶ濡れだ。

突然空に閃光が走り、頭上で大音響の雷鳴がとどろいた。

「早く屋根の下に入らないと」メリックが言った。

速度を落として屋敷を通り過ぎようとしたとき、窓に人影が見えた。誰かが黄色の間にいる。ジェイソンはもう一度目をこらした。人影は肩を落としてうなだれている。

ジェイソンは馬を止めた。「サイモン、メイジャーを厩に戻しておいてくれないか？」

「かしこまりました」

ジェイソンは馬から飛び降りて手綱を引き渡すと急いで屋敷に入った。

「ああ、ようやくお帰りですね、閣下」ラングショーが素早く玄関ホールを横切って出迎えた。「私道にお姿が見えたので、アダムズに知らせておきました……」

「ああ、すぐに部屋へ行くよ」

帽子と手袋と乗馬鞭を執事の手に押しつけて大股で黄色の間へ向かった。ドアを開けると同時に泣き声が聞こえた。

「アンジェル！　どうした？　何があった？」

彼女は驚いてびくりとしたが振り向かなかった。

「な、何でもないわ。ばかみたいに感傷的になっているだけよ」ハンカチを探している。「ごめんなさい。あっちへ行って、こんな私を見たことは忘れてちょうだい。すぐに元気になるから。約束するわ」

だが、ジェイソンはすでに部屋を横切っていた。アンジェルの両肩をつかんでそっと振り向かせる。

「こんなに動揺しているきみを放っておけないよ」

彼女がまだハンカチを探していたので、ジェイソンは自分のハンカチを差し出した。幸い、服は濡れているが、ハンカチは乾いていた。「さあ、こっちに座って、何があったのか話してくれ」

アンジェルをソファに座らせ、元気づける言葉を探した。

「子供たちが恋しいのかい？」ジェイソンはアンジェルの前にひざまずいた。「あの子たちをここに住まわせるということで、今朝意見が一致しただろう。それにミセス・ワトソンが同意すれば、彼女もここに住んで子供たちの面倒をみてくれる。僕らが一緒に見守れば、ローズがよくない連中と知り合うのを避けられる。少なくとも、ロンドンへ行くまではね。それで——安心したかい？」

「ええ、もちろん。正しい決断だと思うわ」

アンジェルは涙を拭き終え、手の中のしわくちゃになったハンカチを黙って見下ろしている。

「でも、きみはそれで泣いていたんじゃないね」

「違うわ」

「じゃあ、話してくれ。こんなきみは見たことがない。力になりたいんだ、アンジェル」

「あなたには無理よ！」アンジェルは突然立ち上がってジェイソンから離れた。「ごめんなさい。ばかみたいね。街で噂話を聞いてしまったのよ」

ジェイソンは、窓に近づいて雨に濡れた風景を見つめるアンジェルを見守った。

「何を聞いたんだい？」

「あなたがまだラ、ラヴィニアを愛しているって」

ジェイソンはたじろぎ、その名前を聞くたびに感じる、みぞおちをなぐられるような衝撃を待ったが、それは来なかった。怒りと後悔と屈辱はまだ残っているもののかなり弱まり、アンジェルを慰めたいという圧倒的な欲求が取って代わった。

「自分を憐れんでいるわけじゃないわ」アンジェルは少し顎を上げて続けた。「でも噂話を聞いて、私たちは結婚を急ぎすぎたのかもしれないと思ったの。半年ではちゃんと悲しむには十分とは言えないでしょう。あなたが慌てて結婚したことを後悔していても、しかたがないと思うわ」

ジェイソンは否定したくてたまらなかった。〝違う〟という言葉が頭の中に響き渡っていたが、それを口にする勇気はない。アンジェルとその家族が互いに自由に話し、泣いたり笑ったり、率直にうちあけ合ったり言い争ったりできるのが、いつもうらやましかった。自分は恐れや疑いなどの感情をいっさい見せず、先に立って人を導くのが務めだと信じるように育てられた。

後悔しているのは最初の結婚のほうだと説明したかったが、できなかった。先妻の肖像画に目を向ける。ラヴィニアの口からは言葉が簡単に出てきた。たびたび愛と献身を断言していたが、彼女の場合それが真実だったことはない。自分のほうはどうだろう……？　今この美しい顔を見てわかった。あれは若き日の情熱で、すぐに燃えつきたが、あの頃の愚かな自分はプライドが高すぎて、その事実から目をそらした。今でも、それを認めるのがやっとだ。

それでも話さなければならない！　アンジェルは動揺している。安心させる必要がある。彼女には僕が必要だ。

ジェイソンはアンジェルに近づき、抱きしめて髪に頬を寄せた。

「アンジェル、後悔していることはたくさんあるが、きみとの結婚だけはまったく後悔していないよ。きみは僕の妻で公爵夫人だ。他には誰もほしくない」

ジェイソンはアンジェルを振り向かせて顎に手をかけ、そっと引き上げた。彼女があまりにも華奢で繊細で、守ってやりたい、幸せにしたいという欲求に圧倒されそうだ。目にキスすると、塩辛い涙の味がした。そのキスを頬から唇へとつなげていく。アンジェルは一瞬身震いしてから、キスにこたえた。

ジェイソンは安心して彼女を抱き上げた。

アンジェルは頼りない笑い声をあげた。「どうするの？」

ジェイソンは彼女の唇にもう一度キスした。「きみをベッドへ連れていくんだよ、マダム」

アンジェルが肩に顔を埋める前に、目に情熱の炎がきらめくのが見えた。

「びしょ濡れじゃない」声がくぐもっている。

「それなら、早くこの服を脱いだほうがいいな」ジェイソンはアンジェルを抱いて部屋を出た。

「でも、使用人が……」

「使用人なんか放っておけ！」

ジェイソンはアンジェルをしっかりと抱いたまま一段抜かしで階段を上った。彼女の部屋に着くと何とかドアを開けて中に入った。アイロンをかけていた侍女のジョーンがすぐに振り向き、ジェイソンを見て驚いた。

「二人きりにさせてくれ」彼は足でドアを閉めた。「いや、そっちじゃない。僕の部屋を通って出ていけ。アダムズも連れていくんだ」

ジョーンはジェイソンを見つめた。「でも、今アダムズは閣下のお風呂の準備をしています」

「ちょうどいい。あとは僕がやるとあいつに言え。さあ、早く行くんだ」

ジェイソンはジョーンが接続ドアから出ていくのを待ってアンジェルを下ろした。彼女が震えていたので、立てないほど動揺しているのかと恐れて手を放さなかったが、顔を上げたアンジェルは頬を染めて笑っていた。

「かわいそうなジョーン。あんなに困った顔は見たことがないわ！」

ジェイソンの口角が上がった。「侍女はこういうことに慣れたほうがいい」

ジェイソンはアンジェルの手を取って自分の部屋へ連れていった。暖炉の前に湯気が上がる浴槽が用意されている。

アンジェルは咳払いした。「雨に濡れたのなら、お風呂で温まらないとね」明らかに、これが日常茶飯事であるかのようにふるまおうとしている。

「そうだね。濡れた服を脱ぐのを手伝ってくれるかい？」

「それは……ええと……」

ジェイソンは再び彼女を抱き寄せた。「二人とも脱いだほうがいいかもしれない。ここまで運んでくる間にきみの服もかなり湿ったからね」ジェイソンは、アンジェルが浴槽に目を向けたのを見て、静かに続けた。「大丈夫、十分二人で入れる大きさだ」

ジェイソンは、影を帯びたアンジェルの目を見て、一瞬言い訳して立ち去るのではないかと思ったが、彼女が自分の上着のボタンを外し始めたので、気分が高揚した。

二人は黙々と互いの服を脱がせ合い、床の上には脱ぎ捨てられた服の山ができた。ジェイソンは最後まで残しておいたアンジェルのシュミーズをゆっくりと頭の上へ引き上げて投げ捨て、全裸で立っているアンジェルを見つめた。

「すばらしくきれいだ!」

アンジェルの心は舞い上がった。胸が高鳴り、ジェイソンの手を借りて浴槽に入りながら、王女か女神にでもなった気分だった。うっとりするようなスパイスの香りの湯気を吸い込んでいると、続いて入ってきたジェイソンの折り曲げた長い手足に抱え込まれた。彼は頭をもたげたバラ色の胸の頂を愛撫した。アンジェルは体の疼きに息をのんだ。とてつもなく親密で刺激的で斬新な体験だ。

「気持ちいいかい、公爵夫人?」

「とても……贅沢三昧している気分だわ」

「そんなことはない」彼はアンジェルの体に手を這わせた。「床にバラの花びらを敷き詰めて、風呂の中でワインを飲んでいるなら贅沢三昧だけどね」

アンジェルは目を閉じて心地よさそうに身震いした。「やってみたいわ」

「次回はそうしよう」ジェイソンは前に乗り出してアンジェルにキスした。

彼の指が脚の間に滑り込んできて、アンジェルはあえいだ。手の動きに合わせて体を動かすうちに、快感の波が高まっていく。つかんだ両肩の固く盛り上がった筋肉を感じる。全神経が疼き、胸が熱く張っている。めくるめく興奮に気が遠くなりそうだ。

ジェイソンがうめいた。「やりたいことを全部やるには、この浴槽でも狭すぎる!」

アンジェルは笑った。低い官能的な笑い声に自分で驚き嬉しくなった。先妻ほど美人ではないかもしれないが、魅惑的で望ましい妻になれている気がする。ジェイソンは立ち上がって手を差し伸べた。濡れて輝くたくましい体と間違いようのない情熱の証を見て、喉が干上がる。手を引かれて立ち上がった拍子に触れ合った胸の先端が固くなる。今や全身が欲望の塊だ。

「もうこれ以上待てない」

ジェイソンに引き寄せられ、体は即座にキスに反応した。あまりに大きくとどろく鼓動は、抱き上げられてベッドへ運ばれる際、彼にも聞こえていたに違いない。待ちきれずに手を伸ばしてジェイソンを引き寄せ、風呂上がりの芳しい体をキスで覆った。縮れた胸毛や平らな腹部に興奮しながら唇で体を探索していく。自分のしていることが正しいのかどうかわからず、彼があえぐのを聞いてためらった。

「いや、やめないでくれ、アンジェル」ジェイソンは不安定な低い声で言ってアンジェルを引き戻した。

「すごくいいよ」

彼のささやきに励まされてキスと愛撫を続けるうちに、自分の支配力が高まっていくのを感じた。そのあと仰向けにひっくり返され、彼のキスが始まった。愛撫によってもたらされるこの上ない快感に制御を失い、泣きながら身もだえした。

気が遠くなりかけたとき、彼が入ってきた。二人は一つになってともに動き始めた。初めはゆっくりと、しだいに速く。大きくなっていく歓喜の波に乗って、高く高く昇り詰める。身震いしながら最後に深く体を沈めるジェイソンにしがみついた。頂点に達した歓喜の波に押し流され、頭の中で無数の星が砕け散った。

まともに考えられるようになるまで、しばらく時間がかかった。

ジェイソンはアンジェルを抱き寄せてキスした。

「どうだった?」

「何て言えばいいのか……すばらしかったわ」

少し落ち着いたジェイソンは静かに言った。「噂話は止められないが、噂は真実ではない。僕を信じてくれ。僕にとって気持ちを伝えることは簡単ではない。ただわかってほしい。きみを大切に思っている」

「ありがとう」

〝大切に思っている〟妥当でありふれた言葉だ。アンジェルは彼にすり寄ってため息をこらえた。それで満足するべきなのに、疑念が心をむしばんでいる。

眠ったと思っていたジェイソンが突然言った。「黄色の間から肖像画を外して、何か他の絵を掛けよう」

アンジェルは驚いて一瞬返事ができなかったが、ようやく答えた。「でも、あの部屋はあの絵を中心にデザインされているんでしょう」

「それなら、デザインを変更しよう。きみが好きなように内装を考えていい」

「まあ、それは……本当にありがたいけど……あの絵はどこに掛けるの？」

「展示室がいいだろう。一族の肖像画が飾ってある」

「移さなくていいわ。少なくとも今はまだ」

ジェイソンは片肘をついて起き上がり、アンジェルを見て眉をひそめた。「わからないな。きみはあの部屋で泣いていたじゃないか」

「でも、絵のせいで泣いていたんじゃないわ！」ラヴィニアに嫉妬していると認めるつもりはない。「あれは子供たちの母親の肖像画よ、ジェイソン。あの子たちが話してくれたわ。あの……あのまばゆいほど美しい人が贈り物を持ってきたり、楽しいところへ連れていってくれたりしたって。彼女はあの子たちのお母さんで、あの子たちに遺(のこ)された母親の名残はあの部屋と肖像画だけなのよ」

「あの子たちは、母親が生きている間だってほとんど会っていないんだ！」

「でも、思い出はあるでしょう」

「いや、あの絵がきみを悩ませるなら、そのままにはしておかない」

彼の気遣いが嬉しかった。手を伸ばして彼の眉にかかった前髪をかき上げる。

「所詮、ただの絵だ」ジェイソンは顔を近づけて唇を重ねた。「きみは本当に天使みたいな人だね」

再びキスされて体がすぐに反応した。二人はすぐに裸の肢体を絡み合わせた。

「もうやめたほうがいいかな」彼は頬にキスしながらつぶやいた。「そろそろ夕食の時間だ」

「ああ……」キスの雨が首から胸へと下りていくと、アンジェルはまぶたを震わせて声をもらした。「食欲がないわ」

「それはちょうどいい。僕もだよ」

ジェイソンは体の向きを変えて下に進んでいった。腹部にキスしてから脚の間に落ち着いた。舌で敏感な場所への愛撫を繰り返す。アンジェルはのけぞって彼の両肩をつかんだ。

「ああ！　な……何しているの？」

ジェイソンは中断して顔を上げた。「公爵夫人を喜ばせているんだよ。やめてほしい？」

アンジェルは彼の目に情熱の炎を見て息をのんだ。

「だめよ」言葉を絞り出す。「やめないで！」


目覚めると、雨はやみ屋敷は静まり返っていた。アンジェルは猫のように伸びをした。実のところ、喉まで鳴らしそうになった。

ジェイソンは隣で眠っている。寝息が聞こえて裸体のぬくもりを感じる。彼のほうへ向きを変えると、一瞬目を覚ました彼に抱き寄せられ、再び深い眠りに落ちた。

10

アンジェルにとって、ジェイソンと二人きりで過ごした夏の数カ月は牧歌的と言ってもいい生活だった。昼間は馬や馬車に乗って一緒に出かけ、夕方は屋内で談笑して、延期していた蜜月をロサートンで楽しんだ。夜も至福の時間だった。ジェイソンは愛の技巧に長けていた。アンジェルは心配しないように努めた。彼がまだ亡き妻を愛しているとしても、自分にはどうすることもできない。大切に思われているとわかっただけで満足だと自分に言い聞かせた。

ミセス・ワトソンに手紙を書いて、娘たちをロサートンに住まわせることにしたので、ここで家庭教師を続けてほしいと頼んだ。彼女が喜んで承知してくれたため、アンジェルは子供用の翼棟の改装に取りかかった。必要だったのは壁を塗り直すことくらいで、九月の初めに三人がブライトンから戻ってくるまでに準備は整った。

子供たちがブライトンから戻ってくる前の晩、ジェイソンと庭を散歩していたアンジェルは彼の言葉に驚いた。「今月はネルの十回目の誕生日だ。あの子にポニーを贈ろうと思っている。ミセス・ワトソンはケントで子供たちに乗馬を習わせていたが、いつも貸し馬だったんだ。子供たちは自分の馬を持っていなかったからね」

「それはいい考えね」ジェイソンが娘に関心を持つようになって、アンジェルは嬉しかった。

「よし。トーマスにちょうどいい馬を探させよう」

「十二月のローズの誕生日にも馬をあげましょう。ただ、今年の冬みんなでロンドンへ行くとしたら、馬は帰ってきてからもらいたいかもしれないけど」ジェイソンは振り向いた。「みんなでロンドンへ行くのかい?」

アンジェルは彼に明るい笑みを向けた。「ぜひそうしたいわ、ジェイソン」

ジェイソンが顔をしかめただけだったので、アンジェルは黙っていた。今のところ、ローズはロンドンで社交界デビューを果たすと確信している。そしてジェイソンがそれに反対している理由をいつか話してくれるよう願っている。

ブライトンから帰ってきた子供たちは、ロサートンに変化をもたらした。ジェイソンは屋敷内の騒音と秩序の乱れに文句を言いながらも、家族が自分のもとに戻ってきたことをひそかに喜んでいた。

自分の家族だ!

これからはロサートンが自分たちの家になると知ったローズとネルの喜びようがジェイソンには嬉しかった。屋敷内のちょっとした混乱は、子供たちと一緒に暮らすための小さな代償だ。ミセス・ワトソンが家庭教師とお目付役を喜んで続けてくれることにも満足している。これでアンジェルは全精力を育児に向ける必要がなくなる。

正直に言えば、少なくとももときどきはアンジェルを独り占めしたい。

ネルは誕生日プレゼントのポニーに夢中で、毎日長い時間を厩(うまや)で過ごしている。ジェイソンは上級馬丁の一人を世話係に任命し、アンジェルや自分が行けないときは娘の乗馬に付き添うよう指示した。

ローズは妹の幸運を冷静に受け入れて、自分の馬をもらえるまで喜んで待つと宣言した。それまではアポロを借りたり、付き添いが他にいなければイーディスを連れて徒歩や馬車で出かけたりすることで満足している。

十月になると天候が変わり、アンジェルはロンドン行きの準備を始めた。ジェイソンはまだローズの社交界デビューに反対し、それについて話し合うのを避けている。アンジェルは彼の気が変わるのを願うしかなかった。

ジェイソンは午前中、自家農場へ行って排水路の改善計画と新しい農法について話し合った。打ち合わせは思いのほかうまくいった。馬でロサートンへ戻りながら遠くの丘の変化に気づいた。あとほんの数週間で斜面は金色に輝くだろう。鞍の上で背筋を伸ばして辺りを見まわす。どんなに秋が好きだったか忘れていた。

気分がいい理由は領地の発展だけではない。かつてないほどロサートンの暮らしを楽しんでいる。アンジェルと結婚すれば生活が変わるのはわかっていたとはいえ、ここまでは期待していなかった。家の切り盛りはうまいだろうと思っていたが、ベッドの上の彼女には驚かされた。アンジェルは新しいことに貪欲で自分に匹敵するほど情熱的だ。二人で過ごす夜は刺激的で充実していた。

だが、それだけではない。彼女のおかげで家は笑いに満ちている。一緒にいて話をすることも、たまに意見が食い違うことさえ楽しい。彼女は家族を再び結びつけてくれた。アンジェルと離れていると、早く彼女のもとへ帰りたくなる。今日のように。

ジェイソンが馬に拍車をかけて急いで家に戻ると、ちょうどアンジェルが階段を下りてきた。

「出かけるのかい？」

きき終わる前に苦笑した。答えは明白だ。スリムな体に実によく似合う外出着を着て、黒髪を覆った麦わらのボンネットのリボンを粋な蝶結びにしている。地味な服を着たはにかみ屋の小さなアンジェルが、いつの間にこんな魅惑的な女性に変わったのか？　彼女の前にいると愚かな男になってしまう。

アンジェルは目をキラキラさせて階段を下りた。

「見てのとおりよ。村のミセス・エルネットの家へ行ってくるわ。小さな息子さんが病気なの。お見舞いのごちそうで食欲が戻るといいんだけど。料理長に濃いスープとグロスターゼリーを一瓶頼んだわ。それから温室の桃を二つもらったの。私たちの分をあげてもいいわよね」彼女は窓を指さした。「いいお天気だから、無蓋馬車で行こうと思うの。かまわない？　籠の中身を集めに行く前に厩に指示を伝えるところだったのよ」

「そうか。だったら僕が二輪馬車で連れていこう」

アンジェルは驚いた顔をした。「でも、今帰ってきたばかりじゃない」

「もう一度出かけたいんだ。僕が送るよ」

二十分後、二人は二頭の鹿毛の馬が引く二輪馬車を走らせていた。

ジェイソンの隣に座ったアンジェルは、満足げにため息をついた。こんなふうに馬丁を連れずにジェイソンと二人きりでドライブするのが大好きだ。

アンジェルは太陽に顔を向けた。「いいお天気ね。夏みたい」

「今のうちに思い切り楽しんでおこう。午前中、自家農場でテッドじいさんが言っていた。間もなく天気が悪くなるだろうって」

アンジェルは笑った。「田舎の迷信？」

「テッドは羊飼いなんだ。ずっと屋外で暮らしてきたから、こういう予想はめったに外さないよ」

「そう、今は収穫の時期よね？」

「ああ、豊作だよ。農場で納屋を見てきた」

アンジェルはさらに質問し、目的地に着くまで領地の運営計画について話し合った。

ミセス・エルネットのきれいな小住宅に着くと、

アンジェルはひらりと馬車から降りた。

「どれくらいかかる？」彼が籠を渡しながら尋ねた。

「十五分か、長くても二十分ね。ミセス・エルネットはそんなに長く私にいてほしくないでしょう」

「では十字路まで馬を歩かせてから迎えに来るよ」

アンジェルは礼を言って彼を見送り、玄関へ向かった。

訪問はすぐに完了し、アンジェルが小住宅を出ると、ジェイソンの馬車がちょうど見えてきた。二頭の馬が目の前に止まったとき、ジェイソンが一人ではないことに気づいた。

「ローズ！　いったいどうしたの？」

「狭くなってしまうが、しかたがない」ジェイソンは継娘のむこう側から手を伸ばしてアンジェルを馬車に引っぱり上げた。

「大丈夫よ。十分座れるわ」アンジェルは座席の残った空間に体を押し込んだ。ローズの紅潮した顔が気になる。「何があったの？　メイドを連れて散歩に行ったんだと思っていたわ」

「ローズがイーディスを村の実家に行かせて、悪党といちゃついているところを見つけたんだ！」

「ケネルム・ババトンは悪党じゃないわ！」ローズが怒って叫んだ。

「こそこそ隠れておまえと会っていたじゃないか」

「家に来るのを禁じられて、他にどうすればよかったと言うの？」

アンジェルはローズらしくない激しい口調に驚いた。ジェイソンが口を引き結ぶのを見て、急いで言った。「わからないんだけど、そのミスター・ババトンって誰？」

「ネルが病気のときにローズを待ち伏せしていた悪党だよ！」

「パーティーで会ったでしょう、アンジェル。彼が私と踊る前にミスター・バーチルが紹介したわ」

アンジェルは記憶をたどった。「ああ、さわやかな感じの縮れ毛の青年ね。忘れていたわ。あの晩は家に帰ったらネルの具合が悪くて、他のことは全部頭から消し飛んでしまったの。ごめんなさい」

「謝る必要はない」ジェイソンがぴしゃりと言って馬に鞭を打った。「もうローズがあいつに会うことは禁じたからな！」

ローズは何か言い返そうとしたが、アンジェルは彼女の手をつかんで握りしめた。

「この件は帰ってから話し合いましょう。閣下、今は馬の扱いに集中してちょうだい。幅寄せしすぎて、あの牛車に乗った気の毒な人を怖がらせているわ」

彼は怒りをあらわにして答えた。

「馬なら完璧に操っているよ、マダム！」

「あら、そう」アンジェルは彼の鋭い口調に少しもひるまなかった。「もう二回手綱を引いたわ。馬の口が傷つかないように、もっと気をつけて！」

ジェイソンは口から出そうになった言葉をのみ込んだ。くやしいが、アンジェルの言うとおりだ。腹が立っている。実のところ激怒しているが、馬に八つ当たりしていいわけではない。

これ以上妻に批判されないように、黙って馬車を走らせた。呼吸を整え、馬車を素早く安全に厩へ戻すことだけに集中して、ロサートンが近づいてきた頃には怒りを抑えられていた。高速で門を走り抜けた瞬間、アンジェルが横の手すりを握りしめているのを目の隅でとらえた。束の間、卑劣な満足感を覚えながら砂利を蹴散らして屋敷の前に馬車を止めた。

従僕が走り出てきて女性たちを助け降ろし、ジェイソンは馬車を厩へ返しに行った。屋敷に戻ると、居間へ来てくれというアンジェルからの伝言が残されていた。

「ローズは自分の部屋へ行ったわ」居間で待ってい

たアンジェルが言った。「かわいそうに、ひどく動揺していたわよ」

「当然だ。あばずれみたいなまねをしたんだから」

アンジェルはうなずいた。「ええ、あなたにそう呼ばれたと言っていたわ。でも、ミスター・ババトンとはただ話をしていただけだそうよ」

「腕を組んで通りを歩いていたんだぞ。頭を寄せ合って！」

「それだけ？」

「それだけだって？　誰が見てもいちゃついていると思うだろう。みずから噂（うわさ）の的になったんだ！」

怒りが再燃し、ジェイソンはじっとしていられず、室内を歩きまわった。

「確かにメイドを追い払ったのはよくなかったわ」しばらくしてアンジェルが言った。「でも、ローズはもう子供じゃないのよ、ジェイソン。ミスター・ババトンと二人きりで会うのはこれが初めてで、軽率だったと言っていたわ」

「軽率？　無責任きわまりないよ！」

「そうね」アンジェルは同意して事態を収めようとした。「あなたの言うとおりよ。あなたの行動はあの子の幸せを考えてのことだとローズにきちんと伝えておいたわ」

ジェイソンはうなずいた。

アンジェルは続けた。「ローズはイーディスのことも心配していたわよ。あなたに解雇されると思っているみたい」

「そのとおりだ！」

「それは私が許さないと言っておいたわ」アンジェルは、ジェイソンが口を挟まなかったかのように平然と続けた。「そんなことをしても噂が広まるだけよ。あなたに怒られれば、イーディスは震え上がって二度と職務を怠らないわ。それにあの子はネルが病気のとき、とても役に立ってくれたのよ。もう一度チャンスをあげるべきだわ」

ジェイソンはしかたなく言った。「使用人の管理はきみの担当だ、マダム。きみがいいと思うようにしてくれ」

ジェイソンは手を振ってメイドの件を頭の中から追い払った。だがローズは継娘で、あの子を安全に守るのが自分の務めだ。困ったことに若者の扱い方については何も知らない。そんな覚悟をするように育てられなかった。荒海でもがく未熟な泳ぎ手のごとく素人同然だ。

「まったく、子供たちをケントに残しておくべきだった！」

「ケントでも同じことが起きたはずよ。ローズはとてもかわいいから、地元の紳士たちが当然注目するわ」アンジェルはそこでためらった。「ローズはミスター・ババトンと恋をしているそうよ」

「ふん！　ばかばかしい。二人とも子供じゃないか。自分の気持ちがわかっていないんだ」

「ローズはもうすぐ十八歳よ、ジェイソン」

ジェイソンは窓に近づき、景色に慰めを見出そうとしたが見つからなかった。自分がもっとも破滅的な決断を下したのが、その年齢のときだった。

「ババトンもたいして変わらないだろう」

「ミスター・ババトンは二十一歳よ」

「ローズにこそこそ会っていた事実から判断して、ふさわしい相手ではないということだ！」

「恋をしていれば、ばかなふるまいをしてもおかしくないでしょう」

「ふん、恋だって？　あのパーティーで出会ったのなら、たいして知り合う時間はなかったはずだ。うちはみんな家から出られなかったんだから」

「たった一週間よ」アンジェルは立ち上がり、窓のそばのジェイソンに近づいた。「そのあと初めてロサートンの街へ出かけたとき、偶然再会したんですって。それからは移動図書館や、ローズがお友達のお宅を訪問したときに顔を合わせていたそうよ。あなたの隣人でしょう、ジェイソン。ミスター・ババトンがちゃんとした人でなければ、そういうお宅への出入りも許されないはずだわ」

「ああ、ちゃんとした家の出だよ」

「それなら、どうしてここへ訪ねてこないのかしら？」

「外でうろうろしているところを見つけて、うちでは歓迎しないとはっきり言ってやったからだよ」

「まあ、そんなにうちにはふさわしくないの？」

「そんなことはない。父親はウィンチコム卿で、いずれはなかなかいい地所を継ぐことになる。でも、そんなことは関係ない」ジェイソンはアンジェルに顔を向けた。「二人とも、まだ若すぎる」

「あなたが親族に逆らってラヴィニアと結婚したのも、たいして変わらない歳の頃でしょう」

「その名前を口に出すのは許さない！」

アンジェルは青ざめて後ずさりした。

ジェイソンは目をこすった。その名前には深く傷つけられた。

「ご、ごめんなさい」ジェイソンが口から言葉を出そうともがいている間に、アンジェルが言った。「気づかなかったわ。あなたがまだそんなに……」

「違う！」彼女に一歩近づいた。「きみはとんでもない勘違いをしている！」

アンジェルは首を振りながら後ろに下がっていく。

「続きはまた今度にしましょう。失礼して、着替えてくるわ」

アンジェルは走るようにドアへ向かった。

〝彼女を呼び戻して、自分の真意を説明しろ〟

だが、言葉が出てこない。部屋に残ったジェイソンは、ただ自分の弱さを悔いるばかりだった。

三人は夕食の席で再び対面した。アンジェルは目を合わせようとしないことを別にすれば普段どおりに見える。青白い顔で元気がないローズは、ジェイソンが努力して話しかけてもそっけない返事を返すばかりだった。彼はとうとうあきらめ、食事中のどこおりない会話はアンジェルとネルとミセス・ワトソンに任せることにした。

食事が終わると、ジェイソンは食堂に残ってブランデーを飲んでから家族が待つ居間へ行った。場の空気はまだぎくしゃくしている。三十分後、ミセス・ワトソンは寝る前に皆におやすみの挨拶をするようネルに命じた。

するとローズが慌てて立ち上がった。「私も一緒に行くわ」

「もう少しいたらどうだ?」ジェイソンは最後にもう一度和解を試みた。「まだ紅茶が来ていないし」

少し顔を紅潮させたローズは首を振り、急いで部屋を出ていった。ジェイソンと二人きりになったアンジェルは、彼を無視して刺繍に精を出している。

ジェイソンはソファに近づき、彼女の隣に座った。

「今日の僕の態度はひどかったね、アンジェル」

「二、三日すれば、あの子の機嫌も直るわよ」

「ローズのことじゃない。きみに対してだよ」彼女がさらに顔を近づけて針を進めているので、ジェイソンは続けた。「悪かった。きみを非難するつもりではなかったんだ」

「私の機嫌も、そのうち直るわ」

「ああ……」ジェイソンは前かがみになって膝に肘をつき、両手を握り合わせた。「すまない、アンジェル。きみは何も悪くないのに、あたってしまった」大きく息を吸い込む。「きみが……ラヴィニアの名前を出したとき」

アンジェルは答えなかったが、針を布に刺す前に手が一瞬止まったのを見て、彼は続けた。

「誰とも……彼女の話をしたことがないんだ」針が止まっている。「名前を聞くといろいろ思い出してしまう」

アンジェルが腕に触れた。「まあジェイソン、ごめんなさい。大切な人を失うのがどんなに辛いか、よくわかるわ。まだそんなに悲しいなら、この話はやめましょう」

訂正するべきなのはわかっている。辛いのは愛が冷めたせいだ。女神のように崇拝していた相手が、ただきれいなだけのわがままで冷酷な女だったと知ったときの屈辱をきちんと説明しなければならない。

そのとき、長年言い聞かされてきた父の声が聞こえた。〝決して弱さを見せるな〟

そうだ。弱さを見せてはいけない。公爵なのだから。アンジェルによく思われたいと願うあまり、不実な女性にだまされた自分がいかに愚かで弱かったか、うちあけることができない。

「代わりにローズの話をしましょう」

「ローズの話？」

「そう」アンジェルは刺繍を片付け始めた。「あの子は今、初恋のまっただ中にいるのよ。自然のなりゆきに任せれば、十中八九実らずに終わるでしょうけど、あの子にそれを納得させる必要はないわ。ミスター・ババトンに会うのをやめさせようとすれば、反抗的になるばかりだから、娘が社交界デビュー前に婚約するのを許す保護者はいないと、あの子に説明しておいたの。あなたが同意してくれたら、私たちと一緒にロンドンへ行くよう、あの子を説得できるわ。何しろ、女の子なら誰でも結婚して身を固める前にロンドンの社交界で少しでも洗練されたいと思うものだから」

「ローズとネルのロンドン行きについては、もう僕の考えを伝えたはずだ」

「ええ、だけどそれは、あの子たちをここに住まわせる前だったわ」

　アンジェルの目に戻ってきたはにかんだ輝きを見て、怒りの最後の残骸が消えた。

　ジェイソンは笑った。「きみの言うとおりだ！」

「そう思ってくれて嬉しいわ」彼女は陽気に答えた。「でも今はあの子たちとよく知り合ったから、予想していたような厄介なお荷物とは思わないでしょう。二人がロンドンの名所や娯楽をどんなに楽しむか考えてみて！　それを見たら私たちも楽しいわ」

「くだらない。退屈にしか思えないよ！」

　だが、以前ほど抵抗を感じない。それにアンジェルには空威張りだと見抜かれている。

「それなら、ミセス・ワトソンか私が連れていくから、あなたは自分の仕事をすればいいわ。顔を合わせたときにお出かけの様子を話してあげる。ねえジェイソン、あの子たちも来ていいと言って！　ローズにとっていい気晴らしになるわ。ロンドンにはあの子の頭をいっぱいにする楽しいことがたくさんあるもの」

「それまでは？　ババトンはどうする？」

「ここそこ密会するのでなければ、彼に会うのを許したほうがいいと思うの。人のいるところで顔を合わせる機会はたくさんあるでしょうし、これからはミセス・ワトソンと私がもっと気をつけるわ。私たちが二人の友達付き合いに反対しなければ、いずれただの友達だと気づくでしょう。それにロンドンには、ローズの慰めになるようなおしゃれな男性が大勢いるわ」

「女相続人をだまそうとする悪党や道楽者もたくさんいるぞ」

「でも、ローズがあなたの保護下にあると知れば、そこまでやる人はまずいないでしょう」アンジェルは刺繍をたたんでテーブルに置いた。「もっと考えたい？　それとも、ネルと一緒にロンドンへ連れていくってローズに知らせてもいい？」

ジェイソンはため息をついてソファの背にもたれた。「選択の余地があるのか？」

「もちろんあるわ、閣下。決めるのはあなたよ」

ジェイソンはアンジェルを見て目を細めた。膝の上で両手を組んで座っている。その無邪気な表情に思わず笑ってしまった。

「しかたがない。きみの望みどおりにしよう。子供たちをロンドンへ連れていく。少なくとも、それでローズを二、三カ月ババトンから遠ざけておける」

「ロサートンへ戻ってきたときにローズの気持ちが変わっていなければ、ミスター・ババトンを求婚者として認めると、ローズに言ってもいい？」

「いや、だめだ」アンジェルが眉を上げたので、ジェイソンはゆっくりと息を吐き出してから言った。

「そのときにもう一度話し合うと言ってくれ」

アンジェルはすぐににっこり笑った。「ありがとう、ジェイソン。上に行って、ローズがまだ起きていたらロンドン行きを伝えるわ！」

アンジェルは急いで出ていき、一人になったジェイソンは考えた。何が起きたのだろう？ ミセス・ワトソンにローズを連れてケントへ戻ってもらおうと決めていた。ロンドンには連れていかないつもりだった。母親のゴシップを聞いて動揺するに違いないからだ。古い噂が掘り起こされ、昔のスキャンダルがよみがえる。かつての辛い思いをまた味わいたくはないが、再び耐えなくてはならないようだ。そしてローズを守らなければいけない。

天井に目を向けた。アンジェルは涙も見せず癇癪も起こさず、めったに何かを要求することもない。頼みごとをするためにキスや愛撫でだまそうともしないが、ほとんどいつもこちらが屈している。

いったいどうしてそんなことになるのだろう？

11

　ロンドンには、アンジェルは一度しか行ったことがない。社交界デビューの年、両親はハノーバー・スクエアにあるこぢんまりした家を借りた。今向かっているのはグリーンパークを見渡せる公爵家の新古典主義建築の屋敷だ。

　一行は昼過ぎにダーヴェル・ハウスに到着した。旅行用馬車が玄関前で止まると、アンジェルはこれから数カ月間我が家になる屋敷を窓から眺めた。

「この家はスペンサー・ハウスほど豪華ではない」ジェイソンが彼女を馬車から助け降ろしながら言った。「クリーブランド・ハウスほど大きくもないが、公園に隣接した心地いい庭があるんだ」

「それはいいわね」振り返ると、大きなベルリン馬車が角を曲がってきた。「ミセス・ワトソンと子供たちが来たわ。みんながどう思うか楽しみね！」

　玄関ホールに並んだ大勢の使用人を見て、背中にあてられたジェイソンの手を心強く感じる。

「こちらはマーカスだ」ジェイソンは使用人の一団から少し離れて立っている威厳のある人物の前へアンジェルを案内した。「先代の頃からここを任されている。知るべきことは何でも彼に尋ねるといい」

「ダーヴェル・ハウスへようこそ、公爵夫人」執事は深くお辞儀した。「使用人を紹介させていただいてもよろしいでしょうか？」

　執事の優しい笑顔に安心してアンジェルはうなずいた。だが、一同の紹介はミセス・ワトソンと子供たちの登場で切り上げられた。そのあと玄関前に荷物用馬車が到着した。

　すぐに公爵夫妻の従者と侍女が入ってきて、たくさんのトランクが運び込まれた。それぞれの部屋へ振り分ける必要がある。ジェイソンはその騒ぎの中からアンジェルを連れ出して朝食室へ案内し、飲み物を持ってくるよう指示した。

「これでいい」彼はドアを閉めて言った。「あの騒ぎが落ち着くまで、ここにいよう」

ジェイソンはアンジェルのコートを預かって椅子に掛けた。アンジェルは絹張りの壁やカララ大理石の暖炉を見まわした。

「とても優雅な部屋ね」

「ここは控えめなほうだ。立派な部屋のほとんどが二階にある。後継ぎがいないまま亡くなった大勢の遠い親戚から莫大な財産を相続したから、ダーヴェル家はこの屋敷を建てて見事な内装を施せたんだ」

「確かに見事ね」アンジェルは唇を噛んだ。「正直、ちょっと気後れしているわ」

「そんな必要はない。きみは立派な女主人になる。僕が知っている中でいちばん有能な女性だ」

アンジェルは彼の目の輝きから視線をそらした。有能で良識あるアンジェリーン。本当はきれいだと言われたいのに!

幸い、ちょうどそこへ使用人が飲み物を持って入ってきたので、返事をする必要はなかった。

二人がワインを一杯飲み、促されたアンジェルがケーキを一口食べたあと、そろそろ上へ行ってもいいだろうとジェイソンが言った。

「ローズとネルとミセス・ワトソンの部屋を見たいわ」エスコートされて部屋を出ながらアンジェルが言った。「みんなが快適かどうか確かめたいの」

「もちろん、きみがそうしたいなら、まずそれをしよう。きみなら自分のことは後まわしにして子供たちの心配をすると予想するべきだった」

「でも、あなたのことは後まわしにしないわ!」

アンジェルはジェイソンの笑顔に安心した。

「そうだね」彼は頬にキスしてささやいた。「僕のことは後まわしにしないでくれ」

正面階段を上って二階に着くとアダムズが現れた。

「閣下、ちょっとよろしいですか……」

「あとにしてくれ、アダムズ」ジェイソンは手を振って彼を追い払い、三階へ向かう飾り気のない階段にアンジェルを案内した。「実は僕も子供部屋を見たかったんだ。もう何年も行っていないから」

「がっかりしないといいけど。大人になると小さく見えるものでしょう」

「それなら大丈夫だろう。ここの子供部屋は一人っ子には広すぎたからね」

アンジェルは寂しげな口調に胸を締めつけられ、無言の同情を込めて彼の腕に手を差し入れた。

ミセス・ワトソンと子供たちはすっかり満足した様子でそれぞれの部屋に落ち着いていた。どこもジェイソンの記憶よりははるかに快適に見える。アンジェルも安心して、夕食前に応接間に集まるよう全員に伝えたあと、自分の部屋を見に行くことにした。

「子供たちを楽しませるリストを作るつもりよ」彼女は階段を下りながら言った。「冬が近づいているから公園の観兵式がないのが残念だけど、ローズはもう劇場に行ける歳(とし)だし、大英博物館は二人とも楽しめると思うの。ああ、それからもちろんアストリー・アンフィシアターね。あなたも一緒に行く？」

「ああ、行くよ！　でも子供たちの世話で疲れ果ててはだめだ。公爵夫人として社交界に出る覚悟をしてくれ。陰口を叩(たた)かれるかもしれないし」

「あなたが一年喪に服さずに私と結婚したから？」

「そうだ」

アンジェルはうなずいた。「噂(うわさ)はされるでしょうけど、あなたが一緒にいれば気にしないわ」

ジェイソンは彼女の頬にキスした。「精いっぱいきみを支えるよ」

「そうね」アンジェルの笑顔はジェイソンに元気をくれた。「国王の容態がよくないうちは、王妃は公の場に出られないでしょうから、謁見に備える必要はないわね！　でも、アルマックの夜会があるわ」

アンジェルはそこで口をつぐんだ。考えたくなさそうだ。ジェイソンは優しく尋ねた。「いやなことを思い出してしまうかい？」

「ええ、少しね。でもローズは行きたがるでしょう。主催者もあなたが後見人を務める令嬢なら拒否しないはずだわ」アンジェルは急いで続けた。「もちろん、あなたがいやなら一緒に行く必要はないのよ」

確かにいやだ。陰謀とゴシップにまみれた夜会は大嫌いだが、妻を守るために行かなければいけない。

「一緒に行くよ」

アンジェルが腕を握りしめた。「では、一度だけお願いね、ジェイソン」

アンジェルの思いやりが強烈な一撃のように胸を打った。辛い試練に一人で立ち向かわせはしない。彼女を守るためなら、何でもする。ゴシップだけでなく彼女自身のいやな記憶からも守ってやりたい。

「行けるときはいつでも一緒に行くが、他にもやるべきことがある。たとえば、ケントの家を売ることだ。もう必要ないからね」

「そうね。あなたが私の言いなりになるなんて思っていないわ。それに数週間のうちに母がロンドンに来て、私とローズのドレスを選ぶのを手伝ってくれるのよ。でも、こういうことにはものすごくお金がかかるわ。いくらくらい使っていいかしら？」

ジェイソンは少し安心した。顔を出さなければいけない社交行事より金の話のほうがずっといい。

「好きなだけ使ってくれ」公爵夫人の寝室に着いてドアを開けた。「僕を破産させはしないだろう！」

部屋に入る前に彼女が見せた笑顔に心が和んだ。

「まあ！」

アンジェルは二、三歩踏み入れた足を止めた。隣で立ち止まったジェイソンは血が凍りそうだった。

壁は深紅色の絹地のままだが、サテンのカーテンが下がった天蓋付きベッドやもともとあった家具がなくなっている。ラヴィニアはこの部屋を豪華な私室に変えていた。彼女の残り香さえ漂ってきそうだ。

どうしてこれを忘れていたのだろう？　アンジェルにどう説明すればいい？

すると思いがけず、彼女が笑った。

〝笑うか泣くかしかないではないか〟

アンジェルは自分の寝室とされている部屋を見た瞬間に衝撃を受けたが、まばゆいばかりのけばけばしさがおもしろくもあった。

すべての家具が金色に塗られていて、金色のカーテンが掛かった窓の前には大きな化粧台と鏡が据えられている。大理石の暖炉の片側には端が渦巻き形になったソファベッドが置いてあり、側面と座面は分厚い詰め物でふくらんでいて、そのすべてがカーテンと同じ金色のダマスク織の絹地で覆われている。そして赤い壁のあちこちに凝った装飾の金縁の鏡が掛かり、炉棚の金時計の両脇を固める中国製の花瓶には金銅の象眼細工が施されている。

部屋の大部分を占めているのは、今まで見たこともないようなベッドだ。天蓋はなく、四隅はフットボードに座るキューピッドの矢筒の形に彫刻されている。キューピッドはヘッドボードに芸術的にもたれかかった裸の女神を見ている。二人の間の空間は金色の刺繍入り枕と金糸で繊細な刺繍を施した緋色のベッドカバーで埋められている。

ここは公爵夫人より高級娼婦にふさわしい――少なくとも、アンジェルが想像する高級娼婦の部屋はこんな感じだ。

ジェイソンが小声で悪態をついた。

「すまない。うかつだった。考えるべきだった」彼は廊下の物音に振り返った。「アダムズ、待て！」

ジェイソンは公爵の部屋の前で立ち止まった従者のほうへ大股で歩いていった。

「言おうとしていたのは、このことだったのか？」ジェイソンは片手で背後の部屋を示して尋ねた。

「はい、閣下」アダムズは硬い表情で答えた。「奥様の侍女が家政婦長に苦情を言っているのを聞いて初めて気づきました」

アンジェルは、従者がジェイソンの肩のむこうのどこかへ視線を移すのを見た。

「閣下が何も指示されないのは、その部屋をこのままにしておくのがお望みだからだと言われました」

「このままにしておく？」ジェイソンは声を落としていたが、まだドア口に立っているアンジェルには全部聞こえた。「どこをどうしたらあんなままにしておきたがると思うんだ？」

〝そうだ。このままにしておきたいわけがない〟アンジェルはため息をついた。

一目見た瞬間から、ここは自分のために用意された部屋ではないと気づいていた。壁の隠し扉に近づいて中をのぞいた。不満をあらわにした表情で荷解きをしているジョーンが口を開いて何か言いかけたが、アンジェルは首を振った。ジェイソンが戻ってきた足音が聞こえたのだ。

「アンジェル、こんなつもりではなかったんだ」

アンジェルは更衣室のドアを閉め、金箔張りの椅子の背をなでた。

「ええ、わかっているわ」驚くほど冷静に答えた。

ジェイソンは髪をかき上げた。「すっかり忘れていたんだ。こんな――」

「いいのよ」手を上げて彼を止めた。笑いたい気分は消え失せた。「説明する必要はないわ。わかっているから」

ジェイソンは頬を紅潮させて続けた。

「すべて元どおりにしておくべきだったのに。まだこのままにしてあるとは思わなかったんだ。本当にすまない、アンジェル」

「大丈夫よ。他に使える部屋がたくさんあるから」もう一度けばけばしい部屋を見まわした。これは恋人たちの部屋だ。派手なベッドからソファへと視線をめぐらす。彼に激怒するべきなのか泣くべきなのかわからない。

「きちんと片付けておくべきだった！」ジェイソンは声を荒らげた。「ここの使用人は何が必要かわかっていたはずなのに」

「ねえ、ジェイソン」アンジェルはからかうように言った。「あなたは前の奥さんを亡くして半年経たずに私と結婚したのよ。それだけ熱烈な恋をしたと思われるでしょうね！　模様替えを指示されなかったのなら、ここのみんなはどう考えると思う？」

「アンジェル、説明させてくれ！」

ジェイソンが近づいてきたので、アンジェルは後ろに下がった。触れられたら泣き崩れてしまう。

「その必要はないわ」陽気なふりをして言った。「ここが片付くまで客用寝室を一部屋使えるようにしてもらえる？　準備ができるまで、ここの更衣室にいるわ。夕食用のドレスに着替えるには、十分な広さだから」隠し扉のほうへ戻った。「夕食の席でまた会いましょう。でも、もうこの話はなしにしてね。そのうちに、きっと笑い話になるわ」

「アンジェル、待ってくれ――」ジェイソンは手を伸ばしたが、もうドアは閉まっていた。「まったく、何をやっているんだ！」

暖炉に近づき、炉格子に片足をのせて空の火床を見つめた。どうして忘れていたのだろう？

結婚生活の初めの何年かは完全にのぼせ上がって

いて、ラヴィニアには好きなように屋敷に手を入れさせた。彼女が満足なら、それでよかった。だが、この改装はもっとあとにされたものだ。改装されたこの部屋はこれまでに一度しか見たことがなかった。ラヴィニアが死んで数週間後にロンドンへ来たときだ。これは彼女が自分を罰するためにやったのだと、すぐにわかった。愛人を作っても、非道なふるまいをしても、ラヴィニアにはもう夫を傷つける影響力がなかったので、部屋を売春宿のように変えることで、それを果たそうとしたのだ。

　これは公爵家に対する意図的な侮辱で、夫がひどく冒涜されたと感じることを知っていたのだろう。この部屋に対する不満を言葉や表情で使用人に伝えずに立ち去ったのは、自分のミスだ。このままにしておきたかったのだと思われても文句は言えない。

　ジェイソンは顔をこすった。「これで復讐を果たしたな、ラヴィニア！」

　小さな咳払いが聞こえて顔を上げると、ドア口に従者がいた。誰よりも信頼している人物だ。そして今は誰かと話をする必要がある！

「困っているんだ、アダムズ」

「はい、閣下。私にできることはありますか？」

「青の間を公爵夫人のために用意するように言ってくれ。あの部屋のベッド用に新しい羽根のマットレスを今日中に届けさせるんだ。いくらかかってもいい。今夜彼女が部屋へ行くまでに準備してくれ」

「かしこまりました。それで、この部屋は？」

　ジェイソンは部屋を見まわし、けばけばしい装飾に顔をしかめた。

「すべて元どおりに戻すんだ。いや、待て。ここにも新しいマットレスを買ってくれ。公爵夫人には最高のものだけがふさわしい！」

　夕食まで数時間ある。いつまでも更衣室に隠れているわけにはいかないが、誰にも会いたくない。旅行用の服から暖かい昼用ドレスに着替え、そろいのウグイス色のコートをはおって庭へ出た。公園との間には高い柵があるだけだが、小道を歩いていても庭木が目隠しになって他人にのぞかれる心配はない。

寝室が最初の妻と過ごしたときのままになっているのを発見したジェイソンの悔しそうな様子に、彼への怒りがいくらか静められた。ひそかに同情さえ感じている。失った愛する人を思い出してしまうに違いない。父親を亡くしたときの彼を思い起こす。少年時代の彼がグールパークに来たのは、あれが最後だった。普段どおりにふるまって自分の義務を果たそうとするジェイソンに、幼い胸を痛めたものだ。彼はとても勇敢だったが、いつも孤独だった。

砂利を踏む足音が夢想に割って入り、ジェイソンが近づいてきた。

「アンジェル」彼はアンジェルの両手を取った。

「何と言えばいいか、本当にすまない」

「そんなに気に病まないで。気持ちはわかる――」

「いや、わかっていない!」ジェイソンは遮った。ひどく動揺した目をしている。

アンジェルは待った。彼は自分自身と格闘しているようだ。

「話すべきことがある。聞いてくれるか?」

「もちろん」

ジェイソンは隣で歩調を合わせた。

「あの部屋を何年も見ていなかったんだ」

「彼女があなたのベッドに来ていたのなら、見る理由がないものね」

「問題はそこだ」彼は口を引き結んだ。「ラヴィニアは僕とあまりベッドをともにしようとしなかった。少なくともネルが生まれてからはね。初めは医者に忠告されたと言っていたが、そのうちに別の言い訳をするようになった。ただし……僕に何かねだるときだけは別だ。そういうときはとても熱心で優しかったから、僕はいつも彼女のご機嫌取りに屈していた。数年前、ふいにラヴィニアがいるロンドンへ来てみたら、彼女はここに愛人を連れ込んでいた。厳密に言えば愛人たちの中の一人だ」

「まあ、ジェイソン！」

「それ以来、ロンドンへ来なければいけなくなると、僕はクラブに泊まって、妻にここを好きなように使わせていた。結婚生活が続いているふりをするために、僕が唯一要求したのは、彼女も愛人も、決して公爵の寝室には入らないことだった」彼は唇をゆがめた。「もう彼女の部屋には入りたくなかった」

悲劇的な話にアンジェルの胸は痛んだ。「そのことを」唾をのみ込んだ。「兄は知っているの？」

「くだらないプライドかもしれないが、誰にも言えなかった。バーナビーにもね」彼は肩をすくめた。

「あまり一緒に姿を現さない夫婦なんて珍しくもないが、噂にはなったよ」

「辛かったわね」

そんなゴシップが渦巻く中で人前に出るのがどれほど辛いか推測することしかできない。アンジェルが腕を握りしめると、ジェイソンはその手に自分の手を重ねてうなずいた。

黙ってしばらく歩いたあと、彼が再び口を開いた。

「こんなつもりではなかったのに、さんざんなスタートだね。とりあえず、あの部屋を両親の時代の内装に戻すように命じたが、きみの好きなように変えていいよ」ジェイソンは彼女を見下ろした。「きみならきっと、もっとセンスよくしてくれるだろう」

アンジェルはジェイソンの笑顔に励まされたが、何も言わなかった。亡くなった妻を彼が非難するのとアンジェルが非難するのとでは、まったく違う。

「これでもう秘密はない。最初に全部話すべきだったのに、すまない」

〝それでもまだ彼女を愛しているの？〟

その問いを口には出せなかった。

「今、青の間をきみのために用意させている。一晩か二晩で、きみの寝室は元どおりになると思うよ」彼はそこでためらった。「もちろん、僕のベッドで一緒に寝てもいいし」

アンジェルはジェイソンの前に進み出た。

「あなたはそうしたいの？」彼の表情をうかがった。

「そうだよ」ジェイソンはアンジェルを抱き寄せた。

「何よりも、そうしたい」

彼がキスしてきたので、アンジェルもこたえた。

私は彼の慰めであり、癒やしなのだ。有能な公爵夫人で十分だと思うべきだろう。

でも、どうしてもそれ以上を求めてしまう。

ロサートン公爵夫妻のロンドン滞在が知れ渡ると、屋敷には朝の訪問客と招待状が来るようになった。

ジェイソンは常にそばにいられるわけではなかったが、アンジェルの家族やジェイソンの友人たちがすぐに自己紹介してくれたので、アンジェルの知り合いの輪は間もなく広がっていき、知らない人たちに囲まれることはめったになくなった。それでもまだ、アンジェルにとって社交の場に出ることは大きな挑戦だった。

ジェイソンの先妻と比べられるのはわかっているので、はなから彼女に勝とうとは思っていない。この黒髪とか細い体ではラヴィニアのようなまばゆいばかりの肉感的美女にはほど遠いけれど、気後れするつもりはない。髪形を変え、ドレスを何着か新調した。ロンドンのえりぬきの仕立屋たちは、新公爵夫人の愛顧ほしさに他の注文を無視してアンジェルのドレスを急いで仕上げた。

最新のドレスはレディ・ティヴァートンの舞踏会に間に合うように届いた。とても華やかな場なので、ジェイソンが一緒に来てくれるのが何よりありがたかった。濃いサンゴ色の絹地に金糸で刺繍を施した大胆なドレスをまとって階下へ行き、応接間で馬車を待つジェイソンに合流した。彼の称賛のまなざしに大いに力づけられた。

「ちょっと……目立ちすぎるかしら？」アンジェルは鮮やかな色のドレスを見下ろして言った。

ジェイソンは笑った。「きみは公爵夫人だぞ——そんなわけがないだろう。髪形も新しいね。似合っているよ」

アンジェルは頬を染めた。気づいてくれて嬉しい。

「どう？」片手を髪にあててはにかみながら尋ねた。「美容師が言うには、これが流行なんですって」

「いいね。すごく魅力的だ」頬にキスを受けて全身に歓喜の身震いが走った。「では行こうか」

ティヴァートン・ハウスは大盛況だった。入口ではたいまつが燃え、お仕着せを着た使用人たちが馬車から降りる客に手を貸そうと待っている。二人が舞踏室に入ると、もうダンスが始まっていた。

「まったく、ひどい混雑だ」ジェイソンがぼやいた。

「この舞踏会は大成功だということよ」アンジェルは知り合いに笑顔で会釈した。「そんなに長居する必要はないわ」

主催者が近づいてきて、大切な友人を紹介すると言ってアンジェルを連れていった。その結果、数人からダンスに誘われ、食事の時間までジェイソンを探す暇がなかった。最後に見たときは、金のスパンコールをちりばめたエメラルドグリーンのドレスに身を包んださっそうとした赤毛の女性と踊っていた。今は人目を引く長身の夫の姿は見えない。胸に小さな不安の渦が巻き起こった。赤毛の女性は誘惑的としか言いようのないまなざしで彼を見つめていた。

そのとき、人混みの中を近づいてくる夫が見えた。

「捜していたのよ」安堵のあまり頭がくらくらした。

「ダンスフロアで義務を果たしていたんだ」

「そう、私もよ」アンジェルはためらった。「私とも踊ってくれたらよかったのに」

ジェイソンは目に笑いをにじませて言った。「本当に自分の夫と踊りたいのかい？」

「当然よ！」アンジェルは目を見開いた。「あなたは私が知っている誰よりもダンスがうまいもの」

「口がうまいな！」ジェイソンは笑った。「では、一緒に行こう、マダム。二回踊ったら、僕はカードゲーム室に行くよ」

ダンスを終えてフロアをあとにしたとき、アンジェルは人混みの中に見慣れた顔を見つけた。

「バーナビー兄様！」急いで兄に近づいた。「驚いたわ！　ロンドンへ来ているなんて知らなかった」

「さっき着いたんだ。明日、代理人に会う約束があって」彼は妹の頬にキスしてジェイソンのほうを向いた。「ジェイソン」

「こんばんは、バーナビー。奥さんも一緒か？」

「いや、残念ながら一人だよ。今回は二日間だけだし、彼女に旅をさせるまでもないと思って」兄は笑って少し赤くなった。「子供ができたんだ。それで彼女は休んでいたほうがいいということになった」

「おめでとう！　明日、お祝いの手紙を書くわ」

「ああ、そうしてくれ。喜ぶよ」兄はダンスフロアのほうを見た。「次は僕の好きなリールダンスだ！　アンジェル、踊ってくれるか？」

「もちろん、喜んで」アンジェルは茶目っ気たっぷりな視線を夫に向けた。「あなたがこのダンスを踊りたいなら話は別だけど、ジェイソン」

「いいよ。僕はカードゲームをしに行くから、楽しんでおいで」

「このダンスが終わったら、僕も行くよ」バーナビーはジェイソンの背中に呼びかけ、アンジェルを連れて位置についた。「アンジェル、ずいぶんきれいになったな。そのオレンジ色のドレスはすごく似合っているよ。髪形も変えたんだね」

アンジェルは兄に満面の笑みを向けた。ジェイソンのほめ言葉はただの社交辞令ではなかったようだ。兄が気づいたのだから、本当に見た目がよくなったに違いない！　軽やかにリールダンスを踊りきった二人はパンチを飲みに行き、その後バーナビーはカードゲーム室へ向かった。

一人になったアンジェルは舞踏室に戻った。次のダンスはまだ始まらない。前にも増して混雑する室内を移動していると、自分の名前が耳に入った。話している女性はこちらに背を向けているが、赤毛と緑色の生地に金をちりばめたドレスですぐにわかった。先刻ジェイソンと踊っていた女性だ。少人数の男女のグループで話している。彼女はあからさまにばかにした口調で言った。「ロサートンが再婚したと聞いたときは信じられなかったわ。ラヴィニアみたいな絶世の美女のあとで、どうして他の人と結婚できるのかしら？」

二人の男性の大きな背中が都合よくアンジェルを隠してくれている。歩き続けるべきだとわかっていたが聞かずにはいられなかった。話に加わった他の女性たちの発言には明らかな侮辱が含まれていた。

「二人が踊っているのを見たわ。彼女、まあまあだけど、前の公爵夫人とは比べものにならないわね」

「本当よ！　かわいそうなロサートン。ロンドン中の美女がよりどりみどりだったのに、どうしてあんなつまらない平凡な人で妥協したのかしら？」

「たぶんそこが重要だったのよ」再び赤毛の声だ。「ラヴィニアは癇癪と愛人でさんざん公爵を悩ませたでしょう！　私が見たところ、今度の公爵夫人にはそういう心配はなさそうだもの……」

アンジェルはその場から立ち去った。もう声は聞こえないが、聞いた話は忘れられない。暗い気分のまま、あてもなく人混みの中を歩いた。亡くなった公爵夫人と比べたら、自分はひどくのろまでさえないに違いない。ジェイソンがこの結婚を後悔し始めたとしても不思議ではない。

「ここにいたのか」

ジェイソンの声がすぐ後ろから聞こえて驚いた。

「あら……ジェイソン。気づかなかったわ！」

「迎えに来たよ。夜食を食べに行こう」彼はアンジェルの手を自分の腕に掛けさせた。

「あなたがいやでなかったら、もう帰りたいわ」

ジェイソンが探るような視線を向けてくる。「顔色が悪いな。誰かに何か言われたのか？」

「まさか。ちょっと疲れただけよ」

「本当に連れて帰ってほしいのかい？」

アンジェルがためらうと、彼は笑顔で続けた。

「僕のために残りたいなんて言わなくていい。今夜はもう社交はたくさんだ」

「それなら、帰りたいわ」

そのあと間もなく、二人は夜道を走る馬車でダーヴェル・ハウスへ向かっていた。アンジェルは頭から離れない疑問をもう無視できなかった。

「あなたが踊っていたきれいな赤毛の女性は誰？」

「ミセス・シャロウだよ。ただの知り合いだ。彼女のことは、僕よりラヴィニアのほうがよく知っていた。どうして？」

「そう」アンジェルは軽く手を振った。「ただ、誰かなと思っただけよ」

ジェイソンはアンジェルを抱き寄せた。「やいているのかい？」

彼の腕の中でからかうような声を聞いていたら、笑えるくらい気分がよくなった。

「まさか、違うわ」

「それならいい。そんな必要はないからな」

「ええ、わかっているわ」

だが、胸に居座るむなしさは消えなかった。

〝生きている〟人には、誰にも嫉妬などしていない。

ジェイソンは代理人に会うため、馬車を走らせていた。朝食の席では、アンジェルはいつもどおりにこやかだったが、昨夜ティヴァートン・ハウスで見た悲しそうな顔が頭から離れない。疲れただけだと言っていたが、明らかにそれだけではない落ち込み方だった。アンジェルは称賛のまなざしを浴びていたし、自分も彼女に代わってたくさんの賛辞を聞いたが、すべてアンジェルが受けるにふさわしいものだった。彼女はパーティーの華だったが、あまりに謙虚で控えめなので、自分ではそれに気づいていないのかもしれない。

「まったく、しっかりしろよ。女性はそういうことを言われれば喜ぶものだろう！」

突然の大声で隣に座っている馬丁を驚かせてしまったので、説明しなければいけない気がした。

「自分に言ったんだよ、ベン。知っているだろう。僕は気の利いたことが言える人間じゃない。でも、妻には言う必要があるんじゃないかと思うんだ」

「女性は馬と同じですよ、閣下」馬丁は訳知り顔で言った。「予測不可能だが、たいていは優しい言葉にいい反応を示します。でも、奥様はいつもとても話しやすいですよ」

「そうなのか？」ジェイソンは眉をひそめた。「知らなかった」

「ええ」馬丁は腕組みした。「ロサートンにいる間、奥様はご自分の馬に会いに定期的に厩(うまや)へいらして、馬番たちと話されていました。若い連中には熱心に字を習わせて、みんなのねぐらが快適になるようにもしてくれているんです」

ジェイソンは笑い声をあげた。「それじゃ、クリックが黙っていないだろう！　自分の領域を侵されるのには我慢できないはずだから」

「ところがです、閣下」ベンは顎をなでた。「トーマスじいさんは全然気にしちゃいないどころか、奥様を悪く言うのを認めません。特に、奥様が屋根を直してロフトに新しい窓をつけてくれてからは」

ジェイソンは考えた。ロサートンの離れの手入れは誰がしているのかとアンジェルにきかれたことがあった。サイモンと話せと答えたきり、そのことはすっかり忘れていた。

「実際、若い連中は奥様が大好きですよ。気軽に声をかけてくれるし、悩みも聞いてくれるんで」

ジェイソンはそれを知らなかったことに良心がとがめた。アンジェルは好きなように家を切り盛りしろと言われたので、細かいことでいちいち夫をわずらわせずにそれを実行している。だが本音を言えば、わずらわせてほしい。妻ともっと話をしたい。

代理人のテルフォードとの話はすぐに終わり、ジェイソンは帰路についた。早くアンジェルに会って話したい。自分が彼女をどんなに誇りに思っているか、そして昨夜、彼女がどれほど好印象で社交界に受け入れられたか、きちんとわかってもらいたい。

玄関前に止めた馬車をベンに任せて飛び降りた。階段を駆け上がって急いで家に入ると、グレーのスーツと縁が巻き上がったビーバーハットを身に着けた優雅な人物がちょうどホールを横切っていた。

ジェイソンは立ち止まり、嫌悪で唇をゆがめた。

「ノウズリー！　ここで何をしているんだ？」

「何だ、ジェイソン、今日はずいぶん不作法だな」

「きみに礼儀正しくしたほうがいい理由があるか？」従僕がドアを閉めて姿を消すのが見えたが、ジェイソンは声を落としたまま言った。「もう一度きく。何しに来た？」

ノウズリーは片手を朝食室のほうへ振ってみせた。

「新しい公爵夫人に挨拶していたんだよ」

ジェイソンは硬直した。「挨拶だと？」

「ああ、近親者として……それに後継者として」

ハンサムな顔に浮かんだ得意げな表情を見て、ジェイソンの胸に怒りが燃え上がったが、それを抑えて無関心を装い、冷たく言った。

「そうか、用事が済んだのなら引きとめないよ」

ジェイソンは通り過ぎようとしたが、従兄弟は銀の握りの高級な杖を上げて行く手を遮った。

「新しい奥方に対する僕の評価を聞きたくないのか？　もちろんラヴィニアとは比べものにならないが、容姿はまあまあだな。彼女はきみに息子を授けて、僕を後継者の座から追いやるに違いない」

ジェイソンは杖をひったくったが、ノウズリーは素早く後ろに下がって笑いながら両手を上げた。

「だめだよ、ロサートン。けんかを売るな。きみがいちばん嫌っているスキャンダルを巻き起こすだけだぞ！　悪気はなかったんだ」

「それなら、もう帰ったほうがいい」ジェイソンは杖を突き返して向きを変えた。

そのとき、娘たちの笑い声が聞こえて、階段の上にローズとネルが見えた。最悪のタイミングだ！

ノウズリーは落とした杖を急いで拾い、すでに階段に向かって歩きだしている。

「確かレディ・エリノアとミス・ハリンゲーだったね」彼は帽子を上げた。「こんにちは。きみたちの従兄弟のトビアス・ノウズリーだよ」からかうようにジェイソンを見た。「まあ、正確には公爵の従兄弟だ。つまり我々はみんな親戚ってことだ」

娘たちはもう玄関ホールに着いていた。ノウズリーはまずネルにお辞儀した。ネルは黙って見ている。

「レディ・エリノア」そしてローズのほうへ顔を向けた。「ミス・ハリンゲー」彼は会釈する前に鋭い目つきでローズを見てかすかにためらった。「お母さんにそっくりだね」

「ありがとうございます、ミスター・ノウズリー」

「いや、そんな堅苦しい呼び方はなしだよ！　トビーと呼んでくれ。仲良しになりたいんだ」

娘たちは心もとない笑みを見せただけだった。ジェイソンはこの茶番を終わらせようと歩み寄った。

「ローズ、ネル、ミスター・ノウズリーは僕が見送るから、朝食室に行きなさい。公爵夫人がいる」

「かわいいお嬢さんたちだ」二人が走り去ると、ノウズリーが言った。「仲良くなれるのが楽しみだ」

「そんなことは絶対に認めない」

「認めない？　笑われるかもしれないが、いたって真剣だよ。家族の大切さがわかる歳になったんだ」

「この家にも、家族にも近づくな。わかったか？」

「ああ、わかったよ」彼は穏やかに答えた。

ジェイソンは帽子を上げてゆっくり出ていく従兄弟を見送ったが、冷静な口調も態度もまったく信用していなかった。

朝食室へ行くと、アンジェルとローズとネルがわらを使ったゲームを始めるところだった。ジェイソンも誘われたが断った。

「僕は見ているよ」

「長くはかからないと思うわ。アンジェルはとても上手だから」ローズが言った。

ジェイソンはソファに座ってゲームを見守った。この家でこんなに笑い声を聞くのは何年ぶりだろう？　自分はどれだけ長い間孤独だったのか？

ラヴィニアが死んでからではない。もっと前から始まっていた。ネルが生まれた頃からだ。ラヴィニアは妊娠をいやがり、体形が崩れるのを嘆いていたが、なぜ次の子供ができないのか、ジェイソンには長い間わからなかった。ラヴィニアが毒や薬を使っていると知ったときも、彼女の健康を守るために必要なのだと説得された。

　最初はのぼせ上がっていたので納得したが、もう信じていない。

　歓声があがって暗い回想から引き戻された。ゲームが終わって、ローズとネルがアンジェルをたたえている。

「もう一回やりたい。今度はお父様も入って！」ネルが叫んだ。

　アンジェルは笑って首を振った。「しばらく勝利を味わっていたいわ。それにもうお散歩の時間よ」

　娘たちは異議を唱えたが、アンジェルはジェイソンをちらりと見てから言った。「夕食の前にもう一度やりましょう。今はもうミセス・ワトソンのところへ行きなさい」

　アンジェルは二人を送り出してため息をついた。

「きみは子供たちの扱いがうまいな」

「二人ともいい子だもの」アンジェルは隣に座った。「ミセス・ワトソンの育て方がよかったのよ。本当に二人のことが好きなんだと思うわ」

「トビー・ノウズリーは何の用だった？」

　アンジェルは急な話題の変化に驚いた。「自己紹介されたわ。あなたの不在中に来て申し訳ないと言っていたけど、従兄弟だから断れないでしょう」

「一人で会ったのか？」

「そうよ。いけなかった？」

　アンジェルの無邪気な目を見て安心した。

「いや。でも、うちに自由に出入りさせたくない」

「嫌いなの？　感じのいい人に見えたけど」

「卑怯者（ひきょうもの）は無害に見えるものだ！」アンジェルが眉をひそめたので付け加えた。「ノウズリーはラヴィニアの愛人だったんだ」

12

アンジェルは息をのんだ。「し、信じられない」

「どうして？ 従兄弟はハンサムで魅力的で人あたりもいい。女性を口説くのもうまい」ジェイソンは絨毯をにらんだ。「僕にないものをすべて持っているんだ！」

アンジェルはそう思わなかったが、ミスター・ノウズリーについて彼が語ったことは理解した。

「愛人なんて！ だけど、あなたはどうして……」

「どうして止めなかったのか？」ジェイソンは肩をすくめた。「彼が最初ではない。真実を知ったときには、もうあきらめてどうでもよくなっていた」

アンジェルは胸が痛んだ。抱きしめて暗い表情をキスで拭い去りたい。代わりに彼の袖に手を置いた。

「とても大事に思っていたからでしょう」

「大事だったのは彼らじゃない。家名だけだ」

「それは信じられないわ」

「そうかい？ 目立たないようにしている限り、彼女の不倫を我慢する覚悟だった」

「辛かったでしょう」

「そうでもない。彼女と従兄弟の関係を知ったあと、別居することにしたから」

アンジェルは金箔張りの寝室を思い浮かべて唇を噛んだ。

ジェイソンはそれを察したかのように言った。

「彼女は僕への腹いせに、あの部屋を改装したんだろうが、あまり使わなかったんだと思う。ここには僕が生まれる前から仕えている使用人がいる。みんな彼女のふるまいをどう思っているか、はっきり示したはずだ。だが、ブライトンの別荘は違う」

「だからあそこへ行かないの？」アンジェルは彼の表情から答えを読み取り、拳を握りしめて彼を苦しめた従兄弟と先妻に対する怒りを抑えた。「ミスター・ノウズリーがまた来たら、私たちはいないと言うよう使用人に指示するわ。でも、公の場で会ったらどうすればいい？」

「会釈で十分だ。言葉を交わす必要はない」彼はため息をついた。「問題は彼がローズに会ってしまったことだ。あの子に目が釘付けだった」

「それが問題だと思うの？」

ジェイソンは肩をすくめた。「彼はあの子が母親と同じだと思うかもしれない」

アンジェルは首を振った。「ローズはまったく違うわ。とても優しくて気立てのいい子よ。でも、あの子の母親の思い出を汚したくないわ。あの子にはあなたが従兄弟と折り合いが悪いということ以外、何も話さないのはだめかしら？」

「きみがそれで十分だと思うなら、そうしよう」

「そう願うわ。ミセス・ワトソンにも同じように言っておきましょう。うちでは誰もミスター・ノウズリーと親しくしないって」

ジェイソンは明るい表情になってうなずいた。

「本当にミセス・ワトソンに子供たちを連れてケントへ戻ってもらいたくないのかい？　家はまだ売っていないぞ」

「いいえ！　子供たちはあなたの家族よ、ジェイソン。私たちには責任があるわ。それにローズは私たちの目が届くところにいるほうがずっと安全よ」

「ありがとう」彼はアンジェルを抱き寄せた。「アンジェル、こんな問題があるとわかっていても結婚してくれたかい？」

「もちろんよ。あなたは……」〝私のすべてだもの〟

「公爵だもの。そこが何より重要な点よ！」

そんなことを言いたかったわけではないけれど、

私にもプライドがある。愛を求められたことはないし、彼に拒まれるのは耐えられない。

使用人たちの手によって公爵夫人の寝室が元どおりになるまで、まる一週間かかった。その間に、ロンドンでの生活はますます忙しくなった。多くの貴族がロンドンで冬を過ごしに来たので、公爵夫人だけでなく、他の若い令嬢たちとすぐに仲良くなるローズあてにもたくさんの招待状が届いた。

母親に関する噂（うわさ）はあるかもしれないが、ロサートン公爵と新しい公爵夫人が後見人なら、愛らしいミス・ハリンゲーと仲良くなっても損はない。娘を社交界にデビューさせる甘い母親たちは、そう考えたらしい。アンジェルとミセス・ワトソンはできる限りいつもローズに付き添ったが、信頼できるお目付役がいるとわかっているときは、付き添いはメイドだけでパーティーに出ることを許した。

ジェイソンが仕事をしている間は、アンジェルは家事や近隣家庭への訪問や慈善活動に精を出した。そして夜会やパーティーに夫が付き添えなくても、失望を見せないように常に気をつけた。

夫婦がいつも一緒にいるなんて、今どき流行（はや）らない。彼は好都合だから結婚しただけなのだから、それを忘れてはいけない。アンジェルは自分にそう言い聞かせた。ジェイソンがいないとうまくやれないと彼に思われたくはないものの、実のところ一人で出かけても全然楽しくない。

いっぽうジェイソンは、妻にあまり独立心を見せないでほしいと思っていた。友人たちと外で食事していても、アンジェルは何をしているだろうと考えてしまう。そこで妻が出席しているパーティーや舞踏会に立ち寄るようになった。たとえ遅れても、いつも一曲は妻と踊れる時間に到着し、一緒に帰る。

ある晩、いつもより早く帰ったジェイソンは、アンジェルがすでに出かけたと知ってがっかりした。

「奥様はミス・ハリンゲーに付き添われてお出かけになりました」マーカスが言った。「ミセス・ワトソンが少し体調を崩したので」

「ああ、そうか。ウェストベア家のパーティーだな。朝食のときに話していた」

ジェイソンはうなずきながら自室へ向かった。主催者のことはいくらか知っている。嫁がせるべき娘を三人連れてロンドンへ来て、絶えず他の令嬢や望ましい独身男性をパーティーに招いている。退屈な会に違いないがアンジェルに会いたいので、家で帰りを待つより着替えてそこへ行くことにした。

夜食の時間の直前にウェストベア家に着いてアンジェルを捜すと、舞踏室の一角に座っている既婚女性のグループの中にいた。彼女を引き離そうと声をかけたところ、女性たちの間に興奮が巻き起こった。

「みんな永遠に話をやめないのかと思ったよ。きみと踊りたかったのに、間に合わなかった」

「みんなを責められないわ」アンジェルが笑った。「公爵なんてかなり珍しいもの。誰も会ったことがなかったんだと思うわ。きっとこれから何週間も話題に困らないわよ」

「僕はまるで見世物小屋の怪物みたいだな！」苦笑しながら部屋を見まわす。「ローズはダンスフロアにいるのかい？」

「ええ、でも待たなくていいの。あの子はミセス・ウェストベアと夜食をとることになっているから」

「それはいいね。きみを独り占めできる！」

アンジェルは上機嫌で階下へ向かった。二人は静かな一角を見つけて座った。大勢の視線が注がれたが、差し向かいの二人を邪魔する勇気がある者はいなかった。大いに楽しんでいたアンジェルは、再び始まった音楽を聞いて驚いた。

「まあ、ダンスがまた始まったわ。そんなに長い時間ここにいたなんて気づかなかった」笑いながら辺りを見まわす。「もうみんな上に行ったようね」

　ジェイソンは立ち上がって腕を差し出した。

「我々も行こう」

　舞踏室では陽気なリールダンスが始まっていた。まわりで見ている人垣に遮られてアンジェルにはダンスフロアが見えなかったが、背の高いジェイソンにはそんな心配はない。人混みの中を進むには、隣にいる堂々たる長身の彼の存在がありがたかった。

　ジェイソンが立ち止まった。アンジェルが見上げると、彼は踊り手たちを凝視している。

「ジェイソン、どうしたの？」

「夜食室に僕を引きとめたのは、このためか？」

　彼はユーモアのかけらもない厳しい目つきでアンジェルを見下ろした。

「何のこと？　何が見えるの？」

「従兄弟がいるんだ。ローズと踊っている」

　アンジェルの背筋に寒気が走った。「ミスター・ノウズリー？　私は見ていないわ……」

「自分が楽しむのに忙しかったからだろう！」

　アンジェルは顔を赤らめた。「それはあんまりよ、ジェイソン。彼がいるなんて知らなかったの」

「今夜はきみが責任を持たなければいけなかった。ローズの安全を確認するのがきみの務めだろう」

「リールダンスで危険な目にあうはずがないわ！」

　アンジェルは彼の肘から手を抜こうとしたが、ジェイソンは締めつけて放さなかった。

「だめだよ、マダム。今消えるのは許さない。この曲が終わったらすぐに事態を収拾する必要がある」

「私もそのつもりよ！　ローズにはミスター・ノウズリーについて何も話さないと決めたでしょう。彼と踊ったことを責められないわ」

「責めているのはあの子じゃない。きみだよ！」

アンジェルは唇を噛んだ。ジェイソンとともに人混みをかき分け、ダンスフロアを離れるローズとノウズリーを待ち受けた。テンポの速いダンスのあとで楽しそうに頬を紅潮させたローズは、ジェイソンを見て満面の笑みを向けた。

「閣下！　今夜は来られないと思っていたわ」

ローズの反応はきわめて自然だ。これで密会などしていないとジェイソンにもわかるだろう。だが、アンジェルは彼が口を開く前に急いで答えた。

「私もよ。とても嬉しいサプライズじゃない？」

笑顔でジェイソンを見上げて、彼が癇癪を起こさないよう息を詰めて祈った。

「ああ、予定はしていなかったんだ」ジェイソンは従兄弟に会釈した。「ちょっと話がある」

トビアス・ノウズリーは警戒するような表情を見せたが、公爵には逆らえないようだ。

アンジェルはローズに歩み寄って腕を取った。

「さあ、男性陣は話があるようだから、あっちへ行って座りましょう。今夜は大忙しだったみたいね。あまり姿を見なかったわ！」

ローズを連れて人混みから離れた部屋の隅へ向かい、窓のくぼみに空いている椅子を見つけた。

「公爵は私に腹を立てているの？」ローズが言った。

「どうして、そう思うの？」

「私を見て、顔をしかめていたわ。すごく不機嫌そうだった」

「あなたにではないわ。あなたが従兄弟と踊っているのを見るなんて予想外だっただけよ」少し時間をかけてスカートを整えながら次の言葉を選んだ。

「公爵は知られたくないでしょうけど、ミスター・ノウズリーをよく思っていないのよ。彼の行動は紳士のふるまいではないから」

「ああ、いつもとても愛想がいいけど、気を許せると思ったことはないわ」

「会ったのは今夜だけじゃないの?」

「そうよ。あちこちのお店や図書館で何度か会ったわ。でも今考えてみると、いつもアンジェルやミセス・ワトソンがいないときだった。先週ミセス・ウエストベアや娘さんたちとアルマックへ行ったときも、そこにいたわ。従兄弟みたいなものだと言われたから、礼儀として一緒に踊っただけよ」

「あの人が好きではない?」

ローズは首を振った。「好きじゃないわ。ジェーン・ウェストベアはとてもハンサムで魅力的だと言うけど、人の顔をすごくじろじろ見るんだもの」

アンジェルは安堵を隠した。

「今度ダンスを申し込まれたら、遠慮なく断っていいわよ」ローズの手を軽く叩いて言った。だが今夜のようなことがあったあとで、ノウズリーが再びダンスを申し込むことはないだろう。

二人が部屋の隅にいると、次のパートナーがローズを捜しに来た。それがこの家の息子ヤング・ミスター・ウェストベアだったので、アンジェルは笑顔でローズを送り出したが、お目付役の務めを果たせるようダンスフロアに近い席へ移動した。

アンジェルがまだそこにいる間にジェイソンが舞踏室へ戻ってきた。落ち着いた物腰で、表情は堅く、少し近寄りがたく見えるが、胸の内は読めない。もっと近くに来て初めて目に冷ややかな怒りが見えた。

「ミスター・ノウズリーはどこ?」

「帰ったよ」彼はアンジェルの心配そうな表情に気づいて付け加えた。「なぐり合いはしていない。また家族に近づいたらどうなるか警告しただけだ」

「よかった」アンジェルは彼の腕を取った。「少し歩きましょう。ローズはミスター・ウェストベアと踊っているから大丈夫よ」

アンジェルは室内を歩き始めてから、ちらりとジェイソンを見上げた。

「ごめんなさい。今夜はもう務めを忘れないわ」

「腹が立っただろう？　きみを夜食に連れ出した僕も悪かったのに」

小さくうなずいたアンジェルは大いに勇気づけられた。夫は自分の落ち度を簡単に認める人ではない。

「ローズはミスター・ノウズリーのことがあまり好きではないと言っていたわ」

「あの子は思ったより人を見る目があるんだな」

「あの子のことをほとんど知らないでしょう」アンジェルはためらった。「あなたが彼のふるまいをよく思っていないと、ローズには言っておいたわ」

「控えめな表現だな！」

「そうね。でもそれで十分よ。彼とのダンスを断ってもあなたは気を悪くしないと、ローズはもうわかったから」

「ありがとう」ジェイソンは悲しげな笑みを浮かべた。「まだ保護者の役割に慣れていないんだ」

アンジェルは彼の腕を握りしめた。「被後見人に関して用心深くなるのは当然よ」

「トビアス・ノウズリーに関しては、用心どころでは済まないよ！」

数日経った十二月の初めにアンジェルの母レディ・グールがダーヴェル・ハウスへやってきた。

「数週間しかいられないの」紅茶を飲みに入ってきた朝食室で母が言った。「メグが妊娠したのよ。でもあなたも知っているわよね。バーナビーが最近ロンドンに来たときに会ったんでしょう。メグが言っていたわ。二人はクリスマスにグールパークへ来るの。バーナビーはうちで出産させたがっているのよ」アンジェルがカップを渡すと、母が言った。

「あなたも何か私に話すことがあるんじゃない？」

「いいえ、お母様、まだないわ」アンジェルは頬が紅潮するのを感じて、紅茶を注ぐことに集中した。

「あら、そう。まだ日も浅いものね」

アンジェルは急いで話題を変えた。「お母様には青の間を用意したわ。公園を見渡せる部屋だから夜は静かだし、ベッドはとても寝心地がいいの」陽気に付け加えた。「新しい羽根マットよ」

「まあ、私のために散財したんじゃないでしょうね！」母は声をあげた。

アンジェルは首を振ったが、説明はしなかった。どうしてそれを買うことになったのか、母に話したくはない。

「ミセス・ワトソンがローズとネルを連れてグリーンパークへ行っているけど、夕食の前には帰ってくるから会えるわ」

「ああ、子供たちに時間を取られすぎていない？」

「いいえ、全然。二人ともお行儀がいいし、ローズはもうすぐ十八歳よ。一緒にいると楽しいわ」

「公爵は？」母は紅茶を一口飲んだ。「一緒にいて楽しい？」

「ええ、もちろん。とても気遣ってくれるわよ。でも、彼にとって社交の場は居心地がよくないみたい。最初の奥さんを思い出させる人が大勢いるから」

「ああ」

「みんな……比べるの。私と前の公爵夫人を」

「それは無理もないわね。そんなことで気を悪くしてはだめよ」

「していないわ。まあ、そんなにはね」アンジェルは唇を噛んだ。「でも……前の公爵夫人を好きにはなれないわ。彼女の行状が……」母にすべてをうちあけるのは気が引けた。「ただの嫉妬じゃないのよ。ジェイソンを言いくるめて子供たちは別の家に住まわせたほうがいいと思わせたやり方は許せないわ」

「ジェイソンも同じように育ったことを忘れてはいけないわ。ご両親はめったに一緒にいてくれなかったのよ。彼はそれが間違っているとは思わないでしよう。でも、今はそれが変わったのね？」

「そうよ。みんなこの生活に満足しているわ」

「ミセス・ワトソンがまだ子供たちの面倒をみているのね」母はうなずいた。「それなら夫が必要としているとき、あなたには十分時間があるわね」

「ええ」

アンジェルは自信がなさそうに聞こえないことを祈った。確かにジェイソンに求められている。彼は私の腕の中に安らぎを見出（みいだ）している。私は役に立っているけれど、本当に必要とされているだろうか？

母はじっと娘を見つめた。「公爵と結婚したことを後悔しているの、アンジェリーン？」

「いいえ、まさか。ただ……彼のほうが後悔しているんじゃないかと思っているだけよ」

「まあ、かわいそうに！　彼は愛していると言ってくれる？」

「もちろん言わないわ。そんなこと考えたことも、期待したこともない……」

母はティーカップを置いて静かに言った。「ジェイソンが意地悪だってことはないわよね？」

「違うわ！　ジェイソンは本当に優しくて思いやりのある人よ。寛大でもあるわ」

「愛人がいるの？　そんなに赤くならないで。ロサートンのような男性には珍しいことではないわ」

「それはわかっているけど、彼に愛人がいないのは、ほぼ確かよ」アンジェルはスカートを引っぱって自信を持って言った。「まだ最初の奥さんを愛しているんだと思うわ」

「そう」母はため息をついて首を振った。「人生はおとぎ話ではないわ、アンジェリーン。あなたの夫は模範的よ。あなたの幸運をうらやましいと思う女性は多いはずだわ。ジェイソンに時間をあげなさい。奥さんの早すぎる死からたった一年だもの。悲しませてあげるのよ。彼の気持ちが落ち着いたとき、あなたは妻として彼の愛情を勝ち取るのに有利な立場にいるわ。それまでの間、彼にとって完璧なパートナーであるところを見せないとね！」

母はアンジェルを元気づけるように微笑(ほほえ)んで紅茶を飲み干した。

「明日は買物に行きましょう。新しいドレスが必要なの。あなたももっとドレスがいるはずよ」

「あら、私はもうたくさん買ったわ！」

「何言ってるの。公爵夫人なんだから、いくらあってもいいのよ。ロンドンで最高の仕立屋に行きましょう。あなたと出かけるなんて楽しみだわ！　計画を立てないと。でもまずは、お茶のおかわりよ！」

母がロンドンにいる間、アンジェルは毎日大忙しだった。二人は絹地問屋や仕立屋だけでなく、下着や靴下の店にも行った。そんなにたくさん新しい服があっても着きれない、とアンジェルが異議を唱えると、母が言った。

「公爵夫人が外に出れば、いつでも注目の的よ。頭のてっぺんから爪先まで観察されて話題になるわ」

アンジェルは苦笑した。「すでになっているわ」

「それなら、いつも最高でいないと。フリート通りにショールとリンネルのいいお店があるんだけど、監獄に近いから、従僕を一人連れていったほうがいいわね」

忙しいのは買物のせいだけではなかった。母ができる限り出かけたがるので、アンジェルは母が来る前よりも多くの招待を受け入れた。

幸い、ラヴィニアの話を耳にするのにも慣れてきた。例外なく、並ぶもののない美しさが話題に上るが、皆が彼女に魅了されていたわけではないとすぐに気づいた。すでに知っている事実ではあるが、度を超えたギャンブルやたくさんの愛人の噂も聞こえてきた。初めて聞いたのは、ラヴィニアが下に見ている者に対して高圧的で要求が厳しかったという話だ。これはジョーンから聞いた。

「階段の下で聞いた話は必ずしもすべて信じられるわけではありません」亡くなった公爵夫人の冷酷さを物語る例を複数あげたあと、ジョーンは付け加えた。「でも、これだけ聞けば十分ですし、複数の情報筋から聞いた話ですから、少なくともそのうちのいくつかは真実に違いありません。そう思いませんか、奥様？」

「たぶん、そうね。でも、この部屋を出たら絶対にその話はしないでね」

「もちろんです、奥様。そんなこと夢にも考えませんし」ジョーンは憤慨して答えた。「ただ奥様が前の公爵夫人を美の化身のようにお考えなので、お知らせしたほうがいいと思っただけです」

ジョーンの忠誠心に感動したアンジェルは礼を言って、この話は忘れたほうがいいと告げた。だが、忘れられない。ジェイソンがそんな欠点だらけの女神をいまだにあがめていると思うと悲しかった。

チャーストン伯爵夫人から招待状が届いた。アンジェルはそれをすぐに母のところへ持っていった。

「明日の夜の仮面舞踏会の招待状よ。伯爵夫人は連絡が遅くなったことを謝っているわ。招待状が机の後ろに落ちてしまって、今見つけたんですって！

これはローズ向きではないけど、私は行きたいわ。仮面舞踏会は初めてだもの。どう思う？」

母は唇を軽く叩いた。「そういう舞踏会は十二時を過ぎると少し荒れてくるものよ……」

「遅くまでいる必要はないわ。それにお母様が一緒なら問題ないはずよ」

母はため息をついた。「仮面舞踏会なんてずいぶん久しぶりだわ。でもこんなに急な招待では、どこで衣装を買えばいいの？」

「衣装が必要？　イブニングドレスの上にただドミノを着るだけの人が多いと思うわ」

「そう。ドミノを買うだけなら簡単だわ。それと仮面ね」母は笑った。「楽しくなりそう！」

最終決定の前にジェイソンの意見をきいた。

「ちゃんとした仮面舞踏会には行ったことがないの。母がグールパークで一度開いたんだけど、招待したのは近所の人だけで、仮面をかぶっていても、すぐに全員誰だかわかったわ」

「それはつまらなかっただろう！　行きたいなら行っておいで。チャーストンには何年も会っていないが、退屈で礼儀正しい男だった。レディ・グールが一緒なら、僕に異論はないよ」

「あなたは行きたくない？」

ジェイソンは顔をしかめた。「ああ、きみがどうしても一緒に来てほしいのでない限りね。それに、明日はウェストベアからブードルズの夕食会に呼ばれていて、出席しておいたほうがいいと思うんだ」

アンジェルは笑った。「そうね。あの家のパーティーから慌てて帰ってしまった借りがあるものね。いいわ。母と行って、帰ったら全部話してあげる」

ジェイソンは出かけるアンジェルを見送りながら考えた。もしウェストベアの招待を受けていなかったら、目新しい体験を妻とともに楽しめただろう。

妻と一緒にいたいという欲求が高まるばかりなのが心配だ。アンジェルは最初の妻とはまったく違うが、それでも彼女に夢中にはなりたくない！

ウェストベアの夕食会に向かいながら思った。そうだ。どこへでも妻についていくよりずっといい。それに自分が一緒に行く必要はない。アンジェルにはレディ・グールがついていてくれる。

アンジェルはドミノのフードの位置を調整し、仮面をつけてから馬車を降りた。母とともに大勢の人でにぎわう屋敷の中へ入ると、舞踏室にはたくさんの黒いドミノが並び、招待客の色とりどりの派手な衣装を引き立てている。

「まあ、こういう舞踏会がどんなに破廉恥なものか忘れていたわ！　でも、仮面舞踏会にはあなたのお父様としか一緒に行ったことがないのよ。あなたもロサートンに一緒に来てもらうべきだったわね」

「ええ、そうかもしれない」アンジェルは、大笑いしながら目の前に割り込んできた羊飼いの男女をかわして素早く後ろに下がった。「長居はしないほうがよさそうね」

「そうね。十二時前には帰りましょう。それまでも一緒にいるようにしないと」母が言った。

だが、それは不可能だった。一緒に踊ってくれと二人とも強くせがまれたからだ。それに、踊らなければひどくつまらないだろう。

「十一時四十五分にドアのそばで落ち合いましょう」母はそう言ったあと、陽気なフォールスタフに連れ去られた。

舞踏室はまだドミノをかぶって跳ねまわれるくらい涼しかった。ひとたびダンスフロアに出たら、アンジェルは楽しくなってきた。皆とても陽気で、少々やかましくても気のいい人たちだったので、知らない相手と踊ることに何の不安も感じなかった。

炉棚に置かれた金時計を見て思った。十二時までに帰らなければいけないなんて、おとぎ話のようだ。

ブードルズの夕食会はよかったが、ジェイソンはメンバーの中では若いほうだった。話題は政治とスポーツの間を行ったり来たりしていて、皆が嗅ぎたばこのブレンドの利点について議論し始めると、ジェイソンは物思いにふけった。すると突然知っている名前が耳に入って現実に引き戻された。

「今夜のチャーストンの舞踏会では、かなり変わったブレンドが手に入るでしょうな」ウェストベアが言った。「伯爵は自分を通だと思っているようだが、ただの見せかけですよ。彼自身は新しい愛人の手首から吸うのが好きなんです」

「チャーストン？」ジェイソンは眉を上げた。「彼は愛人をよしとしない人だと思っていましたが、もうろくして変わったのかな？」

「閣下、違いますよ」離れた席の誰かが笑った。「老伯爵は二年以上前に亡くなりました。その息子が相当な遊び人なんです。奥さんも同様ですよ」

ジェイソンはグラスを取り上げた。実態を把握していなかった。近年、ロンドンへ来るのは純粋に仕事のためだった。それにラヴィニアの存命中は、共通の友人を避け、新聞のゴシップ欄を読まないようにしていた。

さりげなく尋ねた。「今夜は何があるんですか？」

「伯爵夫妻が仮面舞踏会を開いているんです」ウェストベアが言った。

隣の男が笑った。「そう呼んでいますがね！　チャーストンと彼が結婚した娼婦のことだから、高級娼婦と若い男を大勢呼んでいるはずです。十二時までにたいした浮かれ騒ぎになるでしょうね！」

ジェイソンは椅子を後ろに引いた。

「どうかしましたか？」ウェストベアが言った。

「いいえ」冷静でいようと努力しつつ答えた。「ただ、用事を思い出したんです。失礼！」

ポートランド・スクエアまでは遠くない。頬にあたる寒風をものともせず、暗い夜道を歩いた。チャーストン夫妻に関する情報が正しければアンジェルと母親はすでに帰ったかもしれないが、それを確かめるために家に戻って時間を無駄にしたくない。

チャーストン夫妻が借りている豪邸の正面はたいまつに照らされ、窓はろうそくの光で輝いているが、外で待っている馬車は一台もいなかった。

それも当然か。ジェイソンは険しい顔で考えた。まだ十二時前だ。仮面外しの前に帰る者はいない。

舞踏室が暖かくなってきた。アンジェルは次のダンスには参加せず、室内の光景を楽しみながら部屋の隅を歩いた。年老いた道化師と踊っている母があまりに楽しそうに笑っているので、アンジェルも笑みを浮かべた。めったにロンドンへ来ない母が楽しんでくれてよかった。

楽団がスコットランド・リールを演奏し始めた。これが十二時の仮面外し前の最後のダンスになるだろう。すでに二人の紳士からの誘いを断った。二人とも明らかに酔っていたからで、地味な上着を着てしらふに見える三人目と踊ることにした。

とても速いテンポで曲が始まり、皆が跳ねまわった。激しい動きのせいで、間もなくアンジェルのフードはピンが外れて後ろに落ちたが、ダンスに遅れずについていくのに忙しくて、ほとんど気づかなかった。誰もが歓声や笑い声をあげ、アンジェルも大いに楽しんだ。

ダンスが終わりに近づいたとき、パートナーがアンジェルの両手をつかんでまわし始め、そのまま手を放さずにダンスフロアから離れていった。バランスを失ったアンジェルは足を床につけておくだけで精いっぱいだった。見ている人たちが笑いながら後ろに下がる中、男は開いたドア口から廊下へとアンジェルを引っぱっていった。

アンジェルは手を振りほどこうとしたが、男は放そうとせず、アンジェルを押して暗がりに入った。「もうおもしろくないわ」あまりに腹が立って、恐怖は感じなかった。「放して」

男はアンジェルを壁に押しつけた。「賞品をもらうまで放さないよ、お嬢さん」

熱い息が頬にかかる。もうデビューしたての内気な娘ではない。アンジェルは勇気を奮い起こして戦おうとしたが、ふいに自由になった。黒いマントを着た背の高い人物が男を引き離したのだ。

男はなす術もなくわめきながら人形のように投げ飛ばされた。マントを着た人物は黒い騎士のように男の前に立ちはだかった。

「起きろ。立つんだ、卑劣なやつめ。今すぐけりをつけてやる！」

「だめよ！」アンジェルはその声を知っていた。

「やめて。まだ何もされていないわ！」

アンジェルは駆け寄ってジェイソンの腕をつかんだ。彼が発する憤怒が感じ取れそうだ。袖の下の盛り上がった筋肉は鋼のように硬い。

アンジェルはもう一度言った。「何も被害はないわ。お願い。早くここから連れ出して」

ジェイソンは猛烈な怒りが収まるのを感じた。アンジェルの手が滑り下りて握りしめた拳を包んだ。彼女は傷つけられていないし、仮面をつけたままだ。

「フードをかぶるんだ。今なら誰にも気づかれずにここから出られるかもしれない」

ジェイソンはフードを引き上げたアンジェルの腕を取って素早く舞踏室へ戻った。幸いなことに皆泥酔していて、誰も二人に気づかなかった。

「私に怒っている？」

「猛烈にね！」

だが、腹が立つのは主に自分に対してだ。もっと妻のことを考えて付き添うべきだった。

「あなたの助けは必要なかったわ」アンジェルが小さな顎を反抗的に上げた。

「へえ、そうか！」

「本当よ！　あの人を追い払おうとしていたところに、あなたが首を突っ込んできたのよ」

ジェイソンは足を止めた。「きみの言葉を借りれば、僕が首を突っ込んだおかげで、きみはあの悪党に襲われずに済んだんだ！」仮面の穴を通してアンジェルの目が輝いているのを見て、激しい口調で付け加えた。「言っておくが、自分の家族の守り方ならわかっている！」

ジェイソンの恐ろしい表情にアンジェルは身震いした。夫の落ち着いた物腰の下には危険なほど荒い気性が隠れている。

〝でも、それは私に対してではない。絶対に〟

「母を捜さないといけないわ」

「ここへ着いたときに会ったから、ドアのそばで待つように言っておいた」

「母を責めないでね、ジェイソン」

「責めていないよ」

アンジェルはため息をついた。「私を責めているのね」

ジェイソンは立ち止まった。「前回きみがロンドンへ来たときの話を聞いていたんだから、きみにはもっと分別が必要だと考えるべきだった！」

「分別ならあるわ！」アンジェルは顎を上げて言い返した。「あれ以来、いつも長くて鋭いヘアピンを使うようにしているのよ。そんなふうにずっと私をにらんでいれば、いずれわかるわ！」

ジェイソンが目を細めたので、アンジェルは辛辣な反論を覚悟したが、彼は腕を強くつかんだまま再び歩きだした。

「あなたのドミノは樟脳（しょうのう）の匂いがするわ。どこで手に入れたの？」

「広場に酔っぱらいがいたんだ。彼にはもう必要ないだろう」

「帰るときにその人がまだいたら、返せるわね」

ジェイソンは笑った。

耳ざわりな笑い声だったが、いつまでも腹を立てられているよりはずっといい。

舞踏室の入口で行ったり来たりしている母を見つけた。

「ああ！　こんなことになるとわかっていたら、あなたを連れてこなかったのに！」母はアンジェルの両手を取って声をあげた。「あなたが見えなかったの！　人が多すぎて道をふさがれてしまって」

「大丈夫よ、お母様。私はものすごく楽しんだわ」アンジェルがジェイソンに挑戦的なまなざしを向けると、彼は顔をしかめた。

「この舞踏会はどんどん下品になっていくな」彼はつぶやいた。「早く帰ろう」

「馬車を呼んでおいたわ」階段を下りながら母が言った。「もう来ているはずよ」

外に出ると、玄関前に馬車が待っていた。ジェイソンは女性たちに手を貸して馬車に乗せた。

「待って！」飛び乗ってドアを閉めようとしたジェイソンにアンジェルは言った。「そのマントを持ち主に返すべきよ」ためらう彼に、さらに言った。「たとえ樟脳臭いというだけの理由でも」

彼が激怒するかもしれないとアンジェルは思ったが、苛立(いらだ)っていた表情は突然笑顔に変わった。姿を消して数分後に戻ってきたジェイソンは、ドミノをチャーストンの使用人に渡してきたと言った。

「あの男はもういなかったが、どこに置いてきたか思い出したら取りに来るかもしれないからね」

ほとんど口を開かないまま三人はダーヴェル・ハウスに戻った。レディ・グールはすぐに自室へ行ったが、アンジェルはジェイソンを見てためらった。彼は上の空で眉間にしわを寄せていたが、顔を上げて待っているアンジェルを見た。

「すまない。考えごとをしていた」

「一緒にワインを飲まない？」

彼は首を振った。「残念だが、やることがある」

「今すぐ?」

「ああ。それにきみはダンスのあとで疲れているだろう」彼はアンジェルの手を取って口づけした。

「おやすみ、アンジェル。よく眠るんだよ」

「おやすみなさい、閣下」

寝室へ向かうアンジェルの心は沈んでいた。夫に退けられた。彼は多くを語らなかったが、今夜は部屋に来ないだろう。厄介な状況から妻を救い出さなければならなかったことに、まだ腹を立てている。救い出す必要などなかったのに!

にわかに湧き上がった反抗心はすぐに消え失せた。あんなばかげた仮面舞踏会に行かなければよかった。だが、後悔しても遅い。ジェイソンは私に失望した。それはいちばん望まなかったことだ。

ジェイソンはアンジェルがおやすみと言うのも待たずに向きを変えて書斎に入った。ドアを閉めたので、階段を上がる彼女の姿は見えなくなったが、頭からは閉め出せなかった。彼女には激怒していると言ったが、妻が出席しているのがどんな仮面舞踏会なのか知ったとき、感じたのは怒りではなかった。不安だ。そんなところで妻の身に何か起きたらと思うと凍りつくような恐怖を感じた。そしてあの悪党が妻を襲おうとしているのを見て、保護本能がかき立てられた。

サイドテーブルに歩み寄り、グラスにブランデーを注いだ。いちばん恐れていたことが起きてしまった。女性には二度と夢中にならないと誓ったのに、またものぼせ上がり、かつてないほどアンジェルを愛している。

13

新たな知り合いの家からダーヴェル・ハウスへ戻る馬車の中で、アンジェルはマントの下に着る毛裏のコートを買うべきだと主張した母に感謝した。そのコートのおかげで、ロンドンの街を吹き渡り、馬車の中にまで入ってくる十一月の寒風を防げる。

急いで玄関ホールに入ると、朝食室から楽しげな笑い声に続いて話し声が聞こえた。

「あら、お客様？」帽子と手袋を外しながら尋ねた。待っていた使用人はラヴィニアが雇ったハンサムだが頭の鈍い若者で、ただ驚いた顔をするばかりで答えない。アンジェルはため息をこらえた。

「いいわ。自分で行ってみるから」コートを脱いで帽子や手袋とともに苦境に陥った従僕に渡した。

「それから、私の到着を知らせる必要はないわ！」

〝まったく、あの従僕の解雇についてジェイソンと話さないと〟朝食室へ急ぎながら考えた。

ところがドアを開けたとたん、不運な使用人のことはすっかり頭から消え失せた。

「ミスター・ババトン！」

若者はローズと並んでソファに座っていたが、二人とも慌てて立ち上がった。ケネルム・ババトンは茶色い巻き毛の生え際まで真っ赤になった。

アンジェルは素早くドアを閉めた。「これはどういうこと？　ここにいるべきじゃないのは、わかっているでしょう。しかも二人きりなんて」

「二人きりじゃないわ」ローズが言った。「さっきまでレディ・グールがいたのよ」

「今は明らかにいないじゃない！」

「だ、誰かと話しに出ていったの……」ローズは両手を握り合わせて絶望したようなまなざしをミスター・ババトンに向けた。

彼はアンジェルに顔を向けた。「すみません、公爵夫人。僕たちは会わないということで同意しましたが、これ以上離れていられなかったんです」

「そのようね」

彼は赤面して両手を広げ、言葉を探している。

「ローズがロンドンへ行ってしまったとき、自分の一部を失ったような気がしたんです！　僕は――」

ドアが開く音がして、レディ・グールが入ってきた。「さあ、これでいいわ――あら！　帰ってきたのね、公爵夫人」母は明るく微笑んだあと、すぐに後ろめたそうにうろたえた。

「お母様がミスター・ババトンを家に入れたの？」

「そうよ」母は悪気のない態度で言った。「ロサートンから来た知り合いだとローズが言ったから」

「それは本当だもの！」ローズは若者の手を取った。

「とても親しいお友達よ！」

アンジェルは驚いたが、冷静な声を保とうとした。

「公爵が戻る前に帰ったほうがいいわ」

ミスター・ババトンは背筋を伸ばした。「閣下に会うことを恐れてはいません。実のところ、ぜひともお話ししたいと思っています」

「そうかもしれないけど、今日はだめよ」この若者が家にいるのを見たら、ジェイソンがどんな反応をするか想像して、きっぱりと言った。「さあ、もう帰って。公爵には私から話しておきます」

「本当？」ローズが言った。

「約束するわ」アンジェルはうなずいた。「ミスター・ババトンがロンドンにいれば、公爵にも伝わるはずよ」

「もちろんです」若者は急いで言った。「だから今日、お会いしに来たんです。でもご不在だと言われました」彼は少し気まずそうな顔をした。「それでミス・ハリンゲーに会わせてもらいました」

部屋に気まずい沈黙が垂れ込めた。母は若い二人を同情のまなざしで見ているが、このままにしておくわけにはいかない。アンジェルは暖炉に近づいて呼び鈴を鳴らした。

「もう帰ったほうがいいわ、ミスター・ババトン。そして私から知らせがあるまで、二度とミス・ハリンゲーに連絡することは許しません」

「でも、アンジェル」

「だめよ、ローズ。そうするべきなの。少なくとも、私から公爵に話をするまではね」

「でも、僕の言い分は伝えていただけますよね？」

ミスター・ババトンは青い目をアンジェルに据えた。

「精いっぱいやってみます。さあ、もう行って。私から知らせるまで待っていてくださいね」

従僕がドア口に現れた。ケネルム・ババトンは最後にもう一度ローズに切望のまなざしを向けたあと、気を取り直して礼儀正しくお辞儀して立ち去った。

誰も動かなかった。三人は玄関ホールを横切る彼のブーツの足音と、ドアが閉まる音を聞いていた。

アンジェルは泣きだしたローズの手を取った。

「泣くことはないわ、ローズ。公爵はロサートンへ戻ったらこの件を話し合うと、すでに同意しているのだから」

「でも、それだと春まで待たないといけないわ！　私たち愛し合っているのに、そんなのひどい！」

かわいそうに思ったが、ローズの後見人は自分ではなく公爵だ。間違った期待を抱かせたくはない。

まるでこちらの心を読んだかのように、ローズは小さな叫び声をあげて部屋から飛び出していった。

「ああ、かわいそうに！」母はソファに腰を下ろした。「あの子たちを二人きりにしたのが、そんなにまずかった？」

「そうね、お母様。あの二人はロサートンにいるときから好意を抱き合っていたのよ。それを見つけたジェイソンが激怒して、ミスター・ババトンが家に来ることを禁じたの。それもあって、ジェイソンは娘たちのロンドン行きを認めたのよ。まさか田舎の求婚者がローズを追ってここまで来るとは予想していなかったわ。ロンドンにはいろいろと気晴らしがあるから、時間が経てばローズも彼のことを忘れるだろうと思っていたの」

「それを私が台無しにしてしまったのね」母はため息をついて首を振った。「ごめんなさい。でも本当にただの間違いだったのよ。ミスター・ババトンに面会するかと従僕にきかれたとき、ローズがあんまり嬉しそうな顔をしたから、前にも来たことがあるのだと思ったの。知ってさえいたら……」

「それは無理よ。自分を責めないで。ローズがお母様に話すべきだったけど、あの子が真剣に恋をしていると思っているなら怒る気にはなれないわ」

母はしばらく黙ってスカートのしわを伸ばしていたが、やがて顔を上げずに言った。「公爵を批判するつもりはないけど、若い二人を引き離しておくのは賢いやり方ではないと思うわ。自分たちを悲運の恋人どうしだと思わせるだけよ。お互いをよく知り合わせるほうがずっといいわ。やっぱり愛してなんかいなかったと気づくことがよくあるものよ。ときには、お互いにたいして好きでさえなかったという場合もあるわ！　もちろん、あくまで私個人の意見だけどね」

「私もそう思うわ。でも、ジェイソンの考えは違うの。そしてローズの後見人は彼よ」

「では、彼と話すべきよ。ロサートンは理不尽な人ではないわ。きっと二人を会わせるように説得できるわよ。もちろん保護者の監督のもとでね」

「そうね。チャンスがありしだい、話してみるわ」

だが、いつになるかはわからない。この一週間、ジェイソンにあまり会っていない。実のところ、チャーストンの仮面舞踏会以来だ。彼は日中ほとんどの時間をクラブで過ごすか書斎に閉じこもっている。夕食の席で家族と顔を合わせても、口数が少なく上の空だ。

まだ怒っているのだろう。あんな仮面舞踏会に行って判断力の欠如を露呈した妻に失望したのかもしれない。でも、ケネルム・ババトンがロンドンに来ていると知ってジェイソンが慌てて結論を出す前に、ローズと彼のことを話さなければならない。

そこで翌朝、朝食後すぐに書斎のドアを叩(たた)いた。

「閣下、今話せる?」

「今でないとだめなのか?」ジェイソンは顔をしかめて机の上に広げた書類を指し示した。「テルフォードと会う約束があって、その前にこの書類を書き終える必要があるんだ」

「時間はかからないわ」

アンジェルは机を挟んで彼のむかい側に座り、ローズとミスター・ババトンのことを手短に説明した。

「あの若造が厚かましくもダーヴェル・ハウスに来たと言うのか?」

「ええ、本当にあなたと話したかったようよ。状況を考えると、とても勇気があると思うわ」

「ばかばかしい! ローズには会わせないとはっきり言ってやったのに」

「二人は本当に愛し合っているのかもしれないわ。考え直して——」

「だめだ!」彼は両手を机に叩きつけた。「認めないぞ、マダム! あの子はロンドンで過ごしたほうがいいと言ったのはきみだろう」

「ええ、今でも正しい選択だったと思っているわ。ミスター・ババトンがロンドンにいる間、二人が会うことを許しても害はないんじゃない? どうせ彼がここへ来るのは止められないんだから」

「止められるし、止めるつもりだ！」

アンジェルは首を振って微笑を浮かべた。「暴君になるつもりなの、ジェイソン？　違うでしょう」

それを聞いてジェイソンは歯ぎしりしそうになった。彼女にはどうしていつも弱点を見破られてしまうのか。もちろん、暴君になるつもりなどない！

アンジェルは続けた。「あなたと話すためにここへ来たと言ったのは、ミスター・ババトンの本心だったと思うわ。二人を会わせたほうがいいのは間違いないんじゃない？　もちろん厳重な監視下でね。もし監督者として私を信用できないなら、ミセス・ワトソンも母もいるわ。母も事情を知ったから、たまにはお目付役をやってくれるはずよ」

「いいかげんにしてくれ」ジェイソンは叫んで立ち上がり、アンジェルをにらんだ。「だめと言ったらだめだ。警告しておくが、今回はきみの口車には乗らないぞ。きみはすでにさんざん被害をもたらしているじゃないか。子供たちをロサートンに住まわせるだけでは飽き足らず、今度はロンドンの屋敷にまで連れてきた！　まったく、僕の落ち着いた生活をひっくり返してばかりだ！　こんなことなら――」

ジェイソンは途中で口をつぐんでうなりながら背を向けた。

アンジェルは両手を胸に押し当て、激しい鼓動を抑えようとした。そして彼に代わって続きを言った。

「こんなことなら、私なんかと結婚しなければよかったわね」アンジェルは素早くまばたきを繰り返し、彼の大きな背中をじっと見つめた。やはり、そうなのだ。ずっとそうではないかと疑ってきたが、今真実がわかった。大きく息を吸う。「あなたの言うとおりかもしれない。確かにローズに関して、私はうまくやれなかったわ。最初はあなたの従兄弟があの人が踊るのを止められなかった。でも、あれからミスター・ノウズリーを舞踏会やパーティーで何度か見かけたけど、たとえローズをじろじろ見ていても、近づこうとはしていないわよ。だけど、お願いだから私への怒りで判断を誤らないで。ローズとミスター・バブトンが会うのを許してあげて。二人が一緒にいるところを自分の目で見て、二人の気持ちが本物かどうか判断して」

ジェイソンは外の通りを見つめた。アンジェルとの結婚はこれまでの人生で最善の選択だったのに、なぜそう言わないのか？　どうしてアンジェルに話せないのだろう？

崖っぷちに立たされている気分だ。

どんなに大切に思っているかを認めれば、すべてを危険にさらすことになる。ラヴィニアにぶち壊されたすべて――人生も幸せも心も、何年もかかって苦労して修復してきたのに。

話し続けるアンジェルの悲しげな口調が心に突き刺さる。

「これ以上何も言わないわ。私は明らかに若い二人の言い分を代弁するのに適役ではないもの。ただミスター・バブトンがロンドンにいると、あなたに知らせることが重要だと思ったの。この家の誰かが自分をだまそうとしたなんて、あなたに思ってほしくないから」しばらく沈黙したあと、アンジェルはため息をついた。「失礼するわ。あなたは仕事で出かけるのに、時間を取らせてしまったわね」

ドアの音に振り返ったが、アンジェルはもういなかった。残されたのは彼女の香水のかすかな夏の花の香りだけだった。

テルフォードの事務所を出るともう昼になっていたので、ジェイソンは近くの酒場へ向かった。代理人から衝撃的な話を聞かされた今、何か食べて静かに考えたい気分だった。

今にも雨が降りだしそうな空は、朝家を出てからいっこうに晴れない気分を映し出しているかのようだ。アンジェルとのやりとりが気になっている。本当の気持ちを言葉にできない自分に腹が立つ。生来の無口にはずっと苦しんできたが、この数年でそれが物理的な障壁のようになってしまった。ラヴィニアに率直に気持ちをうちあけて裏切られたことが深い傷痕を残した。プライドが邪魔してラヴィニアを責められず、彼女が死ぬまで見せかけの結婚生活を続けた。彼女の死後、傷を癒やすために社交界から身を引いた。

アンジェルが救い出してくれなかったら、今も世間から隠れていただろう。彼女は社会に戻るよう僕を説得し、子供たちをロサートンに連れてきて古い屋敷をぬくもりと笑いで満たしてくれた。何もかもアンジェルのおかげだ。彼女に対して不機嫌に黙ったままではいけない。最初の結婚について……最初の妻にどれほど傷つけられたか話すべきだった。そうすれば、アンジェルがその傷を癒やしてくれたのだと言えただろう。

まったく、僕は救いようのない愚か者だ！

それに、たった今テルフォードから教えられたばかりだ。自分のばかさ加減と、ラヴィニアのもたらした苦難がまだ終わっていないという事実を。

結婚したとき、ケントの家を含めた彼女の資産をラヴィニアが引き続き管理することに異存はなかった。ケントの家はいずれローズのものになると彼女は言った。それを信じていたので、家が抵当に入っていて、売ってもわずかな額にしかならないことを今日初めて聞かされて驚いた。

この情報に腹が立ってはいたが、酒場に入って座った際、まっさきに頭に浮かんだのは金の問題ではなくアンジェルのことだった。バーナビーの結婚式に出るためグールパークへ行ったとき、抱えていた怒りと苦悩をアンジェルが和らげてくれた。一緒にいると心が和み、完全に身勝手な理由で結婚した。

食事を終える頃には気分もよくなり、ジョッキにビールを注ぎながら笑みを浮かべた。確かにアンジエルに世界をひっくり返されたのは間違いないが、それはいいほうに向かう変化だ。彼女は僕の不機嫌に辛抱強く耐え、責任を持ってローズとネルの面倒までみてくれる。ラヴィニアに比べると、アンジェルは多くを与えるのにほとんど見返りを求めない。

ジェイソンはビールを飲み干した。そうだ。言葉にはできないかもしれないが、どんなに大切に思っているか示すことはできる。最高の意思表示が必要だ。どうすればいいかはわかっている。

ジェイソンはストランド街の銀行へ向かった。奥へ案内されると、年配の重役が待っていた。

「ダーヴェル家の保管庫から家宝を持ってきてもらいたい」

「かしこまりました。どれをお持ちしますか?」

「全部だ」

「全部?」

「そうだ」

「おおせのとおりに」

重役はお辞儀して退室し、ジェイソンは彼が戻ってくるのを座って待った。アンジェルに贈った宝石は結婚の贈り物のささやかなダイヤモンドと真珠だけだ。今回はすべての家宝の中から好きなものを選ばせよう。もっと早く思いつかなかったのが残念だ。

どんなものがあったか思い出せないが、代々受け継がれてきたものに加えて、先妻に気前よく贈った宝石もある。彼女が死んだとき、すべてを銀行の保管庫へ送るよう指示して、それきり忘れていた。

家宝の中でどれをいちばんアンジェルは気に入るだろう？　ルビーかサファイアかもしれない。中には今どき流行(はや)らないものもあるだろうが、石を新しいデザインの台にはめ直すこともできる。漠然とだが、金の台のエメラルドのセットを見た記憶がある。あれならアンジェルのクリーム色の肌に映えるに違いない……。

ドアが開いて、両手にビロードの箱をいくつか持った重役が入ってきた。大きな宝石箱を抱えた事務員を従えている。

「閣下、お持ちしました」

事務員が退室すると、重役は机の上に箱を並べて開け始めた。大きな箱には金の台にガーネットが埋め込まれたネックレスとイヤリングとブレスレットが入っていた。祖母がつけていたのを覚えている。金の鎖がついた碧玉(へきぎょく)のカメオは母のネックレスだ。すぐに真珠やダイヤモンド、エメラルド、ルビーが埋め込まれた金や銀の宝飾品で机の上がいっぱいになった。最後の箱からはラヴィニアに贈った結婚の贈り物、ダイヤモンドとサファイアのネックレスとそろいのイヤリングとブレスレットが出てきた。

「実のところ、閣下がこれを全部私どもの保管庫に預けたいとお望みになったときは少々驚きました。最近の品には思い入れがおありでしょうから」

「いや、そんなことはない」ジェイソンは、ラヴィニアに浪費した金についてはほとんど気にならないことに驚いた。唯一後悔しているのは、長い間彼女が自分を好きなように操るのを許していたことだ。

「中にはきわめてよくできた石もあります。模造だとはなかなかわからないでしょう」重役が言った。

ジェイソンは顔を上げた。「模造？」

重役の顔に不安の影が差した。

ジェイソンはネックレスを一つ一つ取り上げて調べた。確かに、石についた明らかな傷が人造宝石であることを示している。

彼は険しいまなざしで重役を見据えた。「どういうことだ？　うちの家宝に何が起きた？」

重役は腰を下ろした。「中には本物もありますよ。たとえばこの碧玉やガーネット、それからお父上の時代から当行で保管されていた古い品は本物です」

「それ以外は全部偽物なのか？」ジェイソンは手にしていたネックレスを机の上に戻した。

「はい、閣下。ご存じかと思っていました」

「知るわけがない！　話してくれ」

重役は握り合わせた手を見つめながら淡々と語った。「すべて亡くなった前公爵夫人が引き取りに来られました。一度に全部ではありません。長年の間に何度かお越しになりました。初回は特によく覚えております。閣下が必要な許可証に署名されたかどうか、私が自分で記録を確かめましたから」

ジェイソンは冷たい手ではらわたをつかまれているような気がした。そうだ。書類に印鑑を押して署名したことを今でもはっきり覚えている。新婚時代は新妻に頼まれれば何でも与えていた。

堅苦しい口調は続いた。「昨冬に閣下の秘書の方がすべての宝飾品を銀行へ持ってこられたときにも、私が立ち会って詳細な目録を作りました」重役は一呼吸置いて穏やかに付け加えた。「秘書の方がすべてに署名されました。帳簿をご覧になりますか？」

「いや、その必要はない」

サイモンが持ってきた受領書を思い出して目をこすった。彼を追い払い、よく見もしないで書類を引き出しに突っ込んだ。どうしてそんなに簡単にだまされたのか？　結婚の記念に贈った宝石まで売り飛ばされて安い模造品に入れ替わっていた。

ラヴィニアには気前よく何でも与えていたのに、明らかにそれでは足りなかったようだ。

14

銀行を出たジェイソンの心には、怒りと絶望が重くのしかかっていた。ロングコートに身を包み、暗くなっていく街を家へ向かって歩き始めた。

どうして簡単にだまされてしまったのだろう？ アンジェルにどう話せばいいのか？

もちろん彼女に新しい宝石を買うことはできる。ランデル・アンド・ブリッジへ連れていって、何でも好きなものを選ぶよう言えばいい。だが、いつかは家宝に何が起きたか話さなければいけない。

セント・ジェームズ街から脇道へ入りながら考えた。それだってそんなに悪いことではないだろう。もう二人の間では何も秘密にしたくない。アンジェルは真実を、そしてすべてを知る必要がある。

アンジェルに会いたくて足を速めた。ようやく過去と決別して再出発できるかもしれない。

角を曲がると前方にダーヴェル・ハウスが見えた。そこでアンジェルが自分を待っていてくれると思うだけで、気持ちが明るくなる。朝食室の薄いレースのカーテン越しにろうそくの金色の光が見え、カーテンに人影が映った。女性だ。

アンジェルだ。そう思っただけで笑みが浮かぶ。

二人目の人影が見えた。今度は男性だ。そして二つの影が抱き合って一つになった。

世界が傾いた。ジェイソンは首を振ってもう一度窓を見たが、そこに見えるものは変わらない。間違いない。アンジェルが男と、愛人とキスしているのだ。僕の家で！

小声で悪態をつきながら道を渡り、大股で家に踏み込んだ。従僕に帽子と手袋と杖を投げつけ、一段抜かしで階段を駆け上がる。そして両手の拳を握りしめて朝食室へ飛び込んだ。

「おい、彼女から手を放せ！」

慌てて離れた二人が驚いてこちらを見ている。窓の前にいたのはアンジェルではなくローズだった。

「ジェイソン、お願いだから怒らないで。これはそういうのではないの！」暖炉のそばに立っていたアンジェルが両手を伸ばして急いで駆け寄ってきた。

「何が起きているか、ちゃんと見えている」ジェイソンは冷ややかに言った。

「違うのよ！　ミスター・ババトンはサリーに戻るの。お父様が脚を骨折したので彼が家にいる必要があるんですって」

アンジェルはジェイソンの前に立ちはだかり、道を踏み外した恋人たちを彼の激怒からかばっている。

ケネルム・ババトンが前に進み出た。「明日の朝にはウィンチコム・ロッジへ発ちます。公爵夫人がご親切にお宅へ入れてくださり、ミス・ハリンゲーにお別れの挨拶をさせてくださいました」

ジェイソンがどなった。「さっきはただの挨拶以上のことをしていただろう！」

ババトンは少し赤くなって頭を傾けた。「申し訳ありません。気持ちが高ぶってしまいました」

「私たち愛し合っているの！」ローズが彼の手を取って叫んだ。「ケネルムのやったことで彼を責めないで、お父様。心ある人なら誰も彼を責めないわ」

ジェイソンは歯ぎしりしそうになった。今や二人の女性が自分とババトンの間に立っている！　あの男を部屋中追いかけまわすとでも思っているのか？

大きく息を吸い、握りしめていた拳を何とかゆるめる。

「もうおいとまします」ババトンは帽子を取り上げた。「朝の郵便馬車の席を予約しましたが、まだ荷造りしていないので」

彼はローズの手を取ってお辞儀した。そして一瞬笑みを浮かべたあと、手を放してアンジェルのほうを向いた。

「さようなら、公爵夫人。僕のために力をつくしてくださってありがとうございました」

「いい結果にならなくて残念だわ」深くお辞儀する彼に言った。「お母様によろしくね。それからウィンチコム卿の一日も早いご回復を願っています」

「ありがとうございます」そして彼はジェイソンにお辞儀した。「閣下がロサートンにお戻りになったら、もう一度お話させてください」

彼は出ていき、部屋は重苦しい沈黙に包まれた。

「まあ」ジェイソンはつぶやいた。「あの図太さはほめてやるべきだな」

ローズは涙できらめく目で彼をにらんだ。「彼は少なくとも紳士らしくふるまったわ！」

ジェイソンが顔をしかめたのを見て、アンジェルは前に進み出た。

「そろそろ着替えないと、みんな夕食に遅刻するわ。忘れたの、ローズ？　今夜はウェストベア家の夜会へ行くのよ」

アンジェルはローズを部屋から送り出すと階段を上るのを見送り、ドアを閉めてからジェイソンに向き直った。

「かわいそうに。きっと夕食に下りてこないわよ」

「あの子に厳しすぎたと思うか？」

「あなた、激怒していたわね」

アンジェルは待った。彼は否定するだろうか、それとも逆上するだろうか？

「きみだと思ったんだ。窓を見上げたとき、抱き合っている人影が見えて、きみだと思った」

アンジェルは片手で胸を押さえた。驚きの新事実ではあるものの、許す気にはなれない。

冷ややかに言った。「私が結婚の誓いを破るだろうとあなたが考えたことを喜ぶべきかしら？」

ジェイソンは髪をかきむしった。「何も〝考えなかった〟。ただ、きみを失ったんじゃないかと思って怖かったんだ」

静かな言葉と暗い表情が胸にこたえた。彼がこんなに自分の気持ちを語るのは初めてだ。どれほどの努力を要したか推測することしかできない。

炉棚の時計が鳴り、ジェイソンはちらりとそちらを見た。「もう時間がないが、今夜、夕食後にきみと話す必要がある。ウェストベア家にローズを連れていくのはミセス・ワトソンに頼めるか？」

「ええ、あなたが必要だと思うなら」

「必要なんだ」彼はうなずいた。「どうしても話さなければならない。では夕食のときに、また」

ジェイソンは会釈して出ていった。残されたアンジェルの胸の内では相反する感情がせめぎ合っていた。今夜は何も食べられそうもない。

結局、ダーヴェル・ハウスからは誰も夜会に行かなかった。応接間にネルを連れてきたミセス・ワトソンが、ローズは体調が悪いので、出かけることも夕食に下りてくることもできないと告げた。

「かわいそうに、ひどく顔色が悪くてだるそうなので寝かせました。感染症でなければいいですけど」

アンジェルは大いに同情したものの、皆で食堂に入りながら、自分も長時間の食事という試練を回避できたらいいのにと思った。ジェイソンが何を話すつもりなのかまったくわからないが、早く聞きたい。

食堂の空気は張りつめていた。ジェイソンはひどく無口だが、それは珍しくない。アンジェルの口数がいつもより少ないことにミセス・ワトソンが気づいていたとしても彼女は何も言わず、今日一日のことを公爵夫妻に話すようネルに勧めた。

ネルは今日、ミセス・ワトソンと一緒にタワーへ野生動物を見に行ってきたので、その話をさせておくのに、アンジェルの努力はほとんど必要なかった。ネルのおしゃべりは食後に応接間へ移ってからも続き、やがて寝る時間になってミセス・ワトソンに連れられて退室した。

アンジェルにとって食事が辛かったとすれば、応接間でジェイソンと二人きりになるのはそれ以上にいたたまれなかった。彼は明らかに上の空で、どんな話題を持ちかけても、機械的に答えるばかりだった。抱きしめてキスで眉間のしわを伸ばしてあげたいけれど、そんな勇気はない。二人の間で愛の言葉が交わされたことはなく、もし突き放されたら耐えられそうにない。

彼が話す気になるまで黙って待とうと決心し、刺繍(ししゅう)を取り上げた。

ジェイソンは、うつむいてせっせと針を動かすアンジェルを見つめた。窓辺に見えた人影をアンジェルだと思ってうろたえた。そのとき初めて、どれほど彼女が大切で、失いたくないか気づいたのだ。

〝それなら、彼女にそう言え〟

だが、心の闇と闘っているうちに時計が時を刻んでいく。ラヴィニアには簡単に言えた。常に気持ちを言葉にしていたのに、彼女の愛らしい笑みも、キスや愛撫(あいぶ)も、すべて見せかけにすぎなかったとわかってうちのめされた。それから二度と傷つけられるものかと誓って心に壁を築き始めた。

皮肉なことに、それを見事に成し遂げてしまった。壁はあまりにも堅固で自分でも破ることができない。

アンジェルは刺繍を片付け始めた。

「もう遅いから寝るわ」席を立ちながら言った。

ジェイソンも慌てて立ち上がった。「いや、待ってくれ！」

「もう一時間も黙って座っていたじゃない」

「ああ、すまない。もう少しだけ、頼む」

アンジェルは黙ってうなずくと、再び腰を下ろして膝の上で両手を重ねた。部屋の中を歩きまわるジェイソンを見て、先刻ネルがタワーで見たと言っていた檻の中の虎を思い出した。

「話したいことがあると言っていたわよね」

「ああ、今日ストランド街から帰ったら話すつもりだったんだが、ローズとババトンを見て――」

「逆上したのね」アンジェルはうなずいた。「でも二人はただ別れの挨拶をしていただけよ」

「ふん！　それを信じられればいいけどな！」

「信じていいわよ、ジェイソン。信じるべきよ。ミスター・ババトンが真剣に求婚を考えているのは間違いない――」

ジェイソンはぞんざいに遮った。「ババトンの考えなど、どうでもいい！」彼は足を止めて髪をかきむしった。「心配なのはローズだ。もし……」

彼がまた歩き始めた。明らかに葛藤している。やがて立ち止まってアンジェルを見た。その目に表われた苦悩と疑念にアンジェルは息をのんだ。

「あの子が母親と同じだったら、どうする？」

アンジェルは椅子の上で背筋を伸ばした。「どうして、そんなふうに思うの？」

ジェイソンは険しい口調で語り始めた。「今日テルフォードに会ったあと、銀行に行ってロサートン家の家宝を見てきた」彼はアンジェルに遠慮がちな視線を向けた。「きみが身に着けたいものがあるかもしれないと思ったんだ。前回見たときは、保管庫の中に巨額の宝石があったのに、今はほとんどなくなっていた」彼の唇がゆがんだ。「どうやら先妻が売ったらしい」

アンジェルはいっそう当惑したが、ジェイソンがひどく顔をしかめているので口を開かなかった。

やがて彼は続けた。「僕はのぼせ上がっていたんだ、アンジェル！　当初はラヴィニアが望めば何でも与えた。彼女をストランド街へ連れていって銀行の役員に紹介した。そして愚かにも、宝石を自由に利用していいという書類に署名してしまった。何でも彼女の好きなようにする完全な自由を与えたんだよ」ジェイソンは向きを変えて暖炉に近づき、立ち止まってじっと炎を見つめた。「そして彼女は宝石を全部売り飛ばして模造品にすり替えた」

「それをあなたに言わなかったの？」

「ああ、言わなかった」彼はため息をついて首を振った。「その金をどうしたのかは見当もつかない。何の兆候も見えなかったのは確かだ」

アンジェルは聞いた噂（うわさ）を思い出した。にぎやかなパーティー、高価なドレス、愛人たち。

「ああ、ジェイソン、辛いわね」

ジェイソンは同情をかわそうとするかのように手を上げた。「今日家に帰ってみたら、ラヴィニアの娘がババトンの若造と抱き合っていた。そして僕を愛していると言った昔のラヴィニアと同じように、彼を愛していると宣言した。もし僕が恐れているとおりにあの子が母親そっくりなら、ババトンにはあの子を満足させるだけの財力はないだろう。彼は隣人の息子だ。僕は彼に対しても責任がある。財産狙いの罠（わな）に陥るのを見過ごすわけにはいかない」

「ローズは財産狙いじゃないわ、ジェイソン。私の命を賭けてもいいわよ」

「そうかな？　あの子はロンドンに来て調子に乗っている。たとえババトンと愛し合っていると思っていても、彼にはあの子を抑えるだけの力がない」ジェイソンは首を振った。「あの子を連れてくることに同意するべきじゃなかった。今ならまだケントの家の売却を止められる。ミセス・ワトソンに二人を連れて戻ってもらおう」

「お願い。そんなことはしないで！　二人ともとても楽しんでいるし、たくさん学んでもいるわ」アンジェルは彼に近づいた。「ローズは正直で優しい子よ。人をだましたりできないわ。あなただって心の底ではわかっているでしょう」

「ラヴィニアのことも同じように思っていた」

「ローズは絶対に違うわ」

「絶対に？」ジェイソンは冷ややかな目を向けた。「きみはずっと田舎に隠れて暮らしていたじゃないか。世間の何がわかると言うんだ？」

彼の目には苦悩が見えた。二枚舌の妻にだまされ、それを認めることを恥じている。

アンジェルは静かに言った。「あまりわからないかもしれないけど――」

「だったら口を出さないでくれ。どうせあの二人はきみの子供ではないんだから！」

アンジェルはたじろぎながらも、顔を上げて彼の目を見た。「確かに、私の子ではないわよ」冷ややかに言った。「でも、あの二人を自分の娘にできて誇らしいと思えるくらい親しくなったわ。あなたも誇りに思っているはずよ、閣下。それを認めることになるわ。その癇癪が治まったらね！」

アンジェルはそう言い放ち、部屋を出るまで脚が体を支えられるよう祈りながら、衣擦れの音とともに立ち去った。

ドアが閉まると、ジェイソンは目をこすった。失敗した。大失態だ。アンジェルは何も悪くないのに非難してしまった。僕を助けようとしてくれているのに！　怒りに任せて娘たちを追い払うなどと言ったが、本気ではなかった。今では子供たちもアンジェルも大事な家族だ。

その場に立ちつくしたまま考えた。すべて告白するべきだった。先妻の裏切りだけでなく、自分の背信行為についても。

今日テルフォードに会った際、結婚と婚姻無効について尋ねてみた。そして無効にするのはきわめて難しく、女性は公の場で恥をかかされることになると教えられた。

アンジェルに何週間も一人で寝るという屈辱を与える前に、どうしてもっと早くこの件を調べなかったのだろう？　彼女を傷つけ、おとしめた。許してもらえなくても当然の報いだ。

ふいに意を決して部屋を出ると、一段抜かしで階段を上った。公爵夫人の寝室の前で立ち止まり、ドアを叩く。

「アンジェル、入っていいか？」

返事がない。自分の部屋へ向かった。ランプが一つだけついているがアダムズはいない。接続ドアに近づいて静かにノックした。

「アンジェル、話がしたい。頼む。入れてくれ」

彼女は返事をしない。ドアノブに伸ばしかけた手を引っ込めた。たとえ鍵がかかっていなくても、招かれてもいないのに部屋へ入るわけにはいかない。

もう一度声をかけた。「頼む、アンジェル。謝りたいんだ」

こたえはない。意気消沈して向きを変えた。明日話すしかない。すべてを正し、アンジェルにふさわしい夫になる最後のチャンスをもらうのに、手遅れでないことを祈るばかりだ。

「奥様――ミス・アンジェリーン！　中に入りましょう。こんなところにいたら風邪をひきますよ」

どうなってもかまわないと言いそうになって、アンジェルは自分の愚かさを責めた。自分の寝室に入ったとき、傷つき腹が立って眠れそうもなかったので、すぐにまた部屋を出て庭を歩きに行った。侍女は憤慨して一緒に行くと言い張った。

「お願いです、奥様。中に入りましょう」

アンジェルはため息をついた。ジョーンが予想しているような大惨事は何も起きない。庭に潜んで襲いかかってくる侵入者もいないし、暗闇でつまずいて転びもしない。だが、侍女が肩に掛けてくれたカシミアのショールはありがたいし、薄いサテンのスリッパを履いた足はひどく冷たい。自業自得だ。

最善の結果が得られるように役目を果たしたと、いくら自分に言い聞かせようとしても、ローズとミスター・ババトンを助けようという企ては失敗に終わった。そしてジェイソンは娘たちをケントに送り返そうとしている。私は事態を改善するどころか、悪化させてしまった。

ジョーンはため息の理由をきかなかった。ミスター・ババトンが訪ねてきたせいで公爵が激怒したことも、その後ローズが夕食に下りてこなかったことも明らかに知っていて、家中の皆も承知しているとすでに語っていた。

「閣下があんな勢いで入ってこられたことを考えると、噂が広まるのは避けられません。それに第二従僕が朝食室のすぐ前で全部聞いていたんです。ミスター・マーカスが精いっぱい止めようとしましたけど、今夜の使用人食堂はその話で持ちきりでした。問題は、若いメイドたちが、ミス・ハリンゲーとミスター・ババトンは悲運の恋人で、二人を引き裂こうとする公爵は悪者だと考えていることです」

「公爵は悪者じゃないわ、ジョーン！　正しいと思うことをしているだけよ」

「わかっていますよ、ミス・アンジェリーン。私もほとんどの使用人たちも、ちゃんとわかっています。みんな前の公爵夫人を覚えていて、あまりよく思っていません。私は噂話は好きじゃありませんけど、閣下は結婚当初から前の奥様の浪費癖と不道徳なふるまいに振りまわされっぱなしだったと、みんなが言っています。そして閣下は奥様の悪口を言うことを絶対に許さなかったんだそうです！　ご存じのように、何事も使用人に秘密にしておくのは不可能ですけど、誰もそれを外で話そうとはしませんでした。話せば即刻解雇されるからです。公爵はそんな背信行為を許す方ではありません」

確かにそうだ。ジェイソンは簡単には許さない。

アンジェルは身震いして侍女の両手をつかんだ。

「ジョーン、公爵との結婚は間違いだったの？」

強い否定を期待していたとしても、それを聞くことはなかった。目頭が熱くなる。彼を幸せにできると思ったなんて、愚かで考えが甘かった。

ジョーンはアンジェルの肩を抱いて屋敷のほうへ向けた。「さあ、そんなに落ち込むのはミス・アンジェリーンらしくありませんよ。もう夜も遅いですから、中に入りましょう。ぐっすり眠れば気分もよくなります」

目覚めると、空は一面灰色の雲に覆われていた。食事の前に朝食室へ来てほしいという公爵の要望を聞いても、差し迫った悪い予感は軽くならなかった。

急いで着替えて寝室を出る前に、ローズの様子を見に行くようジョーンに頼んだ。

「ミセス・ワトソンはネルを連れてラグホーム家へ行くから、ローズが一人で残されたら部屋から出てこないんじゃないかと心配なの。朝食を食べに下りてくるように説得してちょうだい、ジョーン。ふさぎ込んでいてもしかたがないわ」

「わかりました。ここを片付けたらすぐに行って、できる限りやってみます」

「優しくしてあげてね、ジョーン。今、あの子は悲しみに暮れているから」アンジェルは小さくため息をついて肩を張り、部屋を出た。

ジェイソンは朝食室の窓のそばに立っていた。広い肩が薄暗い朝の光を遮っている。

アンジェルがドアを閉めると、彼が言った。「昨夜ひどいことを言ってしまったから、来てくれないかと思ったよ。怒っているかい？」

「怒っているわ、閣下」

「ああ、そんなふうに呼ばないでくれ、アンジェル！ 昨夜のうちに僕を非難して、理不尽だと言ってくれればよかったのに」

「そうしたら慰めになった？」

「ならなかったかもしれないが、僕がときどきひどく不作法になってしまうことを妻に思い出させてもらう必要がある」

「ええ、確かにそうね。よく鼻持ちならないくらい尊大で高圧的になるわ」

「それなら、鼻持ちならないと思ったときはいつでもそう言ってくれていいよ」アンジェルが返事をしないので、ジェイソンはため息をついた。「公爵でいることの問題点はめったに反論されないことだ。尊敬され、こびへつらわれて、皆の意見を無視しても許される。誰も正してはくれない」彼は唇を噛んだ。「公爵はある意味超然とした存在でいることも求められる。感情を持たず、悲しみも後悔も見せないものだと思われているんだ」

アンジェルの怒りはしだいに消えていった。十五歳のジェイソンを思い出して言った。「あなたは公爵になったのが若すぎたしね」

「助けてくれ、アンジェル」彼はアンジェルに手を差し伸べた。「僕に手を貸してほしいんだ。もっといい人間、いい夫、いい父親になれるように。僕が愚かな暴君になったときは、そう言ってくれ」

アンジェルはジェイソンに近づいて手を取った。

「私に腹を立てないって約束してくれる？」

「癇癪を抑えるように精いっぱい努力するよ。それに公爵夫人以外に誰が僕を正せると言うんだ？」彼は首を振った。「きみが愛のために僕と結婚したわけじゃないとわかっているが、いつか僕を好きになってくれることを願っているよ」

「あら、もう好きになっているわ」急いで言った。

「本当に？」彼は探るような目を向けた。「きみを傷つけた悪党と同じくらい？」

涙と笑いが入り交じった返事になった。「その人よりずっと好きよ。実を言うと、彼のことなんてすっかり忘れていたわ！」

ジェイソンは表情を和らげた。「それを聞いて僕がどんなに嬉しいか、きみにはわからないだろうな」彼は小さな安堵のため息をもらした。「ローズとネルを送り返すつもりはない。あれはついカッとして言っただけで、今はとても後悔している。だが、信じてくれ。悪意はなかった。あったのは劣等感だよ。親としてどうするべきなのかわからないんだ」

アンジェルはふいに胸が締めつけられるのを感じた。ジェイソンは自分の弱さを認める人ではない。これを言うのにどれほど勇気を振り絞ったのだろう。

「それじゃ、一緒に考えていきましょう」アンジェルは彼の手を握りしめた。「きっと間違えることもあるでしょうけど、二人で力を合わせれば、私たちは必ず幸せな家族になれるわ」

ジェイソンの温かいまなざしにアンジェルの心は浮き立った。彼はアンジェルを引き寄せ、彼女の両手を自分の胸にあてた。アンジェルは息を詰めて切望している言葉を待った。愛しているという言葉を。

「アンジェル――」ノックの音とともにドアが開いた。「マーカス、何の用だ？」

執事は主人の苛立った口調にもひるまなかった。

「奥様の侍女がお伝えしたいことがあるそうです」

「何だと？」

アンジェルはジェイソンを黙らせ、ジョーンを連れてくるよう執事に指示した。

「緊急の用でなければジョーンはこんなことをしないわ」執事がいなくなるとジェイソンに言った。

執事は後ろに侍女を従えて、すぐに戻ってきた。

「それで」ジェイソンはどなった。「何の用だ?」

ジョーンの用事は、たとえ公爵にどなられても、明らかに後まわしにできない話のようだ。「閣下、できれば奥様と二人だけでお話したいのですが」

アンジェルが離れようとするとジェイソンが手をつかんだ。「何だろうと、我々二人の前で言えばいい。よほど重要な用件なんだろうな!」

アンジェルは舌打ちした。「鼻持ちならないほど高圧的よ!」そうささやいてから侍女のほうへ向き直った。「話して、ジョーン。どうしたの?」

「ミス・ハリンゲーが」ジョーンは痛烈な非難のまなざしを公爵に向けた。「駆け落ちしました!」

15

「駆け落ち!」アンジェルは両手を頬にあてた。

「まさか。あの子のメイドと話してくるわ――」

「いや」ジェイソンが止めた。「一緒に話を聞こう。よければメイドをここへ連れてきてくれ」

ジョーンが退室すると、彼はアンジェルに言った。

「ローズの後見人は僕だ。僕に責任がある。僕も関わるべきだろう」彼はアンジェルの不安そうな目を見て付け加えた。「癇癪は起こさないと約束する。本当に駆け落ちしたのなら早く見つけることが重要だ。最初から僕も全部知っていたほうがいい」

「何かの間違いだといいけど」アンジェルは手を握ったり開いたりしながら言った。「ローズがそんなことをするなんて信じられないわ」

ジェイソンは苦々しげに言った。「恋に落ちた若者は、どんなことでもやりかねない」

ジョーンがローズのメイドを連れて戻ってくるまで、長く待つ必要はなかった。

ジョーンは震えているメイドに言った。「さあイーディス、私に言ったことをお二人に全部話して」

「でも、私は何も知りません。本当です！」イーディスはエプロンを握りしめて叫んだ。「ミス・ローズが朝早く出かけて戻ってこないんです」

「それだけじゃないでしょう？」ジョーンが腕組みして口を挟んだ。「手紙のことを話さないと」

「手紙？　手紙が来たの？」アンジェルが尋ねた。

イーディスはいっそうおびえた表情で答えた。

「は、はい、奥様。昨夜届きました」

「では郵便ではないな。誰が持ってきたんだ？」ジェイソンが言った。

イーディスは公爵を見上げて恐怖に目を見開いた。

「どうなんだ？」

口調は穏やかだが、公爵に話しかけられたという事実は、メイドには荷が重すぎたらしい。イーディスはエプロンを頭からかぶって泣きだした。

苛立ったジェイソンは悪態をのみ込んだ。アンジェルは彼の腕に手を掛けて警告の視線を送ってからメイドに歩み寄った。

「泣くことはないわ、イーディス」きっぱりと言った。「今本当のことを話してくれれば、誰もあなたを罰したりしないから。ミス・ハリンゲーはどうやって手紙を受け取ったの？　あなたが渡したの？」

「はい、奥様」返事は新たな泣き声にまぎれた。

「あなたは誰から受け取ったの？」

「従僕見習いからです。昨夜、馬車の必要がなくなったことを厩へ知らせに行った帰りに、男の人がお嬢様あての手紙を持って近づいてきたそうです」

「その手紙は今どこ?」アンジェルが尋ねた。

ジョーンがポケットから折りたたんだ紙を取り出した。「ここにあります」

アンジェルは手紙を受け取って広げた。

肩越しにのぞきこんだジェイソンが声に出して読んだ。「〈親愛なるローズ……きみともう一度話をしなければ出発できない……〈ブル・アンド・マウス〉……迎えの馬車を用意する……通りの突き当たりで明朝五時に待て……〉そしてやつの残した署名はKだ!」彼は拳を手のひらに叩(たた)きつけた。「あの悪党め! それでローズは駆け落ちしたんだな!」

「違うわ、見て! 〈きみを宿屋へ連れてきて送り返す〉と書いてあるでしょう。あの子は帰ってくるつもりなのよ」アンジェルが声をあげた。

ジョーンはうなずいた。「はい、メイドにはそう言ったそうです。閣下にお許しをいただけるなら、イーディスを部屋へ連れていきます。もうこれ以上お役には立てないと思いますので」

「ああ、わかった。もう行っていい」ジェイソンは手を振って二人を追い払った。「だが、できればメイドが他の使用人にしゃべらないようにしてくれ」

ジョーンはうなずいた。「かしこまりました、閣下。ご心配なく」

二人が退室すると、アンジェルが言った。「ローズが帰ってこないということは、ミスター・ババトンが駆け落ちしようと説得したに違いないわ」

「そうだな、あの悪党め! 追っ手を出して、二人のあとを追わせよう」

ジェイソンがドアに向かって二歩進んだとき、再びマーカスが現れた。

「ミスター・ババトンが閣下に会いたいそうです」

執事が言い終わらないうちに、若者が大股で部屋に入ってきて、急いで頭を下げた。

「お邪魔してすみません。お話ししたいことがあり

――」

ジェイソンが遮った。「ミス・ハリンゲーは？」

「ここへうかがったのは、そのためです。彼女は誘拐されたんだと思います」ババトンが答えた。

「あなたが連れ出したのではないの？」アンジェルは声をあげた。

「まさか、違いますよ」若者は気を悪くしたようだ。

ジェイソンは執事を下がらせて若者に言った。

「我々に全部話してくれ。手短に！」

「はい。僕は朝の五時頃、この通りにいたんです」

「ちょっと待て――朝のそんな時間に、ここで何をしていたんだ？」ジェイソンが問いただした。

「チープサイドまで貸し馬車を頼んでいたんです。そこからサリー行きの郵便馬車に乗る予定でした。少し時間があったので、ピカデリーの角で止めてもらい、ここまでぶらぶら歩いてきました」

「そんな早い時間に？　いったい何をしようと思ったの？」アンジェルが言った。

「何も」彼は赤くなった。「ただローズの近くにいたかっただけです」

アンジェルはとまどった顔をしたが、ジェイソンにはよくわかった。昨日この屋敷の前に立ったときどう感じたか覚えている。

ジェイソンはうなずいた。「続けて」

「駅伝馬車が玄関前で止まって、誰かが家から出てきました。マントにくるまっていたけど、ミス・ハリンゲーだとわかりました。彼女が乗るとすぐに馬車は動きだし、速度を上げました」

「あきれたな！　あの子はずっと誰か他のやつを誘惑していたのか」ジェイソンが叫んだ。

「そんなはずはないわ」アンジェルが言った。

「僕もそう思います」ババトンも同意した。「ローズは絶対にそんなことはしません。彼女は荷物を何も持っていませんでした。僕の前を馬車が通り過ぎたとき、暗くて中に誰がいるのか見えなかったので、走ってピカデリーの角まで戻って貸し馬車の御者にあとを追うように命じました。初めは狭い道を通っていたので楽に追えたんですが、トッテナム・コート・ロードの料金所を過ぎると難しくなりました。それでもバーネットまでは追ったんです」

「貸し馬車で？」ジェイソンが尋ねた。

「はい、御者にたっぷり金を払わなければいけなかったし、駅伝馬車よりだいぶ遅かったんですけどね。でもバーネットに着いたら、もうこれ以上は行けないと言われたので、戻ってお二人に何が起きたかお話したほうがいいと思ったんです」

「では、これを送ったのはきみではないのか？」ジェイソンは手紙をババトンに突きつけた。

ババトンは慎重に読んで首を振った。「僕の字ではないし、僕の馬車が出るのは〈ブロッサムズ・イン〉で〈ブル・アンド・マウス〉ではありません」

「ローズはきっとそれを知らないのよ」

「それに、相手がミス・ハリンゲーでも、僕なら手紙にそんななれなれしいサインはしません」

もう一度文末のカールしたKの文字を見て、ジェイソンは凍りついた。「ノウズリーだ。あの子はトビアス・ノウズリーと駆け落ちしたんだ。くそっ！あいつなら〈ブル・アンド・マウス〉を知っているし、駅伝馬車もそこで雇ったに違いない」

「それに閣下の後継者ですよね」うろたえたババトンが言った。「彼女は、本当は僕のことを好きではなかったということですか？」

「いいえ、そうは思えないわ。あの子が進んでミスター・ノウズリーと駆け落ちするはずがないわよ。彼のことを好きでさえなかったんだから」

「あの子があいつを好きかどうかは関係ない。あいつとは結婚させない」ジェイソンは呼び鈴を鳴らした。「追いかけるぞ。二人が数時間前に出たとしても、僕の二輪馬車なら夜になる前に追いつける」

ジェイソンは使用人に大声で命令を伝えた。

使用人が下がると、ババトンが進み出た。「僕も一緒に行きます、閣下」

「何だと?」

「お願いします。二人に追いついたら僕が必要になるかもしれないし、馬丁と同じくらい警笛をうまく鳴らせますよ。足手まといにはなりません」

ジェイソンは彼の決然たるまなざしを見てうなずいた。「よし。着替えてくるから、ここで待て!」

ジェイソンが飛び出していったあと、アンジェルはミスター・ババトンと二人きりになった。

「サリー行きの馬車を逃してしまうわね」

「そんなことはどうでもいい。重要なのはミス・ハリンゲーを見つけて無事に連れ帰ることだけです」

彼は咳(せ)き込み、少し恥ずかしそうな顔をした。「勝手ながら、玄関ホールに僕の荷物を置かせてもらいました。貸し馬車の御者が待つのを嫌がったので」

「かまわないわ。それより、二人に追いついたら公爵がミスター・ノウズリーに決闘を申し込むんじゃないかと心配なの」

いつも陽気な若者の表情が険悪になった。「閣下がなさらなければ、僕がやります!」

アンジェルは再び黙り込んだ。公爵が面倒に巻き込まれないようにしてくれと、彼に頼んでも無駄だ。

十分後、ジェイソンが階段を駆け下りてくると、玄関前には二輪馬車が用意され、ババトンと妻が待っていた。

「ジェイソン、気をつけてね」アンジェルは彼の両手を握った。「無事にローズを連れて帰って」

「連れて帰るよ。心配するな」

ジェイソンは妻の手にキスして微笑(ほほえ)みかけたが、

妻の目はまだ心配そうだった。

時間は刻々と過ぎていった。アンジェルは一人で朝食をとり、憂鬱な気分で家の中を歩きまわった。心配で何も手につかない。ローズとノウズリーが見つからないのではないかと気が気でなかったが、ジェイソンが見つけた場合のほうがもっと心配だ。決闘を恐れている。ジェイソンが人を殺すか、あるいは殺されるかもしれないと考えると、たまらない。

執事が銀のトレイに手紙をのせて持ってきた。アンジェルは急いでそれを取り上げた。

「ああ」がっかりして言った。「レディ・ラグホルムがレディ・エリノアとミセス・ワトソンに夕食までいてほしいんですって」少なくとも、これでもうしばらくはローズのことを二人に話す必要がない。アンジェルは無理やり笑みを浮かべた。「帰りは乗馬従者のエスコートで送ってくださるそうよ。すぐに返事を書くわ、マーカス。ラグホルム・ホールまで使用人の誰かに手紙を届けさせてちょうだい」

作業には数分しかかからなかった。そのあとは再び部屋を歩きまわって、ジェイソンを永遠に失うという最悪のシナリオを考えないようにした。

十一月の短い日が暮れて外は暗くなった。

アンジェルは夕食を遅らせるように指示を出して、ろうそくをともした朝食室で刺繍(ししゅう)をした。

ミセス・ワトソンがネルを連れて帰ってきた。楽しかった一日に興奮しているネルは、ローズは友達とパーティーに行ったというアンジェルの説明に疑問を持たなかった。

ネルが寝たあと、アンジェルはミセス・ワトソンに今わかっていることを話した。それは情けないほど不十分な内容に思えたが、彼女が一緒に起きて待つことは許さなかった。

「何か知らせがあるまでできることは何もないから、

今は休んだほうがいいわ。そうすれば、明日の朝必要なことに元気に対処できるでしょう」

「わかりました、奥様。今夜は休みます。あの子が無事だとわかるまで、眠れそうもありませんが」

彼女が立ち去ったあと、アンジェルは再び刺繍を手に取ったが、間もなく執事に遮られた。

「料理長が夕食をもう少し遅らせるかときいておりますが、奥様」

アンジェルが迷っていると、執事は咳払いした。

「あと一時間遅らせてはどうでしょう。閣下は間もなくお戻りになると皆に思わせることが重要です」

アンジェルは執事を見上げた。「みんな何があったか知っているの?」

執事は首を振った。「いいえ、今朝はある憶測が飛び交っていましたが、閣下がミスター・ババトンと一緒に出ていかれて、それもなくなりました」

「そうでしょうね」アンジェルはため息をついた。

「わかったわ。では、あと一時間遅らせましょう」

執事がお辞儀して下がったあと、アンジェルは考えた。ジェイソンはローズを見つけるまで追跡をやめないはずだが、無傷で連れ帰れるだろうか? もしローズが被害を受けていたら、彼は従兄弟にどんな報復をするだろう?

そのとき、声が聞こえた。アンジェルが刺繍を脇に置いて立ち上がったとたん、ドアが開いた。

「ジェイソン!」彼が一人でいるのを見て落胆した。「何が……あの子はどこ……ああ、よかった!」片腕をローズにまわしたババトンが入ってきて、とてつもない不安が消え去った。彼はローズをしっかり抱き寄せていたが、ローズがアンジェルに向かって両手を伸ばしたので、すぐに腕をゆるめた。

「彼女は無事です」ローズがアンジェルの腕の中に飛び込むと、ババトンが言った。「でも、当然ですが、動揺して疲れきっています」

「すぐに上へ行かせましょう。熱いれんがをベッドに入れておくように命じてあるわ」

「まだ、いやよ！」ローズがいっそう強くしがみついて叫んだ。「まだ眠れないわ」

「それなら落ち着くまで一緒に座っていましょう」

アンジェルはローズをソファへ連れていった。「何があったのか知りたいわ。話してくれる？」

「え、ええ」

皆が座ったとき、再びドアが開いた。

「飲み物を持ってくるように言っておいたんだ」執事と従僕がサイドテーブルにトレイを置いている間にジェイソンが説明した。「夕食まであと一時間あるとマーカスが言うから、それまでワインとバターを塗ったパンがあってもいいだろうと思って」

「ミス・ハリンゲーには熱いココアをお持ちしました」執事は気遣うような目をローズに向けた。

それはまさにローズが望んでいたものだった。彼女は、今自分に必要なのはココアと一切れのパンだけだと宣言した。ケネルム・ババトンはすぐにその二つを取ってローズのそばのテーブルに置き、その間にジェイソンが他の皆にワインを注いだ。

「どこで追いついたの？」アンジェルは尋ねた。

「ハンティンドンだよ」ジェイソンが答えた。

「ミス・ハリンゲーが馬車に酔ったふりができるほど冷静でなければ、もっと遠くまで行っていたでしょう」ババトンがいとおしげにローズに微笑みかけた。「もっと速度を落とさないと、具合が悪くなると主張したそうです」

ローズは身震いした。「怖かったわ。ミスター・ノウズリーは、ず、ずっと私のことをラ、ラヴィニアと呼んで……私をあ、あがめているって言い続けたの」彼女は少し背筋を伸ばして座り直し、怒りをあらわにした。「あの男は私をだましたのよ！」

「Kというサインなら、あなたがミスター・ババトンだと思うと知っていたの？」

「いや、それは単なる偶然だったようだが、ノウズリーには都合がよかった」ジェイソンが言った。

「あいつはローズが駆け落ちに同意しないとわかっていたから、ここへ送り返すと約束したんだ」

「ケネルムじゃないと知っていたら、行かなかったわ！」ローズは叫んで、すまなそうなまなざしを若者に向けた。「それに、彼ならお父様に約束したあとで密会を持ちかけるような卑怯なまねはしないとわかっていたはずなのに」

「きみの言うとおりだ。僕はそんなことはしない」ババトンは情熱的なまなざしで答えた。「たとえきみを連れずにロンドンを離れるのが、胸がはりさけそうなほど辛くてもね」

「まあいい。話の続きは明日にしよう」ジェイソンがふいに立ち上がった。「ローズはもう目を開けていられないようだ。寝たほうがいい」

「ええ、そうね。さあ、いらっしゃい。部屋まで送るわ」アンジェルが言った。

ローズはおとなしく立ち上がってドアへ向かったが、ババトンの前を通り過ぎる際、足を止めた。

「助けてもらったお礼をちゃんと言いたいわ。明日の朝、会えるかしら？」

これにはジェイソンが答えた。「会わないわけにはいかないぞ。ババトンは今夜ここに泊まるから」

ローズとアンジェルはジェイソンを凝視した。

「夜のこんな時間に泊まるところを見つけるのは無理だろう」ジェイソンは憮然として言った。「もう彼の荷物を客用寝室に運ばせた」

「まあ、ありがとう、お父様！」

アンジェルは、ローズに抱きつかれて驚いたジェイソンの顔を見守った。ローズはババトンにもう一度はにかんだ笑みを向けてから退室した。

アンジェルがローズをメイドに任せて朝食室へ戻

ると、ジェイソンが一人でソファに座っていた。

「ババトンは食事の前に着替えに行った」彼はおかわりを注いだワイングラスを差し出した。「ほこりだらけの服のままでかまわないか？　部屋に行ったら、疲れすぎていてもう下りてこられそうにない」

「かまわないわ」アンジェルは隣に座り、彼が帰ってきたときから気になっていたことを尋ねた。「ローズの前ではききたくなかったんだけど、あなたの従兄弟はどうなったの？」

「どこへでも好きなところへ行けと言って駅伝馬車と一緒にハンティンドンに置いてきたよ」彼は口ごもった。「家を出るとき、きみの表情を見た。僕が何をするつもりなのか心配していただろう」

「従兄弟と決闘するんじゃないかと恐れていたの」

「〈ジョージ〉に入って、あいつが個室でローズの肩に腕をまわそうとしているのを見つけたときにはそうしたかったが、ババトンが手間を省いてくれた。


僕が止める間もなく、彼はノウズリーを引き離して顎に強烈な一撃を食らわせた。ババトンは決闘を挑む気満々だったが、僕が説得してやめさせたんだ」

「あなたが？　てっきり……」

「僕があいつを刺すと思ったんだろう！　あいつは正気じゃないと、すぐに気づいたんだ。初めはローズが母親にそっくりで自分を抑えられなかったと言っていたが、そのうちあの子をラヴィニアと呼び始めた。そしてネルが生まれた直後から愛人関係にあったと嬉しそうに僕に話したんだ。愛人はあいつ一人ではなかったと、僕は百も承知だったが」彼は唇をゆがめた。「彼女は王族も含めて、実に手広く関係を持っていたようだから」

「まあ！　あなたは怒らなかったの？」

ジェイソンは首を振った。「すでにそうではないかと思っていたからね。知らなかったのは彼女が自分だけでなくノウズリーの賭博の借金を返すためにダーヴェル家の宝飾品を売っていたことだ。いずれあいつのものになる金だという屁理屈をこねてね」

「それは大きな間違いだわ！　本当に頭に来た。ミスター・ノウズリーは罰を受けるべきよ！」

「そうなるよ――でも、僕からではない。あいつはすでにまた負債を抱えているんだ。僕が再婚した今となっては、債権者も僕の後継ぎだという主張を認めないだろう。あいつは国外逃亡することになる。僕が決闘するより、いい解決策だと思わないか？」

「確かにそうね。決闘が違法だからというだけでなく、あなたの心の平和のためにもよかったわ。もし彼を殺したら、あなたは絶対に後悔するもの」アンジェルはしばらく両手を絞り合わせてから続けた。「彼とラヴィニアに裏切られたことを知っていて、彼に決闘を挑まないのは辛かったでしょう」

「意外にも、ちっとも辛くないんだ。母親に似ているという理由だけで、あいつがローズに夢中だとまくしたてているのを見て、僕が感じたのは憐れみだけだった」ジェイソンはアンジェルの手からグラスを取って自分のグラスと一緒にテーブルに置き、彼女を抱き寄せた。「一度はラヴィニアに夢中になったが、それは大昔のことで、最後の数年間は彼女を憎んでいた。そんなにばかだった自分のことも憎んだよ。憎しみと後悔で頭がいっぱいだったが、今ではそれもほとんど消え去った」

「まあ、本当？」

「ああ、今ならわかる。彼女に対する気持ちはただののぼせ上がりだった。きみに対する変わることのない深い愛とは全然違う。僕のアンジェル」彼女の顎をそっと上げてキスした。「これを言うのにずいぶん時間がかかってしまった。自分自身に認めるのにも苦労したが、今は言えるし、これから一生毎日言い続ける。ばかだった僕を許してくれるかい？」

「もちろん、許すわ」

「それともう一つ、婚姻無効の件だが、思ったよりずっと複雑で公の場での取り調べもあるとわかった。きみをそんな目にあわせることは絶対にできない。僕が間違っていたよ、アンジェル」

「その件は許せないわ！　この数週間、毎晩どんなにあなたのベッドへ連れていってほしかったか」

「僕も苦しかったんだ、アンジェル。どうつぐなえばいい？　愛しているんだ。心の底から！」

「長い時間がかかると思うわ」アンジェルは彼の首に腕をまわした。「でも、その言葉はいいスタートね。そう言ってくれるのをずっと待っていたの」

ジェイソンはアンジェルが満足げにため息をつくまで、目や鼻や頬にキスの雨を降らせながら何度もささやいた。「愛してる！」それから勝利のうなり声とともに唇をとらえて長いキスをした。

このとき部屋に入ろうとしたババトンは、公爵夫妻が抱き合っているのを見て、静かに退散した。

エピローグ

四月の日差しがロサートン・ハウスに降り注いでいる。屋敷はミスター・ケネルム・ババトンとミス・ローズ・ハリンゲーの結婚式のために滞在している家族や友人たちでいっぱいだ。祝いの夜会の会場として複数の広間の仕切りが取り払われて大きな舞踏室になっているが、今は皆、結婚式がおこなわれるミドルウィッチの小さな教会へ出かけている。

残っているのはロサートン公爵夫妻だけだ。

ジェイソンを捜しに来たアンジェルは、更衣室の鏡の前でネクタイを結ぶのに四苦八苦している彼を見つけた。床には投げ捨てられた細長いモスリンが散らばり、彼の苦労を物語っている。

二人は鏡の中で目を合わせた。「ネクタイがうまく結べないんだ！」

「まだ少し時間があるわよ。最後のお客様が今出たところで、ローズは母と一緒に先に行かせたから、教会で待っているわ」アンジェルはさらに次のネクタイが床にうち捨てられるのを見て笑いをこらえた。

「アダムズはどこ？　手伝ってもらえないの？」

「追い払ったんだ。ネクタイを従者に結ばせたことはない！」

アンジェルは夫が複雑な結び方でネクタイを結ぶのを黙って待った。

「できた」ジェイソンは最後に折り目を引っぱって鏡に映った自分を見た。「これでよしとしよう」

アンジェルは夫に近づき、片手を胸にあてて夫の努力の成果を点検した。「とてもよくできているけど、そのせいでキスができないんじゃない？」

からかわれたジェイソンは妻を抱き寄せた。

「さあマダム、これでどうだい？」長いキスのあと、ようやく顔を上げてジェイソンが言った。

「すっかり台無しじゃない！」アンジェルの頬は熱くなった。

ジェイソンは鏡に向かってじっくり点検した。

「いや、前よりよくなったよ。誰かにきかれたら、これはアンジェルのキスという結び方だと答えよう。どう思う？」

「何ばかなことを言っているの」アンジェルはきつい言い方をしたものの、頬が喜びに染まっているのを感じていた。「まだダイヤモンドのネクタイピンをつけていないわ」

「つけてくれるかい？」

「もちろん」

アンジェルが化粧台からピンを取って振り返ると、ジェイソンは伸ばした手の震えをじっと見ていた。

「今日はどうしてこんなに緊張するんだろう？」

「頑張って。あなたの継娘（ままむすめ）が結婚するのよ。うまくいってほしいと思って当然だわ。落ち着いて。私たちのときと同じような、ただの田舎の結婚式よ」

ジェイソンはため息をついた。「僕たちが結婚するときは、こんなに不安にならなかった」アンジェルがネクタイピンを刺す間、黙っていた彼が再び口を開いた。「僕たちはロンドンで公爵夫人にふさわしい華やかな結婚式を挙げるべきだったのに！」

アンジェルは笑った。「そうしたら、準備にまる一年かかったわ。私たちが結婚して一年経（た）ったから、ローズの結婚式の準備に専念できたのよ」ピンを刺し終えたアンジェルは再び夫の胸に両手をあてて笑みを向けた。「信じて。私は家族に囲まれてグールパークで結婚できて、本当に幸せだったわ」

「今も幸せかい、僕のアンジェル？」彼は妻の手を握って探るように顔を見た。

「疑う余地がある？」アンジェルは伸び上がって軽くキスした。「さあ行きましょう。みんな待っているわ。あなたは継娘の隣で務めを果たさないと」

「務めか。ふん！　こういう大騒ぎが嫌いなのを知っているだろう」

アンジェルは笑った。「慣れたほうがいいわよ。ネルが結婚するときの練習だと思えばいいわ。それに、私たちの子供も生まれるし」ふくらんだ腹部に手をあてた。「この子のあとにも大勢ほしいわ」

ジェイソンは一瞬表情を和らげたが、すぐにぼやいた。「それも行きたくない理由の一つだ。きみは休んでいたほうがいい」

「大げさね！　私は元気よ」まつげの下から流し目を送った。「あなたも今朝ベッドの中で私が輝いていると言ったじゃない」

アンジェルの予想どおり、彼の機嫌は直った。

「今も輝いているよ。きみは日に日にきれいになっていく」ジェイソンは再びアンジェルにキスした。

重なった唇から痛いほど強い欲望が感じられた。それが離れたとき、アンジェルは思わず落胆のため息をついた。

「今度は僕が務めを思い出させる番だな、マダム」

ジェイソンは目をきらめかせてささやき、アンジェルの腕を取って外で待っている馬車までエスコートした。

馬車は春の陽光の中、小さな教会へ向かった。教会の入口では牧師が待っていた。

「参列者はみんな中で席についていますよ、閣下。準備がよろしければお入りください」

ジェイソンは牧師に手を振った。「ええ、入りましょう。先導してください」

牧師は教会の中に姿を消したが、ジェイソンは足を止めた。アンジェルがちらりと見上げると、彼の表情が険しくこわばっている。自分の内面を見せない人が、人前に出る覚悟を決めた顔だ。

アンジェルは袖に掛けていた指を彼の手に移した。

「行きましょう、あなた。二人で一緒にいれば、大丈夫よ」

ジェイソンは厳しい表情を和らげ、アンジェルの手を握った。「僕の天使(アンジェル)が隣にいてくれれば、僕は何でもできる」

アンジェルは彼の笑顔に微笑(ほほえ)み返し、手を袖に戻した。二人は静かに教会の中へ入っていった。

公爵の手つかずの新妻
2025年4月5日発行

著　者	サラ・マロリー
訳　者	藤倉詩音（ふじくら　しおん）
発 行 人	鈴木幸辰
発 行 所	株式会社ハーパーコリンズ・ジャパン 東京都千代田区大手町 1-5-1 電話 04-2951-2000（注文） 0570-008091（読者ｻｰﾋﾞｽ係）
印刷・製本	大日本印刷株式会社 東京都新宿区市谷加賀町 1-1-1
装 丁 者	小倉彩子

ISBN978-4-596-72586-8 C0297

ハーレクイン・シリーズ 4月5日刊 発売中

ハーレクイン・ロマンス
愛の激しさを知る

放蕩ボスへの秘書の献身愛 〈大富豪の花嫁にⅠ〉	ミリー・アダムズ／悠木美桜 訳	R-3957
城主とずぶ濡れのシンデレラ 〈独身富豪の独占愛Ⅱ〉	ケイトリン・クルーズ／岬　一花 訳	R-3958
一夜の子のために 《伝説の名作選》	マヤ・ブレイク／松本果蓮 訳	R-3959
愛することが怖くて 《伝説の名作選》	リン・グレアム／西江璃子 訳	R-3960

ハーレクイン・イマージュ
ピュアな思いに満たされる

スペイン大富豪の愛の子	ケイト・ハーディ／神鳥奈穂子 訳	I-2845
真実は言えない 《至福の名作選》	レベッカ・ウインターズ／すなみ　翔 訳	I-2846

ハーレクイン・マスターピース
世界に愛された作家たち
～永久不滅の銘作コレクション～

億万長者の駆け引き 《キャロル・モーティマー・コレクション》	キャロル・モーティマー／結城玲子 訳	MP-115

ハーレクイン・ヒストリカル・スペシャル
華やかなりし時代へ誘う

公爵の手つかずの新妻	サラ・マロリー／藤倉詩音 訳	PHS-348
尼僧院から来た花嫁	デボラ・シモンズ／上木さよ子 訳	PHS-349

ハーレクイン・プレゼンツ作家シリーズ別冊
魅惑のテーマが光る
極上セレクション

最後の船旅 《ハーレクイン・ロマンス・タイムマシン》	アン・ハンプソン／馬渕早苗 訳	PB-406

※予告なく発売日・刊行タイトルが変更になる場合がございます。ご了承ください。